U0565881

汪曾祺

作者，摄于二十世纪七十年代末

汪曾祺

蒲桥集

河南文艺出版社

凡例

一、《汪曾祺集》共十种，包括小说集四种：《邂逅集》、《晚饭花集》、《菰蒲深处》、《矮纸集》；散文集六种：《晚翠文谈》、《蒲桥集》、《旅食集》、《塔上随笔》、《逝水》、《独坐小品》。

二、全书均以初版本或初刊本为底本，参校各种文集及作者部分手稿、手校本。不论所据底本为何种形式，全书统一为简体横排。

三、底本误植者，或据校本，或据上下文可明确推断所误为何，由编者径改。异体字可见作者习惯者不做改动；通假字，方言用字，象声词，及外国人名、地名译法，仍存旧貌。

四、在早期作品中，作者习惯使用或现代文学创作中尚不规范的"的"、"地"、"得"、"做"、"作"、"撩天"等特殊用法，悉仍其旧。

五、意义完全相同的同一字，及同一人、地、物名，保持局部（限于一篇）统一。

六、作者原注、编者注统一随文注于当页页脚，编者注特别标出。

七、独立引文统一使用仿宋体，另行起排，段首缩进两字。

八、作者自注的创作时间，一律在文后以中文数字标注。

目录

附录：

自序

　　我写散文，是搂草打兔子，捎带脚。不过我以为写任何形式的文学，都得首先把散文写好。因此陆陆续续写了一些。

　　中国是个散文的大国，历史悠久。《世说新语》记人事，《水经注》写风景，精彩生动，世无其匹。唐宋以文章取士。会写文章，才能做官，别的国家，大概无此制度。唐宋八家，在结构上，语言上，试验了各种可能性。宋人笔记，简洁潇洒，读起来比典册高文更为亲切，《容斋随笔》可为代表。明清考八股，但要传世，还得靠古文。归有光、张岱，各有特点。"桐城派"并非都是谬种，他们总结了写散文的一些经验，不可忽视。龚定庵造语奇崛，影响颇大。"五四"以后，散文是兴旺的。鲁迅、周作人，沉郁冲淡，形成两支。朱自清的《背影》现在读起来还是非常感人。但是近二三十年，散文似乎不怎么发达，不知是什么原因。其实，如果一个国家的散文不兴旺，很难说这个国家的文学有了真正的兴旺。散文如同布帛麦菽，是不可须臾离开的。

"五四"以后的新文学的形式，如新诗、戏剧，是外来的。小说也受了外国很大的影响。独有散文，却是土产。那时翻译了一些外国的散文，如法国蒙田的、挪威的别伦·别尔生的、英国兰姆的，但是影响不大，很少人摹仿他们那样去写。屠格涅夫和波特莱尔的散文诗译过来了，有影响。但是散文诗是诗，不是散文。近十年文学，相当一部分努力接受西方影响，被称为新潮或现代派。但是，新潮派的诗、小说、戏剧，我们大体知道是什么样子，新潮派的散文是什么样子呢，想象不出。新潮派的诗人、戏剧家、小说家，到了他们写散文的时候，就不大看得出怎么新潮了，和不是新潮的人写的散文也差不多。这对于新潮派作家，是无可奈何的事。看来所有的人写散文，都不得不接受中国的传统。事情很糟糕，不接受民族传统，简直就写不好一篇散文。不过话说回来，既然我们自己的散文传统这样深厚，为什么一定要拒绝接受呢？我认为二三十年来散文不发达，原因之一，可能是对于传统重视不够。包括我自己。到我意识到的时候，已经晚了。老年读书，过目便忘。水过地皮湿，吸入不多，风一吹，就干了。假我十年以学，我的散文也许会写得好一些。

二三十年来的散文的一个特点，是过分重视抒情。似乎散文可以分为两大类：抒情散文和非抒情散文。即便是非抒情散文中，也多少要有点抒情成分，似乎非如此即不足以称散文。散文的天地本来很广阔，因为强调抒情，反而把散文的范围弄得狭窄了。过度抒情，不知节制，容易流于伤感主义。我觉得伤感主义是散文（也是一切文学）的大敌。挺大的人，说些小姑娘似的话，何必呢。我是希望把散文写得平淡一点，自然一点，"家常"一点的，但有时恐怕也不免"为赋新词强说愁"，感情不那么真实。

我写散文，是捎带脚，写的时候，没有想到要出一个集子，发表之后，剪存了一些，但是随手乱塞，散佚了不少。承作家出版社的好意，要我自己编一本散文集，只能将找得到的归拢归拢，成了现在的这样。我还会写写散文，如有机会出第二个集子，也许会把旧作找补一点回来。但这不知是哪年的事了。

我的住处在东蒲桥边，故将书名定为《蒲桥集》。东蒲桥在修立交桥，修成后是不是还叫东蒲桥，不知道。不过好赖总还是有一座桥的。即使桥没有了，叫做《蒲桥集》，也无妨。

一九八八年六月十日

国子监

　　为了写国子监，我到国子监去逛了一趟，不得要领。从首都图书馆抱了几十本书回来，看了几天，看得眼花气闷，而所得不多。后来，我去找了一个"老"朋友聊了两个晚上，倒像是明白了不少事情。我这朋友世代在国子监当差，"侍候"过翁同龢、陆润庠、王垿等祭酒，给新科状元打过"状元及第"的旗，国子监生人，今年七十三岁，姓董。

　　国子监，就是从前的大学。

　　这个地方原先是什么样子，没法知道了（也许是一片荒郊）。立为国子监，是在元代迁都大都以后，至元二十四年（一二八七年），距今约已七百年。

　　元代的遗迹，已经难于查考。给这段时间作证的，有两棵老树：一棵槐树，一棵柏树。一在彝伦堂前，一在大成殿阶下。据说，这都是元朝的第一任国立大学校长——国子监祭酒许衡手植的。柏树至今仍颇顽健，老干横枝，婆娑弄碧，看样子还能再活个几百年。那棵槐树，约有北方常用二号洗衣绿盆粗细，稀稀疏疏地披着几根细瘦的枝条，干枯僵直，全无一点生气，已经老得不成样子了，很难断定它是否还活着。传说它老早就已经死过一次，死了几十年，有一年不知道怎么又活了。这是乾隆年间的事，这年正赶上是慈宁太后的六十"万寿"，嗬，这是大喜事！于是皇上、大臣赋诗作记，还给老槐树画了像，全都刻在石头上，着实热闹了一通。这些石碑，至今犹在。

国子监是学校，除了一些大树和石碑之外，主要的是一些作为大学校舍的建筑。这些建筑的规模大概是明朝的永乐所创建的（大体依据洪武帝在南京所创立的国子监，而规模似不如原来之大），清朝又改建或修改过。其中修建最多的，是那位站在大清帝国极盛的峰顶，喜武功亦好文事的乾隆。

一进国子监的大门——集贤门，是一个黄色琉璃牌楼。牌楼之里是一座十分庞大华丽的建筑。这就是辟雍。这是国子监最中心，最突出的一个建筑。这就是乾隆所创建的。辟雍者，天子之学也。天子之学，到底该是个什么样子，从汉朝以来就众说纷纭，谁也闹不清楚。照现在看起来，是在平地上开出一个正圆的池子，当中留出一块四方的陆地，上面盖起一座十分宏大的四方的大殿，重檐，有两层廊柱，盖黄色琉璃瓦，安一个巨大的镏金顶子，梁柱檐饰，皆朱漆描金，透刻敷彩，看起来像一顶大花轿子似的。辟雍殿四面开门，可以洞启。池上围以白石栏杆，四面有石桥通达。这样的格局是有许多讲究的，这里不必说它。辟雍，是乾隆以前的皇帝就想到要建筑的，但都因为没有水而作罢了（据说天子之学必得有水）。到了乾隆，气魄果然要大些，认为"北京为天下都会，教化所先也，大典缺如，非所以崇儒重道，古与稽而今与居也"（《御制国学新建辟雍圜水工成碑记》）。没有水，那有什么关系！下令打了四口井，从井里把水汲上来，从暗道里注入，通过四个龙头（螭首），喷到白石砌就的水池里，于是石池中涵空照影，泛着潋滟的波光了。二、八月里，祀孔释奠之后，乾隆来了。前面钟楼里撞钟，鼓楼里擂鼓，殿前四个大香炉里烧着檀香，他走入讲台，坐上宝座，讲《大学》或《孝经》一章，叫王公大臣和国子监的学生跪在石池的桥边听着，这个盛典，叫做"临雍"。

这"临雍"的盛典，道光、嘉庆年间，似乎还举行过，到了光绪，据我那朋友老董说，就根本没有这档子事了。

大殿里一年难得打扫两回，月牙河（老董管辟雍殿四边的池子叫做四个"月牙河"）里整年是干的，只有在夏天大雨之后，各处的雨水一齐奔到这里面来。这水是死水，那光景是不难想象的。

然而辟雍殿确实是个美丽的、独特的建筑。北京有名的建筑，除了天安门、天坛祈年殿那个蓝色的圆顶、九梁十八柱的故宫角楼，应该数到这顶四方的大花轿。

辟雍之后，正面一间大厅，是彝伦堂，是校长——祭酒和教务长——司业办公的地方。此外有"四厅六堂"，敬一亭，东厢西厢。四厅是教职员办公室。六堂本来应该是教室，但清朝另于国子监斜对门盖了一些房子作为学生住宿进修之所，叫做"南学"（北方戏文动辄说"一到南学去攻书"，指的即是这个地方），六堂作为考场时似更多些。学生的月考、季考在此举行，每科的乡会试也要先在这里考一天，然后才能到贡院下场。

六堂之中原来排列着一套世界上最重的书，这书一页有三四尺宽，七八尺长，一尺许厚，重不知几千斤。这是一套石刻的十三经，是一个老书生蒋衡一手写出来的。据老董说，这是他默出来的！他把这套书献给皇帝，皇帝接受了，刻在国子监中，作为重要的装点。这皇帝，就是高宗纯皇帝乾隆陛下。

国子监碑刻甚多，数量最多的，便是蒋衡所写的经。著名的，旧称有赵松雪临写的"黄庭"、"乐毅"、"兰亭定武本"；颜鲁公"争座位"，这几块碑不晓得现在还在不在，我这回未暇查考。不过我觉得最有意思、最值得一看的是明太祖训示太学生的一通敕谕：

恁学生每听着：先前那宗讷做祭酒呵，学规好生严肃，秀才每循规蹈矩，都肯向学，所以教出来的个个中用，朝廷好生得人。后来他善终了，以礼送他回乡安葬，沿路上著有司官祭他。

近年著那老秀才每做祭酒呵，他每都怀着异心，不肯教诲，把宗讷的学规都改坏了，所以生徒全不务学，用著他呵，好生坏事。

如今著那年纪小的秀才官人每来署学事，他定的学规，恁每当依著行。敢有抗拒不服，撒泼皮，违犯学规的，若祭酒来奏著恁呵，都不饶！全家发向烟瘴地面去，或充军，或充吏，或做首领官。

今后学规严紧，若有无籍之徒，敢有似前贴没头帖子，诽谤师长的，许诸人出首，或绑缚将来，赏大银两个。若先前贴了票子，有知道的，或出首，或绑缚将来呵，也一般赏他大银两个。将那犯人凌迟了，枭令在监前，全家抄没，人口发往烟瘴地面。钦此！

这里面有一个血淋淋的故事：明太祖为了要"人才"，对于办学校非常热心。他的办学的政策只有一个字：严。他所委任的第一任国子监祭酒宋讷，就秉承他的意旨，订出许多规条，待学生非常的残酷，学生曾有饿死吊死的。学生受不了这样的迫害和饥饿，曾经闹过两次学潮。第二次学潮起事的是学生赵麟，出了一张壁报（没头帖子）。太祖闻之，龙颜大怒，把赵麟杀了，并在国子监立一长竿，把他的脑袋挂在上面示众（照明太祖的语言，是"枭令"）。隔了十年，他还忘不了这件事，有一天又召集全体教职员和学生训话。碑上所刻，就是训话的原文。

这些本来是发生在南京国子监的事，怎么北京的国子监也有这么一块碑呢？想必是永乐皇帝觉得他老大人的这通话训得十分精彩，应该垂之久远，所以特在北京又刻了一个复本。是的，这值得一看。他的这篇白话训词比历朝皇帝的"崇儒重道"之类的话都要真实得多，有力得多。

这块碑在国子监仪门外侧右手，很容易找到。碑分上下两截。下截是对工役膳夫的规矩，那更不得了："打五十竹篦"！"处斩"！"割了脚筋"……

历代皇帝虽然都似乎颇为重视国子监，不断地订立了许多学规，但不知道为什么，国子监出的人才并不是那样的多。

《戴斗夜谈》一书中说，北京人已把国子监打入"十可笑"之列：

> 京师相传有十可笑：光禄寺茶汤，太医院药方，神乐观祈禳，武库司刀枪，营缮司作场，养济院衣粮，教坊司婆娘，都察院宪纲，国子监学堂，翰林院文章。

国子监的课业历来似颇为稀松。学生主要的功课是读书、写字、作文。国子监学生——监生的肄业、待遇情况各时期都有变革。到清朝末年，据老董说，是每隔六日作一次文，每一年转堂（升级）一次，六年毕业，学生每月领助学金（膏火）八两。学生毕业之后，大部分发作为县级干部，或为县长（知县）、副县长（县丞），或为教育科长（训导）。另外还有一种特殊的用途，是调到中央去写字（清朝有一个时期光禄寺的面袋都是国子监学生的仿纸做的）。从明朝起就有调国子监善书学生去抄录《实录》的例。明朝的一部大丛书《永乐大典》，清朝的一部更大的丛书《四库全书》的底稿，那里面的端正严谨（也毫无个性）的馆阁体楷书，有些就是出自国子监高材生的手笔。这种工作，叫做"在誊桌上行走"。

国子监监生的身分不十分为人所看重。从明景泰帝开生员纳粟纳马入监之例以后，国子监的门槛就低了。尔后捐监之风大开，监生就更不值钱了。

国子监是个清高的学府，国子监祭酒是个清贵的官员——京官中，四品而掌印的，只有这么一个。作祭酒的，生活实在颇为清闲，每月只逢六逢一上班，去了之后，当差的在门口喝一声短道，沏上一碗盖碗茶，他到彝伦堂上坐了一阵，给学生出出题目，看看卷子；初一、十五带着学生上大成殿磕头，此外简直没有什么事情。清朝时他们还有两桩特殊任务：一是每年十月初一，率领属官到午门去领来年的黄历；一是遇到日蚀、月蚀，穿了素服到礼部和太常寺去"救护"，但领黄历一年只一次，日蚀、月蚀，更是难得碰到的事。戴璐《藤阴杂记》说此官"清简恬静"，这几个字是下得很恰当的。

但是，一般做官的似乎都对这个差事不大发生兴趣。朝廷似乎也知道这种心理，所以，除了特殊例外，祭酒不上三年就会迁调。这是为什么？因为这个差事没有油水。

查清朝的旧例，祭酒每月的俸银是一百零五两，一年一千二百六十两；外加办公费每月三两，一年三十六两，加在一起，实在不算多。国子监一没人打官司告状，二没有盐税河工可以承揽，没有什么外快。但是毕竟能够养住上上下下的堂官皂役的，赖有相当稳定的银子，这就是每年捐监的手续费。

据朋友老董说，纳监的监生除了要向吏部交一笔钱，领

8

取一张"护照"外，还需向国子监交钱领"监照"——就是
大学毕业证书。照例一张监照，交银一两七钱。国子监旧
例，积银二百八十两，算一个"字"，按"千字文"数，有一
个字算一个字，平均每年约收入五百字上下。我算了算，
每年国子监收入的监照银约有十四万两，即每年有八十二
三万不经过入学和考试只花钱向国家买证书而取得大学毕
业资格——监生的人。原来这是一种比乌鸦还要多的东
西！这十四万两银子照国家的规定是不上缴的，由国子监
官吏皂役按份摊分，祭酒每一字分十两，那么一年约可收入
五千银子，比他的正薪要多得多。其余司业以下各有差。
据老董说，连他一个"字"也分五钱八分，一年也从这一项
上收入二百八九十两银子！

　　老董说，国子监还有许多定例。比如，像他，是典籍
厅的刷印匠，管给学生"做卷"——印制作文用的红格本
子，这事包给了他，每月例领十三两银子。他父亲在时还
会这宗手艺，到他时则根本没有学过，只是到大栅栏口买一
刀毛边纸，拿到琉璃厂找铺子去印，成本共花三两，剩下十
两，是他的。所以，老董说，那年头，手里的钱花不清——
烩鸭条才一吊四百钱一卖！至于那几位"堂皂"，就更不得
了了！单是每科给应考的举子包"枪手"（这事值得专写一
文），就是一笔大财。那时候，当差的都兴喝黄酒，街头巷

尾都是黄酒馆，跟茶馆似的，就是专为当差的预备着的。所以，像国子监的差事也都是世袭。这是一宗产业，可以卖，也可以顶出去！

老董的记性极好，我的复述倘无错误，这实在是一宗未见载录的珍贵史料。我所以不惮其烦地缕写出来，用意是在告诉比我更年轻的人，封建时代的经济、财政、人事制度，是一个多么古怪的东西！

国子监，现在已经作为首都图书馆的馆址了。首都图书馆的老底子是头发胡同的北京市图书馆，即原先的通俗图书馆——由于鲁迅先生的倡议而成立，鲁迅先生曾经襄赞其事，并捐赠过书籍的图书馆；前曾移到天坛，因为天坛地点逼仄，又挪到这里了。首都图书馆藏书除原头发胡同的和建国后新买的以外，主要为原来孔德学校和法文图书馆的藏书。就中最具特色，在国内搜藏较富的，是鼓词俗曲。

下水道和孩子

　　修下水道了。最初，孩子们不知道是怎么一回事，只看见一辆一辆的大汽车开过来，卸下一车一车的石子，鸡蛋大的石子，杏核大的石子，还有沙，温柔的，干净的沙。堆起来，堆起来，堆成一座一座山，把原来的一个空场子变得完全不认得了。（他们曾经在这里踢毽子，放风筝，在草窝里找那些尖头的绿蚱蜢——飞起来露出桃红色的翅膜，格格格地响，北京人叫做"卦大扁"……）原来挺立在场子中间的一棵小枣树只露出了一个头，像是掉到地底下去了。最后，来了一个一个巨大的，大得简直可以当做房子住的水泥筒子。这些水泥筒子有多重啊，它是那么滚圆的，可是放在地下一动都不动。孩子最初只是怯生生地，远远地看着。他们只好走一条新的，弯弯曲曲的小路进出了，不能从场子里的任何方向横穿过去了。没有几天，他们就习惯了。他们觉得这样很好。他们有时要故意到沙堆的边上去踩一脚，在滚落下来的石子上站一站。后来，从有一天起，他们就跑到这些山上去玩起来。这倒不只是因为在这些山旁边只有一个老是披着一件黄布面子的羊皮大衣的人在那里看着，并且总是很温和地微笑着看着他们，问他们姓什么，住在哪一个门里，而是因为他们对这些石子和沙都熟悉了。他们知道这是可以上去玩的，这一点不会有什么妨碍。哦，他们站得多高呀，许多东西看起来都是另外一个样子了。他们看见了许多肩膀和头顶，看见头顶上那些旋。他们看见马拉着车子的时候脖子上的鬃毛怎样一耸一耸地动。他们看见王国俊家的房顶上的瓦楞里嵌着一个皮球。（王国俊跟他爸爸搬到新北京去了，前天他们在东安市场还看见过的哩。）他们隔着墙看见他们的妈妈往绳子上晒衣服，看见妈妈的手，看见……终于，有一天，他们跑到这些大圆筒里来玩了。他们在里面穿来穿去，发现、寻找着各种不同的路径。这是桥孔啊，涵洞啊，隧道啊，是地道战啊……他们有时伸出一个黑黑的脑袋来，喊叫一声，又隐没了。他们从薄暗中爬出来，爬到圆筒的顶上来回奔跳。最初，他们从一个圆筒上跳到一个圆筒上，要等两只脚一齐站稳，然后再往另一个上面跳，现在，他们连续地跳着，他们的脚和身体已经习惯了这样的弧形的坡面，习惯了这样的运动的节拍，他们在上面飞一般地跳跃着……

（多给孩子们写一点神奇的,惊险的故事吧。）

他们跑着，跳着，他们的心开张着。他们也常常跑到那条已经掘得很深的大沟旁边，挨着木栏，看那些奇奇怪怪的木架子，看在黑洞洞的沟底活动着的工人，看他们穿着长过膝盖的胶皮靴子从里面爬上来，看他们吃东西，吃得那样一大口一大口的，吃得那样香。夜晚，他们看见沟边点起一盏一盏斜角形的红灯。他们知道，这些灯要一直在那里亮着，一直到很深很深的夜里，发着红红的光。他们会很久很久都记得这些灯……

孩子们跑着，跳着，在圆筒上面，在圆筒里面。忽然，有一个孩子在心里惊呼起来："我已经顶到筒子顶了，我没有踮脚！"啊，不知不觉的，这些孩子都长高了！真快呀，孩子！而，这些大圆筒子也一个一个地安到深深的沟里去了，孩子们还来得及看到它们的浅灰色的脊背，整整齐齐地，长长地连成了一串，工人叔叔正往沟里填土。

现在，场子里又空了，又是一个新的场子，还是那棵小枣树，挺立着，摇动着枝条。

不久，沟填平了，又是平平的，宽广的，特别平，特别宽的路。但是，孩子们确定地知道，这下面，是下水道。

一九五六年

果园杂记

涂白

一个孩子问我：干嘛把树涂白了？

我从前也非常反对把树涂白了，以为很难看。

后来我到果园干了两年活，知道这是为了保护树木过冬。

把牛油、石灰在一个大铁锅里熬得稠稠的，这就是涂白剂。我们拿了棕刷，担了一桶一桶的涂白剂，给果树涂白。要涂得很仔细，特别是树皮有伤损的地方、坑坑洼洼的地方，要涂到，而且要涂得厚厚的，免得来年存留雨水，窝藏虫蚁。

涂白都是在冬日的晴天。男的、女的，穿了各种颜色的棉衣，在脱尽了树叶的果林里劳动着。大家的心情都很开朗，很高兴。

涂白是果园一年最后的农活了。涂完白，我们就很少到果园里来了。这以后，雪就落下来了。果园一冬天埋在雪里。

从此，我就不反对涂白了。

粉蝶

我曾经做梦一样在一片盛开的茼蒿花上看见成千上万的粉蝶——在我童年的时候。那么多的粉蝶，在深绿的蒿叶和金黄的花瓣上乱纷纷地飞着，看得我想叫，想把这些粉蝶放在嘴里嚼，我醉了。

后来我知道这是一场灾难。

我知道粉蝶是菜青虫变的。

菜青虫吃我们的圆白菜。那么多的菜青虫！而且它们的胃口那么好，食量那么大。它们贪婪地、迫不及待地、不停地吃，吃得菜地里沙沙地响。一上午的工夫，一地的圆白菜就叫它们咬得全是窟窿。

我们用 DDT 喷它们，使劲地喷它们。DDT 的激流猛烈地射在菜青虫身上，它们滚了几滚，僵直了，扑的一声掉在了地上，我们的心里痛快极了。我们是很残忍的，充满了杀机。

但是粉蝶还是挺好看的。在散步的时候，草丛里飞着两个粉蝶，我现在还时常要停下来看它们半天。我也不反对国画家用它们来点缀画面。

波尔多液

喷了一夏天的波尔多液，我的所有的衬衫都变成浅蓝色的了。

硫酸铜、石灰，加一定比例的水，这就是波尔多液。波尔多液是很好看的，呈天蓝色。过去有一种浅蓝的阴丹士林布，就是那种颜色。这是一个果园的看家的农药，一年不知道要喷多少次。不喷波尔多液，就不成其为果园。波尔多液防病，能保证水果的丰收。果农都知道，喷波尔多液虽然费钱，却是划得来的。

这是个细致的活。把喷头绑在竹竿上，把药水压上去，喷在梨树叶子上、苹果树叶子上、葡萄叶子上。要喷得很均匀，不多，也不少。喷多了，药水的水珠糊成一片，挂不住，流了；喷少了，不管用。树叶的正面、反面都要喷到。这活不重，但是干完了，眼睛、脖颈，都是酸的。

我是个喷波尔多液的能手。大家叫我总结经验。我说：一、我干不了重活，这活我能胜任；二、我觉得这活有诗意。

为什么叫个"波尔多液"泥？——中国的老果农说这个外国名字已经说得很顺口了。这有个故事。

波尔多是法国的一个小城，出马铃薯。有一年，法国的马铃薯都得了晚疫病，——晚疫病很厉害，得了病的薯地像火烧过一样，只有波尔多的马铃薯却安然无恙。大伙捉摸，这是什么道理呢？原来波尔多城外有一个铜矿，有一条小河从矿里流出来，河床是石灰石的。这水蓝蓝的，是不能吃的，农民用它来浇地。莫非就是这条河，使波尔多的马铃薯不得疫病？

于是世界上就有了波尔多液。

中国的老农现在说这个法国名字也说得很顺口了。

去年，有一个朋友到法国去，我问他到过什么地方，他很得意地说：波尔多！

我也到过波尔多，在中国。

关于葡萄

葡萄和爬山虎

一个学农业的同志告诉我：谷子是从狗尾巴草变来的，葡萄是从爬山虎变来的。我听了，觉得很有意思。谷子和狗尾巴草，葡萄和爬山虎，长得是很像。

另一个学农业的同志说：这没有科学根据，这是想象。

就算是想象吧，我还是觉得这想象得很有意思。我觉得不是没有这种可能。世界上的东西，总是由别的什么东西变来的。我们现在有了这么多品种的葡萄，有玫瑰香、马奶、金铃、秋紫、黑罕、白拿破仑、巴勒斯坦、虎眼、牛心、大粒白、柔丁香、白香蕉……颜色、形状、果粒大小、酸甜、香味，各不相同。它们是从来就有的么？不会的。最初一定只有一种果粒只有胡椒那样大，颜色半青半紫，味道酸涩的那么一种东西。是什么东西呢？大概就是爬山虎。

从狗尾巴草到谷子，从爬山虎到葡萄，是一个很漫长的过程。这种变化，是在人的参与之下完成的。人说：要大穗，要香甜多汁，于是谷子和葡萄就成了现在这样。

葡萄是人创造出来的。

葡萄的来历

至少玫瑰香不是张骞从西域带回来的。玫瑰香的家谱是可以查考的。它的故乡，是英国。

中国的葡萄是什么时候有的，从哪里来的，自来有不同的说法。

最流行的说法是：张骞从西域带回来的，在汉武帝的时候，即公元前一三〇年左右。《图经》："张骞使西域，得其种而还，种之，中国始有。"《齐民要术》："汉武帝使张骞至大宛，取葡萄实，如离宫别馆旁尽种之。"人们很愿意相信这种说法，因为可以发思古之幽情。"空见葡萄入汉家"，让人感到历史的寥廓。说张骞带回葡萄，是有根据的。现在还大量存在的夸耀汉朝的国力和武功的"葡萄海马镜"，可以证明。新疆不是现在还出很好的葡萄么？

但是是不是张骞之前，中国就没有葡萄？有人是怀疑过的。魏文帝曹丕《与吴监书》，是专谈葡萄的，他只说："中国珍果甚多，且复为说葡萄"。安邑是个出葡萄的地方。《安邑果志》载："《蒙泉杂言》、《酉阳杂俎》与《六帖》皆载：葡萄由张骞自大宛移植汉宫。按《本草》已具神农九种，当涂熄火，去骞未远；而魏文之诏，实称中国名果，不言西来。是唐以前无此论。"（《植物名实图考长编》引）《县志》的作者以为中国本来就有。他还以为中国本土的葡萄和张骞带回来的葡萄"别是一种"。

魏晋时葡萄还不多见，所以曹丕才专门写了一篇文章，庾信和尉瑾才对它"体"了半天"物"，一个说"有类软枣"，一个说"似生荔枝"。唐宋以后，就比较普遍，不是那样珍贵难得了。宋朝有一个和尚画家温日观就专门画葡萄。

张骞带回的葡萄是什么品种的呢？从"葡萄海马镜"上看不出。从拓片上看，只是黑的一串，果粒是圆的。

魏文帝吃的是什么葡萄？不知道。他只说是这种葡萄很好吃："当其夏末涉秋，尚有余暑、醉酒宿醒，掩露而食，甘而不饴，脆而不酸，冷而不寒，味长汁多，除烦解倦"，没有说是什么颜色，什么形状，——他吃的葡萄是"脆"的，这是什么葡萄？……

温日观所画的葡萄，我所见到的都是淡墨的，没有著色。从墨色看，是深紫的。果粒都作正圆，有点像是秋紫或是金铃。

反正，张骞带回来的，曹丕吃的，温日观画的，都不是玫瑰香。

中国现在的葡萄以玫瑰香为大宗。以玫瑰香为其大宗的现在的中国葡萄是从山东传开来的。其时最早不超过明代。

山东的葡萄是外国的传教士带进来的。

他们最先带来的是葡萄酒。——这种葡萄酒是洋酒，和"葡萄美酒夜光杯"的葡萄酒是两码事。这是传教必不可少的东西。在做礼拜领圣餐的时候，都要让信徒们喝一口葡萄酒，这是耶稣的血。传教士们漂洋过海地到中国来，船上总要带着一桶一桶的葡萄酒。

从本国带酒来很不方便，于是有的教士就想起带了葡萄苗来，到中国来种。收了葡萄，就地酿酒。

他们把葡萄种在教堂墙内的花园里。

中国的农民留神看他们种葡萄。哦，是这样的！这个农民撅了几根葡萄藤，插在土里。葡萄出芽了，长大了，结了很多葡萄。

这就传开了。

现在，中国到处都是玫瑰香。

这故事是一个种葡萄的果农告诉我的。他说：中国的农民是很能干的。什么事都瞒不过中国人。中国人一看就会。

葡萄月令

一月，下大雪。

雪静静地下着。果园一片白。听不到一点声音。

葡萄睡在铺着白雪的窖里。

二月里刮春风。

立春后，要刮四十八天"摆条风"。风摆动树的枝条，树醒了，忙忙地把汁液送到全身。树枝软了。树绿了。

雪化了，土地是黑的。

黑色的土地里，长出了茵陈蒿。碧绿。

葡萄出窖。

把葡萄窖一锹一锹挖开。挖下的土，堆在四面。葡萄藤露出来了，乌黑的。有的梢头已经绽开了芽苞，吐出指甲大的苍白的小叶。它已经等不及了。

把葡萄藤拉出来，放在松松的湿土上。

不大一会，小叶就变了颜色，叶边发红；——又不大一会，绿了。

三月，葡萄上架。

先得备料。把立柱、横梁、小棍，槐木的、柳木的、杨木的、桦木的，按照树棵大小，分别堆放在旁边。立柱有汤碗口粗的、饭碗口粗的、茶杯口粗的。一棵大葡萄得用八根、十根，乃至十二根立柱。中等的，六根、四根。

先刨坑，竖柱。然后搭横梁，用粗铁丝摽紧。然后搭小棍，用细铁丝缚住。

然后，请葡萄上架。把在土里趴了一冬的老藤扛起来，得费一点劲。大的，得四五个人一起来。"起！——起！"哎，它起来了。把它放在葡萄架上，把枝条向三面伸开，像五个指头一样的伸开，扇面似的伸开。然后，用麻筋在小棍上固定住。葡萄藤舒舒展展，凉凉快快地在上面呆着。

上了架，就施肥。在葡萄根的后面，距主干一尺，挖一道半月形的沟，把大粪倒在里面。葡萄上大粪，不用稀释，就这样把原汁大粪倒下去。大棵的，得三四桶。小葡萄，一桶也就够了。

四月，浇水。

挖窖挖出的土，堆在四面，筑成垄，就成一个池子。池里放满了水。葡萄园里水气泱泱，沁人心肺。

葡萄喝起水来是惊人的。它真是在喝哎！葡萄藤的组织跟别的果树不一样，它里面是一根一根细小的导管。这一点，中国的古人早就发现了。《图经》云："根苗中空相通。圃人将货之，欲得厚利，暮溉其根，而晨朝水浸子中矣，故俗呼其苗为木通。""暮溉其根，而晨朝水浸子中矣"，是不对的，葡萄成熟了，就不能再浇水了。再浇，果粒就会涨破。"中空相通"却是很准确的。浇了水，不大一会，它就从根直吸到梢，简直是小孩嘬奶似的拼命往上嘬。浇过了水，你再回来看看吧：梢头切断过的破口，就嗒嗒地往下滴水了。

是一种什么力量使葡萄拼命地往上吸水呢？

施了肥，浇了水，葡萄就使劲抽条、长叶子。真快！原来是几根根枯藤，几天功夫，就变成青枝绿叶的一大片。

五月，浇水，喷药，打梢，掐须。

葡萄一年不知道要喝多少水，别的果树都不这样。别的果树都是刨一个"树碗"，往里浇几担水就得了，没有像它这样的"漫灌"，整池子的喝。

喷波尔多液。从抽条长叶，一直到坐果成熟，不知道要喷多少次。喷了波尔多液，太阳一晒，葡萄叶子就都变成蓝的了。

葡萄抽条，丝毫不知节制，它简直是瞎长！几天功夫，就抽出好长的一截的新条。这样长法还行呀，还结不结果呀？因此，过几天就得给它打一次条。葡萄打条，也用不着什么技巧，是个人就能干，拿起树剪，劈劈啪啪，把新抽出来的一截都给它铰了就得了。一铰，一地的长着新叶的条。

葡萄的卷须，在它还是野生的时候是有用的，好攀附在别的什么树木上。现在，已经有人给它好好地固定在架上了，就一点用也没有了。卷须这东西最耗养分，——凡是作物，都是优先把养分输送到顶端，因此，长出来就给它掐了，长出来就给它掐了。

葡萄的卷须有一点淡淡的甜味。这东西如果腌成咸菜，大概不难吃。

五月中下旬，果树开花了。果园，美极了。梨树开花了，苹果树开花了，葡萄也开花了。

都说梨花像雪，其实苹果花才像雪，雪是厚重的，不是透明的。梨花像什么呢？——梨花的瓣子是月亮做的。

有人说葡萄不开花，哪能呢，只是葡萄花很小，颜色淡黄微绿，不钻进葡萄架是看不出的。而且它开花期很短。很快，就结出了绿豆大的葡萄粒。

六月，浇水、喷药、打条、掐须。

葡萄粒长了一点了，一颗一颗，像绿玻璃料做的纽子。硬的。

葡萄不招虫。葡萄会生病，所以要经常喷波尔多液。但是它不像桃，桃有桃食心虫；梨，梨有梨食心虫。葡萄不用疏虫果。——果园每年疏虫果是要费很多工的。虫果没有用，黑黑的一个半干的球，可是它耗养分呀！所以，要把它"疏"掉。

七月，葡萄"膨大"了。

掐须、打条、喷药，大大地浇一次水。

追一次肥。追硫铵。在原来施粪肥的沟里撒上硫铵。然后，就把沟填平了。把硫铵封在里面。

汉朝是不会追这次肥的，汉朝没有硫铵。

八月，葡萄"着色"。

你别以为我这里是把画家的术语借用来了。不是的。这是果农语言，他们就叫"着色"。

下过大雨，你来看看葡萄园吧，那叫好看！白的像白玛瑙，红的像红宝石，紫的像紫水晶，黑的像黑玉。一串一串，饱满、磁棒、挺括，璀璨琳琅。你就把《说文解字》里的带玉字偏旁的字都搬了来吧，那也不够用呀！

可是你得快来！明天，对不起，你全看不到了。我们要喷波尔多液了。一喷波尔多液，它们的晶莹鲜艳全都没有了，它们蒙上一层蓝兮兮、白糊糊的东西，成了磨砂玻璃。我们不得不这样干。葡萄是吃的，不是看的。我们得保护它。

过不了两天，就下葡萄了。

一串一串剪下来，把病果、瘪果去掉，妥妥地放在果筐里，果筐满了，盖上盖，要一个棒小伙子跳上去蹦两下，用麻筋缝的筐盖。——新下的果子，不怕压，它很结实，压不坏。倒怕是装不紧，逛里逛当的。那，来回一晃悠，全得烂！

葡萄装上车，走了。

去吧，葡萄，让人们吃去吧！

九月的果园像一个生过孩子的少妇，宁静、幸福，而慵懒。

我们还要给葡萄喷一次波尔多液。哦，下了果子，就不管了？人，总不能这样无情无义吧。

十月，我们有别的农活。我们要去割稻子。葡萄，你愿意怎么长，就怎么长着吧。

十一月，葡萄下架。

把葡萄架拆下来。检查一下，还能再用的，搁在一边。糟朽了的，只好烧火。立柱、横梁、小棍，分别堆垛起来。

剪葡萄条。干脆得很，除了老条，一概剪光。葡萄又成了一个大秃子。

剪下的葡萄条，挑有三个芽眼的，剪成二尺多长的一截，捆起来，放在屋里，准备明春插条。

其余的，连枝带叶，都用竹笤帚扫成一堆，装走了。

葡萄园光秃秃。

十一月下旬，十二月上旬，葡萄入窖。

这是个重活。把老本放倒，挖土把它埋起来。要埋得很厚实。外面要用铁锹拍平。这个活不能马虎。都要经过验收，才给记工。

葡萄窖，一个一个长方形的土墩墩。一行一行，整整齐齐地排列着。风一吹，土色发了白。

这真是一年的冬景了。热热闹闹的果园，现在什么颜色都没有了。眼界空阔，一览无余，只剩下发白的黄土。

下雪了。我们踏着碎玻璃碴似的雪，检查葡萄窖，扛着铁锹。

一到冬天，要检查几次。不是怕别的，怕老鼠打了洞。葡萄窖里很暖和，老鼠爱往这里面钻。它倒是暖和了，咱们的葡萄可就受了冷啦！

钓鱼台

　　我在钓鱼台西边住了好几年，不知道钓鱼台里面是什么样子。

　　钓鱼台原是一片野地，清代，清明前后，偶尔有闲散官员爱写写诗的，携酒来游。这地方很荒凉，有很多坟。张问陶《船山诗草·闰二月十六日清明与王香圃徐石溪查兰圃小山兄弟携酒游钓鱼台看桃花归过白云观法源寺即事二首》云："荒坟沿路有，浮世几人闲。"可证。这里的景致大概是："柳枝漠漠笼青烟，山桃欲开红可怜。人声渐远波声小，一片明湖出林杪"（《船山诗草·十九日习之招国子卿竹堂稚存琴山质夫立凡携酒游钓鱼台》）。不知道从什么时候起，逐渐营建，最后成了国宾馆。

　　钓鱼台的周围原来是竹竿扎成的篱笆，竹竿上涂绿油漆，从篱笆窟窿中约略可见里面的房屋树木。"文化大革命"初期，不是一九六六年就是一九六七年，改筑了围墙，里面就什么也看不见了。围墙上安了电网，隔不远有一个红灯泡。晚上红灯一亮，瞧着有点瘆人。围墙东面、北面各开一座大门。东面大门里是一座假山；北面大门里砌了一个很大的照壁，遮住行人的视线。照壁上涂了红漆，堆出五个笔势飞动的金字："为人民服务"。门里安照壁，本是常事，但是这五个字用在这里，似乎不怎么合适。为什么搞得这样戒备森严起来了呢？原因之一，是江青常常住在这里，"文化大革命"的许多重大决策都是由这里作出的。不妨说，这是"文革"的策源地。我每天要从"为人民服务"之前经过，觉得照壁后面，神秘莫测。

我们街坊有两个孩子爬到五楼房顶上拿着照相机对着钓鱼台拍照，刚按快门，这座楼已经被钓鱼台的警卫围上了。

钓鱼台原来有一座门，靠南边，朝西，像一座小城门，石额上有三个馆阁体的楷书："钓鱼台"。附近的居民称之为"古门"。这座门正对玉渊潭。玉渊潭和钓鱼台原是一体。张问陶诗中的"一片明湖出林杪"，指的正是玉渊潭。玉渊潭有一条贯通南北的堤，把潭分成东西两半，堤中有水闸，东西两湖的水是相通的。原来潭东、潭西和当中的土堤都是可以走人的。自从江青住进钓鱼台之后，把挨近钓鱼台的东湖沿岸都安了带毛刺的铁丝网，——老百姓叫它"铁蒺藜"。铁蒺藜是钉在沿岸的柳树上的。这样，东湖就成了禁地。行人从潭中的堤上走过时，不免要向东边看一眼，看看可望而不可即的钓鱼台，沉沉烟霭，苍苍树木。

"四人帮"垮台后，铁蒺藜拆掉了，东湖解放了。湖中有人划船、钓鱼、游泳。东堤上又可通行了。很多人散步、练气功、遛鸟。有些游人还爱趴在"古门"的门缝上往里看。警卫的战士看到，也并不呵叱。有一年，修缮西南角的建筑，为了运料方便，打开了古门，人们可以看到里面的"养元斋"，一湾流水，几块太湖石，丛竹高树。钓鱼台不再那么神秘了。

原来的铁蒺藜有的是在柳树上箍一个圈，再用钉子钉上的。有一棵柳树上的铁蒺藜拆不净，因为它已经长进树皮里，拔不出来了。这棵柳树就带着外面拖着一截的铁蒺藜往上长，一天比一天高。这棵带着铁蒺藜的树，是"四人帮"作恶的一个历史见证。似乎这也像经了"文化大革命"一通折腾之后的中国人。

一九八七年八月十七日

藻鉴堂

我曾在藻鉴堂住过一阵，初春，为了写一个剧本。同时住在那里的有《红岩》的作者罗广斌、杨益言，歌剧《江姐》的作者阎肃，还有我们剧团的几个编剧。藻鉴堂在颐和园的极西，围墙外就不是颐和园了。这是园内的一个偏僻的去处，原本就很少有游人来，自从辟为一个休养所，就更没有人来了。堂在一个半岛上，三面环水，岛西面往南往北都有通路，地方极为幽静。这个堂原来不知是干什么用的。大概盖得了之后，慈禧太后从来也没有来住过。这是一座两层楼的建筑，内部经过改修，有暖气、自来水、卫生设备，已经相当现代化了。外面看，还是一座带有宫廷风格的别墅。在这里写作，堪称福地。

我们白天讨论，写作。到了傍晚，已经"净园"——北京的公园到了快闭园门的时候，摇铃通知游人离去，叫做"净园"——我们常从北面的小路上走出来，沿颐和园绕一大圈，从南边回去。花木无言，鸟兔自乐，得园之趣，非白日摩肩继踵的游人所能受用。

藻鉴堂北有一个很怪的东西。这是一个砖砌大圆筒。半截在地面以上，从外面看像烟筒。半截在地面以下。露在地面上的半截，不到一人高。站在筒口，可以俯看。往下看，像一口没有水的干井。井底也是圆的，颇宽广，井底还有两间房屋。这是清廷"圈禁"犯罪的亲王的地方。据颐和园的工作人员告诉我，有一个有名的什么什么亲王曾经圈禁在这里。似乎在这里圈禁过的亲王也就是这一个。我于清史太无知，把亲王的名字忘记了。这可真是名副其实的"圈禁"，——关禁在一个圆圈里面。圈的底至口约有四丈，他是插翅也飞不出去的。这位亲王除了坐井观天之外，只有等死。我很纳闷，当初是怎么把亲王弄进去的呢？——这个圆筒没有门。亲王的饮食，包括他的粪便，又是如何解决的呢？嗐，我这都是多虑。爱新觉罗家族既有此祖宗遗规，必有一套周到妥善的处理。

前二年有一个大学生跳进这个圆筒自杀死了。等发现时，尸体已经干透。

我们在藻鉴堂的生活很好，只是新鲜蔬菜少一点。伙房里老给我们吃炒回锅猪头肉。炒猪头肉不难吃，只是老吃有点受不了。

服务员里有一位很健谈，山东青河县人，他极言西门庆没这个人，这是西门的一口磬。自来说《水浒》、《金瓶梅》者无此新解，录以备忘。

午门

　　旧戏、旧小说里每每提到推出午门斩首，其实没有这回事。午门在紫禁城里，三大殿的外面，这个地方哪能杀人呢！从元朝以来，刑人多在柴市口（今菜市口）、交道口（原名"交头口"）或西四牌楼。在闹市杀人，大概是汉朝以来就有的规矩，即所谓"弃市"。晁错就是"朝服斩于市"的。午门是逢什么重要节日皇帝接见外国使节和接受献俘的地方。另外，也是大臣受廷杖的地方。"廷杖"不是在太和殿上打屁股，那倒是"推出午门"去执行的。"廷杖"是明代对大臣的酷刑。明以前，好像没听说过。原来打得不重，受杖时可以穿了厚棉裤，下面还垫了毡子，"示辱而已"。但挨了杖，也得躺几天起不来。到了刘瑾当权，因为他痛恨知识分子，"始去衣"，那就是脱了裤子，露出了屁股来挨揍了。行刑的是锦衣卫的太监，他们打得很毒，有的大臣立毙杖下，当场被打死的。

午门居北京城的正中。"午"者中也。这里的建筑是非常有特色的。一是建在和天安门的城墙一般高的城台之上，地基比故宫任何一座宫殿都高。二是它是五座建筑联成的。正中是一座大殿，两侧各有两座方形的亭式建筑，俗称"五凤楼"。旧戏曲里常用"五凤楼"作为朝廷的代称。《草桥关》里姚期唱："到来朝陪王在那五凤楼"，《珠帘寨》里程敬思唱："为千岁懒登五凤楼"。其实五凤楼不是上朝的地方，姚期和程敬思也不会登上这样的地方。

五凤楼平常是没有人上去的，于是就成了燕子李三式的飞贼的藏身之所。据说飞贼作了案，就用一根粗麻绳，绳子有铁钩，把麻绳甩上去，钩搭住午门外侧的城墙。倒几次手，就"就"上去了。据说在民国以后，午门城楼上设立了历史博物馆，在修缮房屋时，曾在正殿的天花板上扫出了一些烧鸡骨头，桂元、荔枝皮壳。那是飞贼遗留下来的。我未能亲见，只好姑妄听之。理或有之：躲在这里，是谁也找不到的。

一九四八年，我曾在历史博物馆工作过将近一年，而且住在午门的下面。除了两个工友，职员里住在这里的只我一个人。我住的房间在右掖门一边，据说是锦衣卫值宿的地方。我平生所住过的房屋，以这一处最为特别。夜晚，在天安门、端门、左右掖门都上锁之后，我独自站立在午门下面的广大的石坪上，万籁俱静，满天繁星，此种况味，非常人所能领略。我曾写信给黄永玉说：我觉得全世界都是凉的，只我这里一点是热的。

于是，到一九四九年三月，我就离开了。

三月七日

桥边散文

午门忆旧

北京解放前夕，一九四八年夏天到一九四九年春天，我曾在午门的历史博物馆工作过一段时间。

午门是紫禁城总体建筑的一个重要的组成部分。这是故宫的正门，是真正的"宫门"。进了天安门、端门，这只是宫廷的"前奏"，进了午门，才算是进了宫。有午门，没有午门，是不大一样的。没有午门，进天安门、端门，直接看到三大殿，就太敞了，好像一件衣裳没有领子。有午门当中一隔，后面是什么，都瞧不见，这才显得宫里神秘庄严，深不可测。

午门的建筑是很特别的。下面是一个凹形的城台。城台上正面是一座九间重檐庑殿顶的城楼；左右有重檐的方亭四座。城楼和这四座正方的亭子之间，有廊庑相连属，稳重而不笨拙，玲珑而不纤巧，极有气派，俗称为"五凤楼"。在旧戏里，五凤楼成了皇宫的代称。《草桥关》里姚期唱："到来朝陪王在那五凤楼"，《珠帘寨》里程敬思唱道："为千岁懒登五凤楼"，指的就是这里。实际上姚期和程敬思都是不会登上五凤楼的。楼不但大臣上不去，就是皇帝也很少上去。

午门有什么用呢？旧戏和评书里常有一句话："推出午门斩首！"哪能呢！这是编戏编书的人想象出来的。午门的用处大概有这么三项：一是逢什么大典时，皇上登上城楼接见外国使节。曾见过一幅紫铜的版刻，刻的就是这一盛典。外国使节、满汉官员，分班肃立，极为隆重。是哪一位皇上，庆的是何节日，已经记不清了。其次是献俘。打了胜仗（一般都是镇压了少数民族），要把俘虏（当然不是俘虏的全部，只是代表性的人物）押解到京城来。献俘本来应该在太庙。《清会典·礼部》："解送俘囚至京师，钦天监择日献俘于太庙社稷。"但据熟悉掌故的同志说，在午门。到时候皇上还要坐到城楼亲自过过目。究竟在哪里，余生也晚，未能亲历，只好存疑。第三，大概是午门最有历史意义，也最有戏剧性的故实，是在这里举行廷杖。廷杖，顾名思义，是在朝廷上受杖。不过把一位大臣按在太和殿上打屁股，也实在不大像样子，所以都在午门外举行。廷杖是对廷臣的酷刑。据朱国桢《涌幢小品》，廷杖始于唐玄宗时。但是盛行似在明代。原来不过是"意思意思"。《涌幢小品》说："成化以前，凡廷杖者不去衣，用厚棉底衣，毛毡迭帊，示辱而已。"穿了厚棉裤，又垫着几层毡子，打起来想必不会太疼。但就这样也够呛，挨打以后，要"卧床数日，而后得愈"。"正德初年，逆瑾（刘瑾）用事，恶廷臣，始去衣。"——那就说脱了裤子，露出屁股挨打了。"遂有杖死者。"掌刑的是"厂卫"。明朝宦官掌握的特务机关有东厂、西厂，后来又有中行厂。廷杖在午门外进行，抡杖的该是中行厂的锦衣卫。五凤楼下，血肉横飞，是何景象？

不知从什么时候起，五凤楼就很少有人上去。"马道"的门锁着。民国以后，在这里建立了历史博物馆。据历史博物馆的老工友说，建馆后，曾经修缮过一次，从城楼的天花板上扫出了一些烧鸡骨头、荔枝壳和桂元壳。他们说，这是"飞贼"留下来的。北京的"飞贼"做了案，就到五凤楼天花板上藏着，谁也找不着——那倒是，谁能搜到这样的地方呢？老工友们说，"飞贼"用一根麻绳，一头系一个大铁钩，一甩麻绳，把铁钩搭在城垛子上，三把两把，就"就"上来了。这种情形，他们谁也不会见过，但是言之凿凿。这种燕子李三式的人物引起老工友们美丽的向往，因为他们都已经老了，而且有的已经半身不遂。

"历史博物馆"名目很大，但是没有多少藏品，东边的马道里有两尊"将军炮"，是很大的铜炮，炮管有两丈多长。一尊叫做"武威将军炮"，另一尊叫什么将军炮，忘了。据说张勋复辟时曾起用过两尊将军炮，有的老工友说他还听到过军令："传武威将军炮！""传××将军炮！"是谁传？张勋，还是张勋的对立面？说不清。马道拐角处有一架李大钊烈士就义的绞刑机。据说这架绞刑机是德国进口的，只用过一次。为什么要把这东西陈列在这里呢？我们在写说明卡片时，实在不知道如何下笔。

城楼（我们习惯叫做"正殿"）里保留了皇上的宝座。两边铁架子上挂着十多件袁世凯祭孔用的礼服，黑缎的面料，白领子，式样古怪，道袍不像道袍。这一套服装为什么陈列在这里，也莫名其妙。

四个方亭子陈列的都是没有多大价值，也不值什么钱的文物：不知道来历的墓志、烧瘫在"匣"里的钧窑磁碗、清代的"黄册"（为征派赋役编造的户口册）、殿试的卷子、大臣的奏折……西北角一间亭子里陈列的东西却有点特别，是多种刑具。有两把杀人用的鬼头刀，都只有一尺多长。我这才知道杀头不是用力把脑袋砍下来，而是用"巧劲"把脑袋"切"下来。最引人注意的是一套凌迟用的刀具，装在一个木匣里，有一二十把，大小不一。还有一把细长的锥子。据说受凌迟的人挨了很多刀，还不会死，最后要用这把锥子刺穿心脏，才会气绝。中国的剐刑搞得这样精细而科学，真是令人叹为观止。

整天和一些价值不大、不成系统的文物打交道，真正是"抱残守缺"。日子过得倒是蛮清闲的。白天检查检查仓库，更换更换说明卡片，翻翻资料，都是可做可不做的事情。下班后，到左掖门外筒子河边看看算卦的算卦，——河边有好几个卦摊；看人叉鱼，——叉鱼的沿河走，捏着鱼叉，欻地一叉下去，一条二尺来长的黑鱼就叉上来了。到了晚上，天安门、端门、左右掖门都关死了，我就到屋里看书。我住的宿舍在右掖门旁边，据说原是锦衣卫——就是执行廷杖的特务值宿的房子。四外无声，异常安静。我有时走出房门，站在午门前的石头坪场上，仰看满天星斗，觉得全世界都是凉的，就我这里一点是热的。

北平一解放，我就告别了午门，参加四野南下工作团南下了。

从此就再也没有到午门去看过，不知道午门现在是什么样子。

有一件事可以记一记。解放前一天，我们正准备迎接解放。来了一个人，说："你们赶紧收拾收拾，我们还要办事呢！"他是想在午门上登基。这人是个疯子。

一九八六年一月九日

玉渊潭的传说

玉渊潭公园范围很大。东接钓鱼台，西到三环路，北靠白堆子、马神庙，南通军事博物馆。这个公园的好处是自然，到现在为止，还不大像个公园，——将来可不敢说了。没有亭台楼阁、假山花圃。就是那么一片水，好些树。绕湖中有长堤，转一圈得一个多小时。湖中有堤，贯通南北，把玉渊潭分为西湖和东湖。西湖可游泳，东湖可划船。湖边有很多人钓鱼，湖里有人坐了汽车内胎扎成的筏子撒网。堤上有人遛鸟。有两三处是鸟友们"会鸟"的地方。画眉、百灵，叫成一片。有人打拳、做鹤翔桩、跑步。更多的人是遛弯儿的。遛弯有几条路线，所见所闻不同。常遛的人都深有体会。有一位每天来遛的常客，以为从某处经某处，然后出玉渊潭，最有意思。他说："这个弯儿不错。"

每天遛弯儿，总可遇见几位老人。常见，面熟了，见到总要点点头："遛遛？"——"吃啦？"——"今儿天不错，——没风！"……

几位老人都已经八十上下了。他们是玉渊潭的老住户，有的已经住了几辈子。他们原来都是种地的，退休了。身子骨都挺硬朗。早晨，他们都绕长堤遛弯儿。白天，放放奶羊、莳弄莳弄巴掌大的一块菜地、摘一点喂鸡的猪儿草。晚饭后大都聚在湖北岸水闸旁边聊天。尤其是夏天，常常聊到很晚。这地方凉快。

我听他们聊，不免问问玉渊潭过去的事。

他们说玉渊潭原本是一片荒地，没有什么人来。只有每年秋天，热闹几天。城里很多人到玉渊潭来吃烤肉，——北京人不是讲究"贴秋膘"吗？各处架起烤肉炙子，烧着柴火，烤肉的香味顺风飘得老远……

秋高气爽，到野地里吃烤肉，瞧瞧湖水，闻着野花野草的清香，确实是一件乐事。我倒愿意这种风气能够恢复。不过，很难了！

老人们说：这玉渊潭原本是私人的产业，是张××的

（他们把这个姓张的名字叫得很真凿，我曾经记住，后来忘了）。那会玉渊潭就是当中有一条陆地，种稻子。土肥水好，每年收成不错，玉渊潭一带的人，种的都是张家的地。

他们说：不但玉渊潭，由打阜成门，一直到现在的三环路，都是张××的，他一个人的。

（这可能么？）

这张××是怎么发的家呢？他是做"供"的。早年间北京人订供，不是一次给钱，而是分期给，按时给，从正月给到腊月，年底下就能捧回去一盘供。这张××收了很多家的钱，全花了。到了年根，要面没面，要油没油，拿什么给人家呀！他着急呀，睡不着觉。迷迷糊糊地，着了。做了一个梦。梦里听见有人跟他说：张××，哪儿哪儿有你的油，你的面，你去拉吧！他醒来，到了那儿，有一所房，里面有油，有面。他就赶着车往外拉。怎么拉也拉不完。怎么拉，也拉不完。起那儿，他就发了大财了！

这个传说当然不可信，情节也比较一般化。不过也还有点意思。从这个传说让我了解了几件事。

第一，北京人家过年，家家都要有一盘供。南方人也许不知道什么是"供"。供，就是面擀成指头粗的条，在油里炸透，蘸了蜂蜜，堆成宝塔形，供在神案上的一种甜食。这大概本来是佛教敬奉释迦牟尼的东西，而且本来可能是庙里制做的。《红楼梦》第一回写葫芦庙中炸供，和尚不小心，油锅火逸，造成火灾，可为旁证。不过《红楼梦》写炸供是在三月十五，而北京人家摆供则在大年初一，季节不同。到后来，就不只是敬给释迦牟尼了，天上地下，各教神仙都有份。似乎一切神佛都爱吃甜东西。其实爱吃这种甜食的是孩子。北京的孩子大概都曾乘大人看不见的时候，偷偷地掰过供尖吃。到了撤供的时候，一盘供就会矮了一截。现在过年的时候，没有人家摆供了，不过点心铺里还有"蜜供"卖，只是不复堆成宝塔形，而是一疙瘩一块的。很甜，有一点蜜香。

第二，我这才知道，北京人家订供，用的是这种"分期付款"的办法。分期付款，我原以为是外国传来的，殊不知中国，北京，古已有之。所不同的，现在的分期付款是先取了东西，再陆续付钱，订供则是先钱后货。小户人家，到年底一次拿出一笔钱来办供，有些费劲，这样零揪着按月交钱，就轻松多了；做供的呢，也可以攒了本钱，从容备料。买主卖主，两得其便。这办法不错！

第三，这几位老人对这传说毫不怀疑。他们是当真事儿说的。他们说张××实有其人，他们说他就住在三环路的南边。他们说北京人有一句话："你有钱！——你有钱能比得了张××吗？"这几位老人都相信：人要发财，这是天意，这是命。因此，他们都顺天而知命，与世无争，不作非分之想。他们勤劳了一辈子，恬淡寡欲，心平气和。因此，他们都长寿。

一九八六年一月十三日

沈从文先生在西南联大

沈先生在联大开过三门课：各体文习作、创作实习和中国小说史。三门课我都选了，——各体文习作是中文系二年级必修课，其余两门是选修。西南联大的课程分必修与选修两种。中文系的语言学概论、文字学概论、文学史（分段）……是必修课，其余大都是任凭学生自选。诗经、楚辞、庄子、昭明文选、唐诗、宋诗、词选、散曲、杂剧与传奇……选什么，选哪位教授的课都成。但要凑够一定的学分（这叫"学分制"）。一学期我只选两门课，那不行。自由，也不能自由到这种地步。

创作能不能教？这是一个世界性的争论问题。很多人认为创作不能教。我们当时的系主任罗常培先生就说过：大学是不培养作家的，作家是社会培养的。这话有道理。

沈先生自己就没有上过什么大学。他教的学生后来成为作家的，也极少。但是也不是绝对不能教。沈先生的学生现在能算是作家的，也还有那么几个。问题是由什么样的人来教，用什么方法教。现在的大学里很少开创作课的，原因是找不到合适的人来教。偶尔有大学开这门课的，收效甚微，原因是教得不甚得法。

教创作靠"讲"不成。如果在课堂上讲鲁迅先生所讥笑的"小说作法"之类，讲如何作人物肖像，如何描写环境，如何结构，结构有几种——攒珠式的、橘瓣式的……那是要误人子弟的。教创作主要是让学生自己"写"。沈先生把他的课叫做"习作"、"实习"，很能说明问题。如果要讲，那"讲"要在"写"之后。就学生的作业，讲他的得失。教授先讲一套，让学生照猫画虎，那是行不通的。

沈先生是不赞成命题作文的，学生想写什么就写什么。但有时在课堂上也出两个题目。沈先生出的题目都非常具体。我记得他曾给我的上一班同学出过一个题目："我们的小庭院有什么"，有几个同学就这个题目写了相当不错的散文，都发表了。他给比我低一班的同学曾出过一个题目："记一间屋子里的空气"！我的那一班出过些什么题目，我倒不记得了。沈先生为什么出这样的题目？他认为：先得学会车零件，然后才能学组装。我觉得先作一些这样的片段的习作，是有好处的，这可以锻炼基本功。现在有些青年文学爱好者，往往一上来就写大作品，篇幅很长，而功力不够，原因就在零件车得少了。

沈先生的讲课，可以说是毫无系统。前已说过，他大都是看了学生的作业，就这些作业讲一些问题。他是经过一番思考的，但并不去翻阅很多参考书。沈先生读很多书，但从不引经据典，他总是凭自己的直觉说话，从来不说阿里斯多德怎么说、福楼拜怎么说、托尔斯泰怎么说、高尔基怎么说。他的湘西口音很重，声音又低，有些学生听了一堂课，往往觉得不知道听了一些什么。沈先生的讲课是非常谦抑，非常自制的。他不用手势，没有任何舞台道白式的腔调，没有一点哗众取宠的江湖气。他讲得很诚恳，甚至很天真。但是你要是真正听"懂"了他的话，——听"懂"了他的话里并未发挥罄尽的余意，你是会受益匪浅，而且会终生受用的。听沈先生的课，要像孔子的学生听孔子讲话一样："举一隅而三隅反"。

沈先生讲课时所说的话我几乎全都忘了（我这人从来不记笔记）！我们有一个同学把闻一多先生讲唐诗课的笔记记得极详细，现已整理出版，书名就叫《闻一多论唐诗》，很有学术价值，就是不知道他把闻先生讲唐诗时的"神气"记下来了没有。我如果把沈先生讲课时的精辟见解记下

52

来，也可以成为一本《沈从文论创作》。可惜我不是这样的有心人。

沈先生关于我的习作讲过的话我只记得一点了，是关于人物对话的。我写了一篇小说（内容早已忘记干净），有许多对话。我竭力把对话写得美一点，有诗意，有哲理。沈先生说："你这不是对话，是两个聪明脑壳打架！"从此我知道对话就是人物所说的普普通通的话，要尽量写得朴素。不要哲理，不要诗意。这样才真实。

沈先生经常说的一句话是："要贴到人物来写。"很多同学不懂他的这句话是什么意思。我以为这是小说学的精髓。据我的理解，沈先生这句极其简略的话包含这样几层意思：小说里，人物是主要的，主导的；其余部分都是派生的，次要的。环境描写、作者的主观抒情、议论，都只能附着于人物，不能和人物游离，作者要和人物同呼吸、共哀乐。作者的心要随时紧贴着人物。什么时候作者的心"贴"不住人物，笔下就会浮、泛、飘、滑，花里胡哨，故弄玄虚，失去了诚意。而且，作者的叙述语言要和人物相协调。写农民，叙述语言要接近农民；写市民，叙述语言要近似市民。小说要避免"学生腔"。

我以为沈先生这些话是浸透了淳朴的现实主义精神的。

沈先生教写作，写的比说的多，他常常在学生的作业后面写很长的读后感，有时会比原作还长。这些读后感有时评析本文得失，也有时从这篇习作说开去，谈及有关创作的问题，见解精到，文笔讲究。——一个作家应该不论写什么都写得讲究。这些读后感也都没有保存下来，否则是会比《废邮存底》还有看头的。可惜！

沈先生教创作还有一种方法，我以为是行之有效的，学生写了一个作品，他除了写很长的读后感之外，还会介绍你看一些与你这个作品写法相近似的中外名家的作品看。记得我写过一篇不成熟的小说《灯下》，记一个店铺里上灯以后各色人的活动，无主要人物、主要情节，散散漫漫。沈先生就介绍我看了几篇这样的作品，包括他自己写的《腐烂》。学生看看别人是怎样写的，自己是怎样写的，对比借鉴，是会有长进的。这些书都是沈先生找来，带给学生的。因此他每次上课，走进教室里时总要夹着一大摞书。

沈先生就是这样教创作的。我不知道还有没有别的更好的方法教创作。我希望现在的大学里教创作的老师能用沈先生的方法试一试。

学生习作写得较好的，沈先生就作主寄到相熟的报刊上发表。这对学生是很大的鼓励。多年以来，沈先生就干着给别人的作品找地方发表这种事。经他的手介绍出去的稿子，可以说是不计其数了。我在一九四六年前写的作品，几乎全都是沈先生寄出去的。他这辈子为别人寄稿子用去的邮费也是一个相当可观的数目了。为了防止超重太多，节省邮费，他大都把原稿的纸边裁去，只剩下纸芯。这当然不大好看。但是抗战时期，百物昂贵，不能不打这点小算盘。

沈先生教书，但愿学生省点事，不怕自己麻烦。他讲《中国小说史》，有些资料不易找到，他就自己抄，用夺金标毛笔，筷子头大的小行书抄在云南竹纸上。这种竹纸高一尺，长四尺，并不裁断，抄得了，卷成一卷。上课时分发给学生。他上创作课夹了一摞书，上小说史时就夹了好些纸卷。沈先生做事，都是这样，一切自己动手，细心耐烦。他自己说他这种方式是"手工业方式"。他写了那么多作品，后来又写了很多大部头关于文物的著作，都是用这种手工业方式搞出来的。

沈先生对学生的影响，课外比课堂上要大得多。他后来为了躲避日本飞机空袭，全家移住到呈贡桃园新村，每星期上课，进城住两天。文林街二十号联大教职员宿舍有他一间屋子。他一进城，宿舍里几乎从早到晚都有客人。客人多半是同事和学生，客人来，大都是来借书，求字，看沈先生收到的宝贝，谈天。

沈先生有很多书，但他不是"藏书家"，他的书，除了自己看，是借给人看的，联大文学院的同学，多数手里都有一两本沈先生的书，扉页上用淡墨签了"上官碧"的名字。谁借了什么书，什么时候借的，沈先生是从来不记得的。直到联大"复员"，有些同学的行装里还带着沈先生的书，这些书也就随之而漂流到四面八方了。沈先生书多，而且很杂，除了一般的四部书、中国现代文学、外国文学的译本，社会学、人类学、黑格尔的《小逻辑》、弗洛伊德、亨利·詹姆斯、道教史、陶瓷史、《髹饰录》、《糖霜谱》……兼收并蓄，五花八门。这些书，沈先生大都认真读过。沈先生称自己的学问为"杂知识"。一个作家读书，是应该杂一点的。沈先生读过的书，往往在书后写两行题记。有的是记一个日期，那天天气如何，也有时发一点感慨。有一本书的后面写道："某月某日，见一大胖女人从桥上过，心中十分难过。"这两句话我一直记得，可是一直不知道是什么意思。大胖女人为什么使沈先生十分难过呢？

沈先生对打扑克简直是痛恨。他认为这样地消耗时间，是不可原谅的。他曾随几位作家到井冈山住了几天。这几位作家成天在宾馆里打扑克，沈先生说起来就很气愤："在这种地方，打扑克！"沈先生小小年纪就学会掷骰子，各种赌术他也都明白，但他后来不玩这些。沈先生的娱乐，除了看看电影，就是写字。他写章草，笔稍偃侧，起笔不用隶法，收笔稍尖，自成一格。他喜欢写窄长的直幅，纸长四尺，阔只三寸。他写字不择纸笔，常用糊窗的高丽纸。他说："我的字值三分钱！"从前要求他写字的，他几乎有求必应。近年有病，不能握管，沈先生的字变得很珍贵了。

沈先生后来不写小说，搞文物研究了，国外、国内，很多人都觉得很奇怪。熟悉沈先生的历史的人，觉得并不奇怪。沈先生年轻时就对文物有极其浓厚的兴趣。他对陶瓷的研究甚深，后来又对丝绸、刺绣、木雕、漆器……都有广博的知识。沈先生研究的文物基本上是手工艺制品。他从这些工艺品看到的是劳动者的创造性。他为这些优美的造型、不可思议的色彩、神奇精巧的技艺发出的惊叹，是对人的惊叹。他热爱的不是物，而是人，他对一件工艺品的孩子气的天真激情，使人感动。我曾戏称他搞的文物研究是"抒情考古学"。他八十岁生日，我曾写过一首诗送给他，中有一联："玩物从来非丧志，著书老去为抒情"，是记实。他有一阵在昆明收集了很多耿马漆盒。这种黑红两色刮花的圆形缅漆盒，昆明多的是，而且很便宜。沈先生一进城就到处逛地摊，选买这种漆盒。他屋里装甜食点心、装文具邮票……的，都是这种盒子。有一次买得一个直径一尺五寸的大漆盒，一再抚摩，说："这可以作一期《红黑》杂志的封面！"他买到的缅漆盒，除了自用，大多数都送人了。有一回，他不知从哪里弄到很多土家族的挑花布，摆得一屋子，这间宿舍成了一个展览室。来看的人很多，沈先生于是很快乐。这些挑花图案天真稚气而秀雅生动，确实很美。

沈先生不长于讲课，而善于谈天。谈天的范围很广，时局、物价……谈得较多的是风景和人物。他几次谈及玉龙雪山的杜鹃花有多大，某处高山绝顶上有一户人家，——就是这样一户！他谈某一位老先生养了二十只猫。谈一位研究东方哲学的先生跑警报时带了一只小皮箱，皮箱里没有金银财宝，装的是一个聪明女人写给他的信。谈徐志摩上课时带了一个很大的烟台苹果，一边吃，一边讲，还说："中国东西并不都比外国的差，烟台苹果就很好！"谈梁思成在一座塔上测绘内部结构，差一点从塔上掉下去。谈林徽因发着高烧，还躺在客厅里和客人谈文艺。他谈得最多的大概是金岳霖。金先生终生未娶，长期独身。他养了一只大斗鸡。这鸡能把脖子伸到桌上来，和金先生一起吃饭。他到处搜罗大石榴、大梨。买到大的，就拿去和同事的孩子的比，比输了，就把大梨、大石榴送给小朋友，他再去买！……沈先生谈及的这些人有共同特点。一是都对工作、对学问热爱到了痴迷的程度；二是为人天真到像一个孩子，对生活充满兴趣，不管在什么环境下永远不消沉沮丧，无机心、少俗虑。这些人的气质也正是沈先生的气质。"闻多素心人，乐与数晨夕"，沈先生谈及熟朋友时总是很有感情的。

文林街文林堂旁边有一条小巷，大概叫作金鸡巷，巷里的小院中有一座小楼。楼上住着联大的同学：王树藏、陈蕴珍（萧珊）、施载宣（萧荻）、刘北汜。当中有个小客厅。这小客厅常有熟同学来喝茶聊天，成了一个小小的沙龙。沈先生常来坐坐。有时还把他的朋友也拉来和大家谈谈。老舍先生从重庆过昆明时，沈先生曾拉他来谈过"小说和戏剧"。金岳霖先生也来过，谈的题目是"小说和哲学"。金先生是搞哲学的，主要是搞逻辑的，但是读很多小说，从普鲁斯特到《江湖奇侠传》。"小说和哲学"这题目是沈先生给他出的。不料金先生讲了半天，结论却是：小说和哲学没有关系。他说《红楼梦》里的哲学也不是哲学。他谈到兴浓处，忽然停下来，说："对不起，我这里有个小动物！"说着把右手从后脖领伸进去，捉出了一只跳蚤，甚为得意。有人问金先生为什么搞逻辑，金先生说："我觉得它很好玩！"

沈先生在生活上极不讲究。他进城没有正经吃过饭，大都是在文林街二十号对面一家小米线铺吃一碗米线。有时加一个西红柿，打一个鸡蛋。有一次我和他上街闲逛，到玉溪街，他在一个米线摊上要了一盘凉鸡，还到附近茶馆里借了一个盖碗，打了一碗酒。他用盖碗盖子喝了一点，其余的都叫我一个人喝了。

　　沈先生在西南联大是一九三八年到一九四六年。一晃，四十多年了！

　　　　　　　　　　一九八六年一月二日上午

一个爱国的作家

　　近十年来，沈从文忽然受到重视，他的作品正在产生越来越广泛、越来越深刻的影响，特别是在青年读者当中。这是一个不得不承认的事实。但是在这以前，在一个相当长的时期，沈先生是一个受冷遇、被误解，甚至遇到歧视的作家。现代文学史里不提他，或者把他批判一通。沈先生已经去世，现在是时候了，应该对他的作品作出公正的评价，在中国现代文学史里给他一个正确的位置。

　　对沈先生的误解之一，是说他"不革命"。这就奇怪了。难道这些评论家、文学史家没有读过《菜园》，没有读过《新与旧》么？沈先生所写的共产党员是有文化素养的，有书卷气的，也许这不太"典型"，但这也是共产党员的一种，共产党员的一面，这不好么？从这两篇小说，可以感觉到沈先生对于那个时期的共产党员知识分子有多么深挚的感情，对于统治者的残酷和愚蠢怀了多大的义愤。这两篇作品是在国民党"清党"以后，白色恐怖覆压着全中国的时候写的。这样的作品当时并不多，可以说是两声沉痛的呐喊。发表这样的作品难道不要冒一点风险么？

对沈先生的误解之二，是说他没有表现劳动人民。请问：《牛》写的是什么？《会明》写的是什么？《贵生》最后放的那把火说明了什么？《丈夫》里的丈夫为了生计，让妻子从事一种"古老的职业"，终于带着妻子回到贫苦的土地，这不是写的农民对"人"的尊严的觉醒么？沈先生说他对农民和士兵怀着不可言说的温爱，这绝对不是假话。把这些作品和《绅士的太太》、《王谢子弟》对照着看看，便可知道沈先生对劳动者和吸血寄生者阶级的感情是多么不同。

误解之三，是说他美化了旧社会的农村，冲淡了尖锐的阶级矛盾。这主要指的是《边城》。旧社会的中国农村诚然是悲惨的，超经济的剥削，灭绝人性的压迫，这样的作品当然应有人写，而且这是应该表现的主要方面，但不一定每篇作品都只能是这样，而且各地情况不同。沈先生美化的不是悲惨的农村，美化的是人，是明慧天真的翠翠，是既是业主也是水手的大老、二老，是老爷爷、杨马兵。美化这些人有什么不好？沈先生写农村的小说，大都是一些抒情诗，但绝不是使人忘记现实的田园牧歌。他自己说过：你们能欣赏我文字的朴素，但是不知道朴素文字后面隐伏的悲痛。他的《长河》写得很优美，但是他是怕读者对残酷的现实受不了，才故意做出牧歌的谐趣。他的小说的悲痛感情是含蓄的，潜在的，但是散文如《湘西》、《湘行散记》，就是明明白白的大声的控诉了。

沈先生小说的一个贯串性的主题是民族品德的发现与重造。他把这个思想特别体现在一系列农村少女的形象里。他笔下的农村女孩子总是那样健康，那样纯真，那样聪明，那样美。他以为这是我们民族的希望。他的民族品德重造思想也许有点迂。但是，我们要建造精神文明，总得有个来源。如果抛弃传统的美德，从哪里去寻找精神文明的根系和土壤？沈先生的作品有一种内在的忧伤，但是他并不悲观，他认为我们这个民族是有希望的，有前途的，他的作品里没有荒谬感和失落感。他对我们这个国家，我们这个民族，对中国人，是充满感情的。假如用一句话对沈先生加以概括，我以为他是一个极其真诚的爱国主义作家。

沈先生五十年代以后不写文学作品，改业研究文物，对服饰、陶瓷、丝绸、刺绣……都有广博的知识。他对这些文物的兴趣仍是对人的兴趣。他对这些手工艺品的赞美是对制造这些精美器物的劳动者的赞美。他在表述这些文物的文章中充满了民族自豪感。这和他的文学作品中的爱国主义是完全一致的。

一九八八年五月十五日

与友人谈沈从文

——给一个中年作家的信

××：

春节前后两信均收到。

你听说出版社要出版沈先生的选集，我想在后面写几个字，你心里"格噔一跳"。我说准备零零碎碎写一点，你不放心，特地写了信来，嘱咐我"应当把这事当一件事来做"。你可真是个有心人！不过我告诉你，目前我还是只能零零碎碎地写一点。这是我的老师给我出的主意。这是个好主意，一个知己知彼，切实可行的主意。

而且，我最近把沈先生的主要作品浏览了一遍，觉得连零零碎碎写一点也很难。

难处之一是他已经被人们忘记了。四十年前，我有一次和沈先生到一个图书馆去，在一列一列的书架面前，他叹息道："看到有那么多人，写了那么多书，我什么也不想写了。"古今中外，多少人写了多少书呀，真是浩如烟海。在这个书海里加进自己的一本，究竟有多大意义呢？有多少书能够在人的心上留下一点影响呢？从这个方面看，一个人的作品被人忘记，并不是很值得惆怅的事。

但从另一方面看，一个人写了那样多作品，却被人忘记得这样干净，——至少在国内是如此，总是一件很奇怪的事。

原因之一，是沈先生后来不写什么东西，——不搞创作了。沈先生的创作最旺盛的十年是从一九二四到一九三四这十年。十年里他写了一本自传，两本散文（《湘西》和《湘行散记》），一个未完成的长篇（《长河》），四十几个短篇小说集。①在数量上，同时代的作家中很少有能和他相比的，至少在短篇小说方面。四十年代他写的东西就不多了。五十年代以后，基本上没有写什么。沈先生放下搞创作的笔，已经三十年了。

解放以后不久，我曾看到过一个对文艺有着卓识和具眼的党内负责同志给沈先生写的信（我不能忘记那秀整的字迹和直接在信纸上勾抹涂改的那种"修辞立其诚"的坦白

① 《湘西》、《长河》写于一九三八年。——编者注

态度），劝他继续写作，并建议如果一时不能写现实的题材，就先写写历史题材。沈先生在一九五七年出版的小说选集的《题记》中也表示："希望过些日子，还能够重新拿起手中的笔，和大家一道来讴歌人民在觉醒中，在胜利中，为建设祖国、建设家乡、保卫世界和平所贡献的劳力，和表现的坚固信心及充沛热情。我的生命和我手中这支笔，也自然会因此重新回复活泼而年青！"但是一晃三十年，他的那枝笔还在放着。只有你这个对沈从文小说怀有偏爱的人，才会在去年文代会期间结结巴巴地劝沈先生再回到文学上来。

这种可能性是几乎没有的了。他"变"成了一个文物专家。这也是命该如此。他是一个不可救药的"美"的爱好者，对于由于人的劳动而创造出来的一切美的东西具有一种宗教徒式的狂热。对于美，他永远不缺乏一个年轻的情人那样的惊喜与崇拜。直到现在，七十八岁了，也还是那样。这是这个人到现在还不老的一个重要原因。他的兴趣是那样的广。我在昆明当他的学生的时候，他跟我（以及其他人）谈文学的时候，远不如谈陶瓷，谈漆器，谈刺绣的时候多。他不知从哪里买了那么多少数民族的挑花布。沏了几杯茶，大家就跟着他对着这些挑花图案一起赞叹了一个晚上。有一阵，一上街，就到处搜罗缅漆盒子。这种漆盒，大概本是盒具，圆形，竹胎，用竹笔刮绘出红黑两色的云龙人物图像，风格直接楚器，而自具缅族特点。不知道什么道理，流入昆明很多。他搞了很多。装印泥、图章、邮票的，装芙蓉糕萨其玛的，无不是这种圆盒。昆明的熟人没有人家里没有沈从文送的这种漆盒。有一次他定睛对一个直径一尺的大漆盒看了很久，抚摸着，说："这可以做一个《红黑》杂志的封面！"有一次我陪他到故宫去看瓷器。一个莲子盅的造型吸引了人的眼睛。沈先生小声跟我说："这是按照一个女人的奶子做出来的。"四十年前，我向他借阅的谈工艺的书，无不经他密密地批注过，而且贴了很多条子。他的"变"，对我，以及一些熟人，并不突然。而且认为这和他的写小说，是可以相通的。他是一个高明的鉴赏家。不过所鉴赏的对象，一为人，一为物。这种例子，在文学史上不多见，因此局外人不免觉得难于理解。不管怎么说，在通常意义上，沈先生是改了行了，而且已经是无可挽回的了。你希望他"回来"，他只要动一动步，他的那些丝绸铜铁就都会叫起来的："沈老，沈老，别走，别走，我们要你！"

沈从文的"改行"，从整个文化史来说，是得是失，且容天下后世人去作结论吧，反正，他已经三十年不写小说了。

三十年。因此现在三十岁的年轻人多不知道沈从文这个名字。四五十岁的呢？像你这样不声不响地读着沈从文小说的人很少了。他们也许知道这个人，在提及时也许会点起一枝烟，翘着一只腿，很潇洒地说："哈，沈从文，这个人的文字有特点！"六十岁的人，有些是读过他的作品并且受过影响的，但是多年来他们全都保持沉默，无一例外。因此，沈从文就被人忘记了。

　　谈话，都得大家来谈，互相启发，才可能说出精彩的，有智慧的意见。一个人说话，思想不易展开。幸亏有你这样一个好事者，我说话才有个对象，否则直是对着虚空演讲，情形不免滑稽。独学无友，这是难处之一。

　　难处之二，是我自己。我"老"了。我不是说我的年龄。我偶尔读了一些国外的研究沈从文的专家的文章，深深感到这一点。我不是说他们的见解怎么深刻、正确，而是我觉得那种不衫不履、无拘无束，纵意而谈的挥洒自如的风度，我没有了。我的思想老化了，僵硬了。我的语言失去了弹性，失去了滋润、柔软。我的才华（假如我曾经有过）枯竭了。我这才发现，我的思想背上了多么沉重的框框。我的思想穿了制服。三十年来，没有真正执行"百花齐放"的方针，使很多人的思想都浸染了官气，使很多人的才华没有得到正常发育，很多人的才华过早的枯萎，这是一个看不见的严重的损失。

以上，我说了我写这篇后记的难处，也许也正说出了沈先生的作品被人忘记的原因。那原因，其实是很清楚的：是政治上和艺术上的偏见。

请容许我说一两句可能也是偏激的话：我们的现代文学史（包括古代文学史也一样）不是文学史，是政治史，是文学运动史，文艺论争史，文学派别史。什么时候我们能够排除各种门户之见，直接从作家的作品去探讨它的社会意义和美学意义呢？

现在，要出版沈从文选集，这是一件好事！这是春天的信息，这是"百花齐放"的具体体现。

你来信说，你春节温书，读了沈先生的小说，想着一个问题：什么是艺术生命？你的意思是说，沈先生三十年前写的小说，为什么今天还有蓬勃的生命呢？你好像希望我回答这个问题。我也在想着一个问题：现在出版沈从文选集，意义是什么呢？是作为一种"资料"让人们知道五四以来有这样一个作家，写过这样一些作品，他的某些方法，某些技巧可以"借鉴"，可以"批判"地吸取？推而广之，契诃夫有什么意义？拉斐尔有什么意义？贝多芬有什么意义？演奏一首 D 大调奏鸣曲，只是为了让人们"研究"？它跟我们的现实生活不发生关系？……

我的问题和你的问题也许是一个。

这个问题很不好回答。我想了几天，后来还是在沈先生的小说里找到了答案，那是《长河》里天天所说的：

"好看的应该长远存在"。

一个乡下人对现代文明的抗议

沈从文是一个复杂的作家。他不是那种"让组织代替他去思想"①的作家。从内容到形式，从思想到表现方法，乃至造句修辞，都有他自己的一套。

有一种流行的，轻率的说法，说沈从文是一个"没有思想"，"没有灵魂"，"空虚"的作家。一个作家，总有他的思想，尽管他的思想可能是肤浅的，庸俗的，晦涩难懂的，或是反动的。像沈先生这样严肃地，辛苦而固执地写了二十年小说的作家，没有思想，这种说法太离奇了。

沈先生自己也常说，他的某些小说是"习作"，是为了教学的需要，为了给学生示范，教他们学会"用不同方法处理不同问题"。或完全用对话，或一句对话也不用……如此

---

① 海明威语。

等等。这也是事实。我在上他的"创作实习"课的时候，有一次写了一篇作业，写一个小县城的小店铺傍晚上灯时来往坐歇的各色人等活动，他就介绍我看他的《腐烂》。这就给了某些评论家以口实，说沈先生的小说是从形式出发的。用这样的办法评论一个作家，实在太省事了。教学生"用不同方法处理问题"是一回事，作家的思想是另一回事。两者不能混为一谈。创作本是不能教的。沈先生对一些不写小说，不写散文的文人兼书贾却在那里一本一本的出版"小说作法"、"散文作法"之类，觉得很可笑也很气愤（这种书当时是很多的），因此想出用自己的"习作"为学生作范例。我到现在，也还觉得这是教创作的很好的，也许是唯一可行的办法。我们，当过沈先生的学生的人，都觉得这是有效果的，实惠的。我倒愿意今天大学里教创作的老师也来试试这种办法。只是像沈先生那样能够试验多种"方法"，掌握多种"方法"的师资，恐怕很不易得。用自己的学习带领着学生去实践，从这个意义讲，沈先生把自己的许多作品叫作"习作"，是切合实际的，不是矫情自谦。但是总得有那样的生活，并从生活中提出思想，又用这样的思想去透视生活，才能完成这样的"习作"。

沈先生是很注重形式的。他的"习作"里诚然有一些是形式重于内容的。比如《神巫之爱》和《月下小景》。《月下小景》摹仿《十日谈》，这是无可讳言的。"金狼旅店"在中国找不到，这很像是从塞万提斯的传奇里借用来的。《神巫之爱》里许多抒情歌也显然带着浓厚的异国情调。这些写得很美的诗让人想起萨孚的情歌、《圣经》里的《雅歌》。《月下小景》故事取于《法苑珠林》等书。在语言上仿照佛经的偈语，多四字为句；在叙事方法上也竭力铺排，重复华丽，如六朝译经体格。我们不妨说，这是沈先生对不同文体所作的尝试。我个人认为，这不是沈先生的重要作品，只是备一招而已。就是这样的试验文体的作品，也不是完全不倾注作者的思想。

沈先生曾说："这世界上或有热在沙基或水面上建造崇楼杰阁的人，那可不是我。"他对称他为"空虚"的，"没有思想"的评论家提出了无可奈何的抗议。他说他想建造神庙，这神庙里供奉的是"人性"。——什么是他所说的"人性"？

他的"人性"不是抽象的。不是欧洲中世纪的启蒙主义者反对基督的那种"人性"。简单地说，就是没有遭到的外来的资本主义的物质文明和精神文明的侵略，没有被洋油、洋布所破坏前中国土著的抒情诗一样的品德。我们可以鲁莽一点，说沈从文是一个民族主义者。

沈先生对他的世界观其实是说得很清楚的，并且一再说到。

　　沈先生在《长河》题记中说："……用辰河流域一个小小的水码头作背景，就我所熟习的人事作题材，来写写这个地方一些平凡人物生活上的'常'与'变'，以及在两相乘除中所有的哀乐。"他所说的"常"与"变"是什么？"常"就是"前一代固有的优点，尤其是长辈妇女，祖母或老姑母行勤俭治生忠厚待人处，以及在素朴自然景物下衬托简单信仰蕴藉了多少抒情诗气分"。所谓"变"就是这些品德"被外来洋布煤油逐渐破坏，年青人几乎全不认识，也毫无希望从学习中去认识"。"常"就是"农村社会所保有那点正直素朴人情美"；"变"就是"近二十年实际社会培养成功的一种唯实唯利庸俗人生观"。"常"与"变"，也就是沈先生在《边城》题记提出的"过去"与"当前"。抒情诗消失，人的生活越来越散文化，人应当怎样活下去，这是资本主义席卷世界之后，许多现代的作家探索和苦恼的问题。这是现代文学的压倒的主题。这也是沈先生全部小说的一个贯串性的主题。

　　多数现代作家对这个问题是绝望的。他们的调子是低沉的，哀悼的，尖刻的，愤世疾俗的，冷嘲的。沈从文不是这样的人。他不是一个悲观主义者。一九四五年，在他离开昆明之际，他还郑重地跟我说："千万不要冷嘲。"这是对我的作人和作文的一个非常有分量的警告。最近我提及某些作品的玩世不恭的倾向，他又说："这不好。对现实可以不满，但一定要有感情。就是开玩笑，也要有感情。"《长河》的题记里说："横在我们面前许多事都使人痛苦，可是却不用悲观。骤然而来的风雨，说不定会把许多人的高尚理想，卷扫摧残，弄得无踪无迹。然而一个人对于人类前途的热忱，和工作的虔敬态度，是应当永远存在，且必然能给后来者以极大鼓励的！"沈从文的小说的调子自然不是昂扬的，但是是明朗的，引人向上的。

他叹息民族品德的消失，思索着品德的重造，并考虑从什么地方下手。他把希望寄托于"自然景物的明朗，和生长在这个环境中几个小儿女的性情上的天真纯粹"。

沈先生有时在他的作品中发议论。《长河》是个有意用"夹叙夹议"的方法来写的作品。其他小说中也常常从正反两个方面阐述他的"民族品德重造论"。但是更多的时候他把他的思想包藏在形象中。

《从文自传》中说：

"我记得迭更司的《冰雪因缘》、《滑稽外史》、《贼史》这三部书，反复约占去了我两个月的时间。我欢喜这种书，因为他告给我的正是我所要明白的。他不如别的言说道理，他只记下一些现象。即使他说的还是一种很陈腐的道理，但他却有本领把道理包含在现象中。"

沈先生那时大概没有读过恩格斯的书，然而他的认识和恩格斯的倾向性不要特别地说出，是很相近的。沈先生自己也正是这样做的。他把他的思想深深地隐藏在人物和故事的后面。以至当时就有很多人不知道他要说什么。他们不知道沈从文说的是什么，他们就以为他没有说什么。沈先生有些不平了。他在《从文小说习作选》的题记里说："你们都欣赏我的故事的清新，照例那作品背后蕴藏的热情却忽略了，你们能欣赏我文字的朴实，照例那作品背后隐伏的悲痛也忽略了。"他说他的作品在市场上流行，实际上近于"买椟还珠"。这原是难怪的，因为这种热情和悲痛不在表面上。

其实这也不错。作品的思想和它的诗意究竟不是"椟"和"珠"的关系，它是水果的营养价值和红、香、酸甜的关系。人们吃水果不是吃营养。营养是看不见，尝不出来的。然而他看见了颜色，闻到了香气，入口觉得很爽快，这就很好了。

我不想讨论沈先生的民族品德重造论。沈先生在观察中国的问题时用的也不是一个社会学家或一个主教的眼睛。他是一个诗人。他说：

"我看一切，却并不把那个社会价值搀加进去，估定我的爱憎。……我永远不厌倦的是'看'一切。宇宙万汇在动中，在静止中，我皆能抓定它的最美丽与最调和的风度，但我的爱好却不能同一切目的相合。我不明白一切同人类生活相联结时的美恶，另外一句话说来，就是我不大能领会伦理的美。接近人生时我永远是个艺术家的感情"。

有诗意还是没有诗意，这是沈先生评价一切人和事物的唯一标准。他怀念祖母或老姑母们，是她们身上"蕴藉了多少抒情气分"。他讨厌"时髦青年"，是讨厌他们的唯实唯利的庸俗人生观"。沈从文的世界是一个充满乡土气息的抒情诗的世界。他一直把他的诗人气质完好地保存到七十八岁。文物，是他现在陶醉在里面的诗。只是由于这种陶醉，他却积累了一大堆吓人的知识。

水边的抒情诗人

大概每一个人都曾在一个时候保持着对于家乡的新鲜的记忆。他会清清楚楚地记得从自己的家走到所读的小学沿街的各种店铺、作坊、市招、响器、小庙、安放水龙的"局子"、火灾后留下的焦墙、糖坊煮麦芽的气味、竹厂烤竹子的气味……他可以挨着门数过去，一处不差。故乡的瓜果常常是远方的游子难忍的蛊惑。故乡的景物一定会在三四十岁时还会常常入梦的。一个人对生长居住的地方失去新鲜感，像一个贪吃的人失去食欲一样，那他也就写不出什么东西了。乡情的衰退的同时，就是诗情的锐减。可惜呀，我们很多人的乡情和诗情在多年的无情的生活折损中变得迟钝了。

沈先生是幸福的，他在三十几岁时写了一本《从文自传》。

这是一本奇妙的书。这样的书本来应该很多，但是却很少。在中国，好像只有这样一本。这本自传没有记载惊天动地的大事，没有干过大事的历史人物，也没有个人思想感情上的雷霆风暴，只是不加夸饰地记录了一个小地方，一个小小的人的所见、所闻、所感。文字非常朴素。在沈先生的作品中，《自传》的文字不是最讲究、最成熟的，然而却是最流畅的。沈先生说他写东西很少有一气呵成的时候。他的文章是"一个字一个字地雕出来的"。这本书是一个例外（写得比较顺畅的，另外还有一个《边城》）。沈先生说他写出一篇就拿去排印，连看一遍都没有，少有。这本书写得那样的生动、亲切、自然，曾经感动过很多人，当时有一个杂志（好像是《宇宙风》），向一些知名作家征求他本年最爱读的三本书，一向很不轻易地称许人的周作人，头一本就举了《从文自传》。为什么写那样顺畅，而又那样生动、亲切、自然，是因为：

"我就生长到这样一个小城里，将近十五岁时方离开。出门两年半回过那小城一次以后，直到现在为止，那城门我还不再进去过。但那地方我是熟习的。现在还有许多人生活在那个城市里，我却常常生活在那个小城过去给我的印象里。"

这是一本文学自传。它告诉我们一个人是怎样成为作家的，一个作家需要具备哪些素质，接受哪些"教育"。"教育"的意思不是指他在《自传》已提到的《辞源》、迭更斯、《薛氏彝器图录》和索靖的《出师颂》……沈先生是把各种人事、风景，自然界的各种颜色、声音、气味加于他的印象、感觉都算是对自己的教育的。

如果我说：一个作家应该有个好的鼻子，你将会认为这是一句开玩笑的话。不！我是很严肃的。

"薄暮的空气极其温柔，微风摇荡大气中，有稻草香味，有烂熟了山果香味，有甲虫类气味，有泥土气味。一切在成熟，在开始结束一个夏天阳光雨露所及长养生成的一切。……"

我最近到沈先生家去，说起他的《月下小景》，我说："你对于颜色、声音很敏感，对于气味……"

我说："'菌子已经没有了，但是菌子的气味留在空气里'，这写得很美，但是我还没有见到一个作家写到甲虫的气味！……"

我的师母张兆和，我习惯上叫她三姐，因为我发现了这一点而很兴奋，说：

"哎！甲虫的气味！"

沈先生笑迷迷地说："甲虫的分泌物。"

我说："我小时玩过天牛。我知道天牛的气味，很香，很甜！……"

沈先生还是笑迷迷地说："天牛是香的，金龟子也有气味。"

师母说："他的鼻子很灵！什么东西一闻……"

沈从文是一个风景画的大师，一个横绝一代，无与伦比的风景画家。——除了鲁迅的《故乡》、《社戏》，还没有人画出过这样的中国作风，中国气派的风景画。

他的风景画多是混和了颜色、声音和气味的。

举几个例：

从碾坊往上看，看到堡子里比屋连墙，嘉树成荫，正是十分兴旺的样子。往下看，夹溪有无数山田，如堆积蒸糕，因此种田人借用水力，用大竹扎了无数水车，用椿木做成横轴同撑住，圆圆的如一面锣，大小不等竖立在水边。这一群水车，就同一群游手好闲人一样，成日成夜不知疲倦的伊伊呀呀唱着意义含糊的歌。

——《三三》

辰河中部小口岸吕家坪，河下游约有四里一个小土坡上，名叫"枫树坳"，坳上有个滕姓祠堂。祠堂前后十几株老枫木树，叶子已被几个早上的严霜，镀上一片黄，一片红，一片紫。枫树下到处是这种彩色斑驳的美丽落叶。祠堂前枫树下有个摆小摊子的，放了三个大小不一的簸箕，簸箕中零星货物上也是这种美丽的落叶。祠堂位置在山坳上，地点较高，向对河望去，但见千山草黄，起野火处有白烟如云。村落中乡下人为耕牛过冬预备的稻草，傍附树根堆积，无不如塔如坟。银杏白杨树成行高矗，大小叶片在微阳下翻飞，黄绿杂彩相间，如旗蠹，如羽葆。又如有所招邀，有所期待。沿河橘子园尤呈奇观，绿叶浓翠，绵延小河两岸，缀系在枝头的果实，丹朱明黄，繁密如天上星子，远望但见一片光明，幻异不可形容。河下船埠边，有从土地上得来的萝葡，薯芋，以及各种农产物，一堆堆放在那里，等待装运下船。三五个小孩子，坐在这种庞大堆积物上，相互扭打游戏。河中乘流而下行驶的小船，也多数装满了这种深秋收获物，并装满了弄船人欢欣与希望，向辰谿县、浦市、辰州各个码头集中，到地后再把它卸到干涸河滩上去等待主顾。更远处有皮鼓铜锣声音，说明某一处村中人对于这一年来人与自然合作的结果，因为得到满意的收成，正在野地上举行谢土的仪式，向神表示感激，并预约"明年照常"的简单愿心。

土地已经疲劳了，似乎行将休息，云物因之转增妍媚，天宇澄清，河水澄清。

——《长河·秋（动中有静）》

在小说描写人物心情时，时或揉进景物的描写，这种描写也无不充满着颜色、声音与气味，与人的心情相衬托，相一致。如：

到午时，各处船上都已经有人在烧饭了。湿柴烧不燃，烟子各处窜，使人流泪打嚏。柴烟平铺到水面时如薄绸。听到河街馆子里大师傅用铲子敲打锅边的声音，听到邻船上白菜落锅的声音，老七还不见回来。

——《丈夫》

在同一地方，另外一些小屋子里，一定也还有那种能够在小灶里塞上一点湿柴，升起晚餐烟火的人家，湿柴毕毕剥剥的在灶肚中燃着，满屋便窜着呛人的烟子。

屋中人，借着灶口的火光，或另一小小的油灯光明，向那个黑色的锅里，倒下一碗鱼内脏或一把辣子，于是辛辣的气味同烟雾混合，屋中人皆打着喷嚏，把脸掉向另一方去。

——《泥涂》

对于颜色、声音、气味的敏感，是一个画家，一个诗人必需具备的条件。这种敏感是要从小培养的。沈先生在给我们上课时就说过：要训练自己的感觉。学生之中有人学会一点感觉，从沈先生的谈吐里，从他的书里。沈先生说他从小就爱到处看，到处听，还到处嗅闻。"我的心总得为一种新鲜声音，新鲜颜色，新鲜气味而跳。"（《从文自传》）就是一些声音、颜色、气味的记录。当然，主要的还是人。声音、颜色、气味都是附着于人的。沈先生的小说里的人物大都在《自传》里可以找到影子。可以说，《自传》是他所有的小说的提要；他的小说是《自传》的合编。

沈先生的最好的小说是写他的家乡的。更具体地说，是写家乡的水的。沈先生曾写过一篇文章，题为《我的写作与水的关系》。"我幼小时较美丽的生活，大部分都与水不能分离。我的学校可以说是在水边的。我认识美，学会思索，水对我有极大关系"（《自传》）。湘西的一条辰河，流过沈从文的全部作品。他的小说的背景多在水边，随时出现的是广舶子、渡船、木筏、荤烟划子，磨坊、码头、吊脚楼……小说的人物是水边生活，靠水吃水的人，三三、夭夭、翠翠、天保、傩送、老七、水保……关于这条河有说不尽的故事。沈先生写了多少篇关于辰河、沅水、商水的小说，即每一篇都有近似的色调，然而每一篇又各有特色，每一篇都有不同动人的艺术魅力。河水是不老的，沈先生的小说也永远是清新的。一个人不知疲倦地写着一条河的故事，原因只有一个：他爱家乡。

如果说沈先生的作品是乡土文学，只取这个名词的最好的意义，我想也许沈先生不会反对。

沈从文转业之谜

　　沈先生忽然改了行。他的一生分成了两截。一九四九年以前，他是作家，写了四十几本小说和散文；一九四九以后，他变成了一个文物研究专家，写了一些关于文物的书，其中最重大（真是又重又大）的一本是《中国古代服饰研究》。近十年沈先生的文学作品重新引起注意，尤其是青年当中，形成了"沈从文热"。一些读了他的小说的年轻一些的读者觉得非常奇怪：他为什么不再写了呢？国外有些研究中国现代文学的学者也为之大惑不解。我是知道一点内情的，但也说不出个究竟。在他改业之初，我曾经担心他能不能在文物研究上搞出一个名堂，因为从我和他的接触（比如讲课）中，我觉得他缺乏"科学头脑"。后来发现他"另有一功"，能把抒情气质和科学条理完美地结合起来，搞出了成绩，我松了一口气，觉得"这样也好"。我就不大去想他的转业的事了。沈先生去世后，沈虎雏整理沈先生遗留下来的稿件、信件。我因为刊物约稿，想起沈先生改行的事，要找虎雏谈谈。我爱人打电话给三姐（师母张兆和），三姐说："叫曾祺来一趟，我有话跟他说。"我去了，虎雏拿出几封信。一封是给一个叫吉六的青年作家的退稿信（一封很重要的信），一封是沈先生在一九六一年二月二日写给我的很长的信（这封信真长，是在练习本撕下来的纸上写的，钢笔小字，两面写，共十二页，估计不下六千字，是在医院里写的；这封信，他从医院回家后用毛笔在竹纸上重写了一次寄给我，这是底稿；其时我正戴了右派分子帽子，下放张家口沙岭子劳动；（沈先生寄给我的原信我一直保存，"文化大革命"中遗失了，）还有一九四七年我由上海寄给沈先生的两封信。看了这几封信，我对沈先生转业的前因后果，逐渐形成一个比较清晰的轮廓。

从一个方面说，沈先生的改行，是"逼上梁山"，是他多年挨骂的结果。左、右都骂他。沈先生在写给我的信上说：

"我希望有些人不要骂我，不相信，还是要骂。根本连我写什么也不看，只图个痛快。于是骂倒了。真的倒了。但是究竟是谁的损失？"

沈先生的挨骂，以前的，我不知道。我知道的，对他的大骂，大概有三次。

一次是抗日战争时期，约在一九四二年顷，从桂林发动，有几篇很锐利的文章。我记得有一篇是聂绀弩写的。聂绀弩我后来认识，是一个非常好的人。他后来也因黄永玉之介去看过沈先生，认为那全是一场误会。聂和沈先生成了很好的朋友，彼此毫无芥蒂。

第二次是一九四七年，沈先生写了两篇杂文，引来一场围攻。那时我在上海，到巴金先生家，李健吾先生在座。李健吾先生说，劝从文不要写这样的杂论，还是写他的小说。巴金先生很以为然。我给沈先生写的两封信，说的便是这样的意思。

第三次是从香港发动的。一九四八年三月，香港出了一本《大众文艺丛刊》，撰稿人为党内外的理论家。其中有一篇郭沫若写的《斥反动文艺》，文中说沈从文"一直是有意识地作为反动派而活动着"。这对沈先生是致命的一击。可以说，是郭沫若的这篇文章，把沈从文从一个作家骂成了一个文物研究者。事隔三十年，沈先生的《中国古代服饰研究》却由前科学院院长郭沫若写了序。人事变幻，云水悠悠，逝者如斯，谁能逆料？这也是历史。

已经有几篇文章披露了沈先生在解放前后神经混乱的

事（我本来是不愿意提及这件事的），但是在这以前，沈先生对形势的估计和对自己前途的设想是非常清醒，非常理智的。他在一九四八年十二月一日写给吉六君的信中说：

"大局玄黄未定……一切终得变。从大处看发展，中国行将进入一个崭新时代，则无可怀疑。"

基于这样的信念，才使沈先生在北平解放前下决心留下来。留下来不走的，还有朱光潜先生、杨振声先生。朱先生和沈先生同住在中老胡同，杨先生也常来串门。对于"玄黄未定"之际的行止，他们肯定是多次商量过的。他们决定不走，但是心境是惶然的。

一天，北京大学贴出了一期壁报，大字全文抄出了郭沫若的《斥反动文艺》。不知道这是地下党的授意，还是进步学生社团自己干的。在那样的时候，贴出这样的大字报，是什么意思呢？这不是"为渊驱鱼"，把本来应该争取，可以争取的高级知识分子一齐推出去？这究竟是谁的主意，谁的决策？

这篇壁报对沈先生的压力很大，沈先生由神经极度紧张，到患了类似迫害狂的病症（老是怀疑有人监视他，制造一些尖锐声音来刺激他），直接的原因，就是这张大字壁报。

沈先生在精神濒临崩溃的时候，脑子却又异常清楚，所说的一些话常有很大的预见性。四十年前说的话，今天看起来还是很准确。

"一切终得变"，沈先生是竭力想适应这种"变"的。他在写给吉六君的信上说：

"用笔者求其有意义，有作用，传统写作方式以及对社会态度，实值得严肃认真加以检讨，有所抉择。对于过去种种，得决心放弃，从新起始来学习，来从事。这个新的起始，并不一定即能配合当前需要，惟必能把握住一个进步原则来肯定，来证实，来促进。"

但是他又估计自己很难适应：

"人近中年，情绪凝固，又或因性情内向，缺少社交适应能力，用笔方式，二十年三十年统统由一个'思'字出发，此时却必需用'信'字起步，或不容易扭转。过不多久，即未被迫搁笔，亦终得把笔搁下。这是我们一代若干人必然结果。"

不幸而言中。沈先生对自己搁笔的原因分析得再清楚不过了。不断挨骂，是客观原因；不能适应，有主观成分，也有客观因素。解放后搁笔的，在沈先生一代人中不止沈先生一个人，不过不像沈先生搁得那样彻底，那样明显，其原因，也不外是"思"与"信"的矛盾。三十多年来，直到"文化大革命"结束，中国文艺的主要问题也是强调"信"，忽略"思"。十一届三中全会以后，新时期十年文学的转机，也正是由"信"回复到"思"，作家可以真正地独立思考，可以用自己的眼睛观察生活，用自己的脑和心思索生活，用自己的手表现生活了。

北平一解放，我们就觉得沈先生无法再写作，也无法再在北京大学教书。教什么呢？在课堂上他能说些什么话呢？他的那一套肯定是不行的。

沈先生为自己找到一条出路，也可以说是一条退路：改行。

沈先生的改行并不是没有准备、没有条件的。据沈虎雏说，他对文物的兴趣比对文学的兴趣产生得更早一些。他十八岁时曾在一个统领官身边作书记。这位统领官收藏了百来轴自宋至明清的旧画，几十件铜器及古瓷，还有十来箱书籍，一大批碑帖。这些东西都由沈先生登记管理。由于应用，沈先生学会了许多知识。无事可做时，就把那些古画一轴一轴地取出，挂到壁间独自欣赏，或翻开《西清古鉴》、《薛氏彝器钟鼎款识》来看。"我从这方面对于这个民族在一段长长的年份中，用一片颜色，一把线，一块青铜或一堆泥土，以及一组文字，加上自己生命作成的种种艺术，皆得了一个初步普遍的认识。由于这点初步知识，使一个以鉴赏人类生活与自然现象为生的乡下人，进而对人类智慧光辉的领会，发生了极宽泛而深切的兴味。"（见《从文自传·学历史的地方》）沈先生对文物的兴趣，自始至终，一直是从这一点出发的，是出于对于民族，对于民族的历史和文化的深爱。他的文学创作、文物研究，都浸透了爱国主义的感情。从热爱祖国这一点上看，也可以说沈先生并没有改行。我心匪石，不可转也，爱国爱民，始终如一，只是改变了一下工作方式。

沈先生的转业并不是十分突然的，是逐渐完成的。北平解放前一年，北大成立了博物馆系，并设立了一个小小的博物馆。这个博物馆是在杨振声、沈从文等几位热心的教授的赞助下搞起来的，馆中的陈列品很多是沈先生从家里搬去的。历史博物馆成立以后，因与馆长很熟，时常跑去帮忙。后来就离开北大，干脆调过去了。沈先生改行，心情是很矛盾的，他有时很痛苦，有时又觉得很轻松。他名心很淡，不大计较得失。沈先生到了历史博物馆，除了鉴定文物，还当讲解员。常书鸿先生带了很多敦煌壁画的摹本在午门楼上展览，他自告奋勇，每天都去。我就亲眼看见他非常热情兴奋地向观众讲解。一个青年问我："这人是谁？他怎么懂得这么多？"从一个大学教授到当讲解员，沈先生不觉有什么"丢份"。他那样子不但是自得其乐，简直是得其所哉。只是熟人看见他在讲解，心里总不免有些凄然。

沈先生对于写作也不是一下就死了心。"跛者不忌
履",一个人写了三十年小说,总不会彻底忘情,有时是会
感到手痒的。他对自己写作是很有信心的。在写给我的信
上说:"拿破仑是伟人,可是我们羡慕也学不来。至于雨
果、莫里哀、托尔斯泰、契诃夫等等的工作,想效法却不太
难(我初来北京还不懂标点时,就想到这并不太难)。"直
到一九六一年写给我的长信上还说,因为高血压,馆(历史
博物馆)中已决定"全休",他想用一年时间"写本故事"
(一个长篇),写三姐家堂兄三代闹革命。他为此两次到宣
化去,"已得到十万字材料,估计写出来必不会太坏……"
想重新提笔,反反复复,经过多次。终于没有实现,一是
客观环境不允许,他自己心理障碍很大。他在写给我的信
上说:"幻想……照我的老办法,呆头呆脑用契诃夫作个假
对象,竞赛下去,也许还会写个十来个本本的。……可是
万一有个什么人在刊物上寻章摘句,以为这是什么'修正主
义',如此或如彼的一说,我还是招架不住,也可说不费吹
灰之力,一切努力,即等于白费。想到这一点,重新动笔
的勇气,不免就消失一半。"二是,他后来一头扎进了文
物,"越陷越深",提笔之念,就淡忘了。他手里有几十个
研究选题待完成,他有很大的责任感和紧迫感,时间精力全

为文物占去，实在顾不上再想写作了。

从写小说到改治文物，而且搞出丰硕的成果，失之东隅，收之桑榆，就沈先生个人说，无所谓得失。就国家来说，失去一个作家，得到一个杰出的文物研究专家，也许是划得来的。但是从一个长远的历史角度来看，这算不算损失？如果是损失，那么，是谁的损失？谁为为之？孰令致之？这问题还是很值得我们深思的。我们应该从沈从文的转业得出应有的历史教训。

一九八八年八月二十四日

老舍先生

　　北京东城迺兹府丰富胡同有一座小院。走进这座小院，就觉得特别安静、异常豁亮。这院子似乎经常布满阳光。院里有两棵不大的柿子树（现在大概已经很大了），到处是花，院里、廊下、屋里，摆得满满的。按季更换，都长得很精神，很滋润，叶子很绿，花开得很旺。这些花都是老舍先生和夫人胡絜青亲自莳弄的。天气晴和，他们把这些花一盆盆抬到院子里，一身热汗。刮风下雨，又一盆一盆抬进屋，又是一身热汗。老舍先生曾说："花在人养。"老舍先生爱花，真是到了爱花成性的地步，不是可有可无的了。汤显祖曾说他的词曲"俊得江山助"。老舍先生的文章也可以说是"俊得花枝助"。叶浅予曾用白描为老舍先生画像，四面都是花，老舍先生坐在百花丛中的藤椅里，微仰着头，意态悠远。这张画不是写实，意思恰好。

客人被让进了北屋当中的客厅，老舍先生就从西边的一间屋子走出来。这是老舍先生的书房兼卧室。里面陈设很简单，一桌、一椅、一榻。老舍先生腰不好，习惯睡硬床。老舍先生是文雅的、彬彬有礼的。他的握手是轻轻的，但是很亲切。茶已经沏出色了，老舍先生执壶为客人倒茶。据我的印象，老舍先生总是自己给客人倒茶的。

老舍先生爱喝茶，喝得很勤，而且很酽。他曾告诉我，到莫斯科去开会，旅馆里倒是为他特备了一只暖壶。可是他沏了茶，刚喝了几口，一转眼，服务员就给倒了。"他们不知道，中国人是一天到晚喝茶的！"

有时候，老舍先生正在工作，请客人稍候，你也不会觉得闷得慌。你可以看看花。如果是夏天，就可以闻到一阵一阵香白杏的甜香味儿。一大盘香白杏放在条案上，那是专门为了闻香而摆设的。你还可以站起来看看西壁上挂的画。

老舍先生藏画甚富，大都是精品。所藏齐白石的画可谓"绝品"。壁上所挂的画是时常更换的。挂的时间较久的，是白石老人应老舍点题而画的四幅屏。其中一幅是很多人在文章里提到过的"蛙声十里出山泉"。"蛙声"如何画？白石老人只画了一脉活泼的流泉，两旁是乌黑的石崖，画的下端画了几只摆尾的蝌蚪。画刚刚裱起来时，我上老舍先生家去，老舍先生对白石老人的设想赞叹不止。

老舍先生极其爱重齐白石，谈起来时总是充满感情。我所知道的一点白石老人的逸事，大都是从老舍先生那里听来的。老舍先生谈这四幅里原来点的题有一句是苏曼殊的诗（是哪一句我忘记了），要求画卷心的芭蕉。老人踌躇了很久，终于没有应命，因为他想不起芭蕉的心是左旋还是右旋的了，不能胡画。老舍先生说："老人是认真的。"老舍先生谈起过，有一次要拍齐白石的画的电影，想要他拿出几张得意的画来，老人说："没有！"后来由他的学生再三说服动员，他才从画案的隙缝中取出一卷（他是木匠出身，他的画案有他自制的"消息"），外面裹着好几层报纸，写着四个大字："此是废纸。"打开一看，都是惊人的杰作——就是后来纪录片里所拍摄的。白石老人家里人口很多，每天煮饭的米都是老人亲自量，用一个香烟罐头。"一下、两下、三下……行了！"——"再添一点，再添一点！"——"吃那么多呀！"有人曾提出把老人接出来住，这么大岁数了，不要再操心这样的家庭琐事。老舍先生知道了，给拦了，说："别！他这么着惯了。不叫他干这些，他就活不成了。"老舍先生的意见表现了他对人的理解，对一个人生活习惯的尊重，同时也表现了对白石老人真正的关怀。

　　老舍先生很好客，每天下午，来访的客人不断。作家，画家，戏曲、曲艺演员……老舍先生都是以礼相待，谈得很投机。

　　每年，老舍先生要把市文联的同人约到家里聚两次。一次是菊花开的时候，赏菊。一次是他的生日，——我记得是腊月二十三。酒菜丰盛，而有特点。酒是"敞开供应"，汾酒、竹叶青、伏特卡，愿意喝什么喝什么，能喝多少喝多少。有一次很郑重地拿出一瓶葡萄酒，说是毛主席送来的，让大家都喝一点。菜是老舍先生亲自掂配的。老舍先生有意叫大家尝尝地道的北京风味。我记得有一次用一瓷钵芝麻酱炖黄花鱼。这道菜我从未吃过，以后也再没有吃过。老舍家的芥末墩是我吃过的最好的芥末墩！有一年，他特意订了两大盒"盒子菜"。直径三尺许的朱红扁圆漆盒，里面分开若干格，装的不过是火腿、腊鸭、小肚、口条之类的切片，但都很精致。熬白菜端上来了，老舍先生举起筷子："来来来！这才是真正的好东西！"

　　老舍先生对他下面的干部很了解，也很爱护。当时市文联的干部不多，老舍先生对每个人都相当清楚。他不看干部的档案，也从不找人"个别谈话"，只是从平常的谈吐中就了解一个人的水平和才气，那是比看档案要准确得多的。老舍先生爱才，对有才华的青年，常常在各种场合称道，"平生不解藏人善，到处逢人说项斯"。而且所用的语言在有些人听起来是有点过甚其词，不留余地的。老舍先生不是那种惯说模棱两可、含糊其词、温吞水一样的官话的人。我在市文联几年，始终感到领导我们的是一位作家。他和我们的关系是前辈与后辈的关系，不是上下级关系。老舍先生这样"作家领导"的作风在市文联留下很好的影响，大家都平等相处，开诚布公，说话很少顾虑，都有点书生气、书卷气。他的这种领导风格，正是我们今天很多文化单位的领导所缺少的。

老舍先生是市文联的主席，自然也要处理一些"公务"，看文件，开会，做报告（也是由别人起草的）……但是作为一个北京市的文化工作的负责人，他常常想一些别人没有想到或想不到的问题。

北京解放前有一些盲艺人，他们沿街卖艺，有时还兼带算命，生活很苦。他们的"玩意儿"和睁眼的艺人不全一样。老舍先生和一些盲艺人熟识，提议把这些盲艺人组织起来，使他们的生活有出路，别让他们的"玩意儿"绝了。为了引起各方面的重视，他把盲艺人请到市文联演唱了一次。老舍先生亲自主持，作了介绍，还特烦两位老艺人翟少平、王秀卿唱了一段《当皮箱》。这是一个喜剧性的牌子曲，里面有一个人物是当铺的掌柜，说山西话；有一个牌子叫"鹦哥调"，句尾的和声用喉舌作出有点像母猪拱食的声音，很特别，很逗。这个段子和这个牌子，是睁眼艺人没有的。老舍先生那天显得很兴奋。

北京有一座智化寺，寺里的和尚作法事和别的庙里的不一样，演奏音乐。他们演奏的乐调不同凡响，很古。所用乐谱别人不能识，记谱的符号不是工尺，而是一些奇奇怪怪的笔道。乐器倒也和现在常见的差不多，但主要的乐器却是管。据说这是唐代的"燕乐"。解放后，寺里的和尚多半已经各谋生计了，但还能集拢在一起。老舍先生把他们请来，演奏了一次。音乐界的同志对这堂活着的古乐都很感兴趣。老舍先生为此也感到很兴奋。

《当皮箱》和"燕乐"的下文如何，我就不知道了。

老舍先生是历届北京市人民代表。当人民代表就要替人民说话。以前人民代表大会的文件汇编是把代表提案都印出来的。有一年老舍先生的提案是：希望政府解决芝麻酱的供应问题。那一年北京芝麻酱缺货。老舍先生说："北京人夏天离不开芝麻酱！"不久，北京的油盐店里有芝麻酱卖了，北京人又吃上了香喷喷的麻酱面。

老舍是属于全国人民的，首先是属于北京人的。

一九五四年，我调离北京市文联，以后就很少上老舍先生家里去了。听说他有时还提到我。

一九八四年三月二十日

金岳霖先生

西南联大有许多很有趣的教授，金岳霖先生是其中的一位。金先生是我的老师沈从文先生的好朋友。沈先生当面和背后都称他为"老金"。大概时常来往的熟朋友都这样称呼他。关于金先生的事，有一些是沈先生告诉我的。我在《沈从文先生在西南联大》一文中提到过金先生。有些事情在那篇文章里没有写进去，觉得还应该写一写。

金先生的样子有点怪。他常年戴着一顶呢帽，进教室也不脱下。每一学年开始，给新的一班学生上课，他的第一句话总是："我的眼睛有毛病，不能摘帽子，并不是对你们不尊重，请原谅。"他的眼睛有什么病，我不知道，只知道怕阳光。因此他的呢帽的前檐压得比较低，脑袋总是微微地仰着。他后来配了一副眼镜。这副眼镜一只的镜片是白的，一只是黑的。这就更怪了。后来在美国讲学期间把眼睛治好了，——好一些，眼镜也换了，但那微微仰着脑袋的姿态一直还没有改变。他身材相当高大，经常穿一件烟草黄色的麂皮夹克，天冷了就在里面围一条很长的驼色的羊绒围巾。联大的教授穿衣服是各色各样的。闻一多先生有一阵穿一件式样过时的灰色旧夹袍，是一个亲戚送给他的，领子很高，袖口极窄。联大有一次在龙云的长子，蒋介石的干儿子龙绳武家里开校友会，——龙云的长媳是清华校友，闻先生在会上大骂"蒋介石，王八蛋！混蛋！"那天穿的就是这件高领窄袖的旧夹袍。朱自清先生有一阵披着一件云南赶马人穿的蓝色毡子的一口钟。除了体育教员，教授里穿夹克的，好像只有金先生一个人。他的眼神即使是到美国治了后也还是不大好，走起路来有点深一脚浅一脚。他就这样穿着黄夹克，微仰着脑袋，深一脚浅一脚地在联大新校舍的一条土路上走着。

金先生教逻辑。逻辑是西南联大规定文学院一年级学生的必修课，班上学生很多，上课在大教室，坐得满满的。在中学里没有听说有逻辑这门学问，大一的学生对这课很有兴趣。金先生上课有时要提问，那么多的学生，他不能都叫得上名字来，——联大是没有点名册的，他有时一上课就宣布："今天，穿红毛衣的女同学回答问题。"于是所有穿红衣的女同学就都有点紧张，又有点兴奋。那时联大女生在蓝阴丹士林旗袍外面套一件红毛衣成了一种风气。——穿蓝毛衣、黄毛衣的极少。问题回答得流利清楚，也是件出风头的事。金先生很注意地听着，完了，说："Yes! 请坐！"

学生也可以提出问题，请金先生解答。学生提的问题深浅不一，金先生有问必答，很耐心。有一个华侨同学叫林国达，操广东普通话，最爱提问题，问题大都奇奇怪怪。他大概觉得逻辑这门学问是挺"玄"的，应该提点怪问题。有一次他又站起来提了一个怪问题，金先生想了一想，说："林国达同学，我问你一个问题：'Mr.林国达 is perpendicular to the blackboard（林国达君垂直于黑板）'这是什么意思？"林国达傻了。林国达当然无法垂直于黑板，但这句话在逻辑上没有错误。

林国达游泳淹死了。金先生上课，说："林国达死了，很不幸。"这一堂课，金先生一直没有笑容。

有一个同学，大概是陈蕴珍，即萧珊，曾问过金先生："您为什么要搞逻辑？"逻辑课的前一半讲三段论，大前提、小前提、结论、周延、不周延、归纳、演绎……还比较有意思。后半部全是符号，简直像高等数学。她的意思是：这种学问多么枯燥！金先生的回答是："我觉得它很好玩。"

除了文学院大一学生必修课逻辑，金先生还开了一门"符号逻辑"，是选修课。这门学问对我来说简直是天书。选这门课的人很少，教室里只有几个人。学生里最突出的是王浩。金先生讲着讲着，有时会停下来，问："王浩，你以为如何？"这堂课就成了他们师生二人的对话。王浩现在在美国。前些年写了一篇关于金先生的较长的文章，大概是论金先生之学的，我没有见到。

王浩和我是相当熟的。他有个要好的朋友王景鹤，和我同在昆明黄土坡一个中学教书，王浩常来玩。来了，常打篮球。大都是吃了午饭就打。王浩管吃了饭就打球叫"练盲肠"。王浩的相貌颇"土"，脑袋很大，剪了一个光头，——联大同学剪光头的很少，说话带山东口音。他现在成了洋人——美籍华人，国际知名的学者，我实在想象不出他现在是什么样子。前年他回国讲学，托一个同学要我给他画一张画。我给他画了几个青头菌、牛肝菌，一根大葱，两头蒜，还有一块很大的宣威火腿。——火腿是很少入画的。我在画上题了几句话，有一句是"以慰王浩异国乡情"。王浩的学问，原来是师承金先生的。一个人一生哪怕只教出一个好学生，也值得了。当然，金先生的好学生不止一个人。

金先生是研究哲学的，但是他看了很多小说。从普鲁斯特到福尔摩斯，都看。听说他很爱看平江不肖生的《江湖奇侠传》。有几个联大同学住在金鸡巷。陈蕴珍、王树藏、刘北汜、施载宣（萧荻）。楼上有一间小客厅。沈先生有时拉一个熟人去给少数爱好文学，写写东西的同学讲一点什么。金先生有一次也被拉了去。他讲的题目是《小说和哲学》。题目是沈先生给他出的。大家以为金先生一定会讲出一番道理。不料金先生讲了半天，结论却是：小说和哲学没有关系。有人问：那么《红楼梦》呢？金先生说："《红楼梦》里的哲学不是哲学。"他讲着讲着，忽然停下来："对不起，我这里有个小动物。"他把右手伸进后脖领，捉出了一个跳蚤，捏在手指里看看，甚为得意。

金先生是个单身汉（联大教授里不少光棍，杨振声先生曾写过一篇游戏文章《释鳏》，在教授间传阅），无儿无女，但是过得自得其乐。他养了一只很大的斗鸡（云南出斗鸡）。这只斗鸡能把脖子伸上来，和金先生一个桌子吃饭。他到处搜罗大梨、大石榴，拿去和别的教授的孩子比赛。比输了，就把梨或石榴送给他的小朋友，他再去买。

金先生朋友很多，除了哲学家的教授外，时常来往的，据我所知，有梁思成、林徽因夫妇，沈从文，张奚若……君子之交淡如水，坐定之后，清茶一杯，闲话片刻而已。金先生对林徽因的谈吐才华，十分欣赏。现在的年轻人多不知道林徽因。她是学建筑的，但是对文学的趣味极高，精于鉴赏，所写的诗和小说如《窗子以外》、《九十九度中》风格清新，一时无二。林徽因死后，有一年，金先生在北京饭店请了一次客，老朋友收到通知，都纳闷：老金为什么请客？到了之后，金先生才宣布："今天是徽因的生日。"

金先生晚年深居简出。毛主席曾经对他说："你要接触接触社会。"金先生已经八十岁了，怎么接触社会呢？他就和一个蹬平板三轮车的约好，每天蹬着他到王府井一带转一大圈。我想象金先生坐在平板三轮上东张西望，那情景一定非常有趣。王府井人挤人，熙熙攘攘，谁也不会知道这位东张西望的老人是一位一肚子学问，为人天真、热爱生活的大哲学家。

金先生治学精深，而著作不多。除了一本大学丛书里的《逻辑》，我所知道的，还有一本《论道》。其余还有什么，我不清楚，须问王浩。

我对金先生所知甚少。希望熟知金先生的人把金先生好好写一写。

联大的许多教授都应该有人好好地写一写。

一九八七年二月二十三日

旅途杂记

半坡人的骨针

我这是第二次参观半坡，不像二十年前第一次参观时那样激动了。但我还是相当细致地看了一遍。房屋的遗址、防御野兽的深沟、烧制陶器的残窑、埋葬儿童的瓷棺……我在心里重复了二十年前的感慨——平平常常的、陈旧的感慨：我们的祖先就是这样生活下来的，他们生活得很艰难——也许他们也有快乐。人就是这样生活过来的。生活是悲壮的。

在文物陈列室里我看到石磷。我们的祖先就是用这种完全没有锋刃，几乎是浑圆的石磅劈开了大树。

我看到两根骨针。长短如现在常用的牙签，微扁，而极光滑。这两根针大概用过不少次，缝制过不少件衣裳——那种仅能蔽体的、粗劣的短褐。磨制这种骨针一定是很不容易的。针都有鼻。一根的针鼻是圆的；一根的略长，和现在用的针很相似。大概略长的针鼻更好使些。

针是怎样发明的呢？谁想出在针上刻出个针鼻来的呢？这个人真是一个大发明家，一个了不起的聪明人。

在招待所听几个青年谈论生活有没有意义，我想，半坡人是不会谈论这种问题的。

生活的意义在哪里？就在于磨制一根骨针，想出在骨针上刻个针鼻。

兵马俑的个性

头一个搞兵马俑的并不是秦始皇。在他以前，就有别的王者，制造过铜的或是瓦的一群武士，用来保卫自己的陵墓。不过规模都没有这样大。搞了整整一师人，都与真人等大，密匝匝地排成四个方阵，这样的事，只有完成了"六王毕，四海一"的大业的始皇帝才干得出来。兵马俑确实很壮观。

面对着这样一个瓦俑的大军，我简直不知道对秦始皇应该抱什么感情。是惊叹于他的气魄之大？还是对他的愚蠢的壮举加以嘲笑？

俑之上，原来据说是有建筑的，被项羽的兵烧掉了。很自然的，人们会慨叹："楚人一炬，可怜焦土。"

有人说始皇陵兵马俑是世界第八奇迹。

单个地看，兵马俑的艺术价值并不是很高。它的历史价值、文物价值，要比艺术价值高得多。当初造俑的人，原来就没有把它当作艺术作品，目的不在使人感动。造出后，就埋起来了，当时看到这些俑的人也不会多。最初的印象，这些俑，大都只有共性，即只是一个兵，没有很鲜明的个性。其实就是对于活着的士卒，从秦始皇到下面的百夫长，也不要求他们有什么个性，有他们的个人的思想、情绪。不但不要求，甚至是不允许的。他们只是兵，或者可供驱使来厮杀，或者被"坑"掉。另外，造一个师的俑，要来逐一地刻划其性格，使之互相区别，也很难。即或是把米盖朗琪罗请来，恐怕也难于措手。

我很怀疑这些俑的身体是用若干套模子扣出来的。他们几乎都是一般高矮。穿的服装虽有区别（大概是标明等级的），但多大同小异。大部分是短褐，披甲，著裤，下面是一色的方履。除了屈一膝跪着的射手外，全都直立着，两脚微微分开，和后来的"立正"不同。大概那时还没有发明立正。如果这些俑都是绷直地维持立正的姿势，他们会累得多。

但是他们的头部好像不是用模子扣出来的。这些脑袋是"活"的，是烧出来后安上去的。当初发掘时，很多俑已经身首异处；现在仍然可以很方便地从颈腔里取下头来。乍一看，这些脑袋都大体相似，脸以长圆形的居多，都梳着偏髻，年龄率为二十多岁，两眼平视，并不木然，但也完全说不上是英武，大都是平静的，甚至是平淡的，看不出有什么痛苦或哀愁——自然也说不上高兴。总而言之，除了服装，这些人的脸上寻不出兵的特征，像一些普通老百姓，"黔首"，农民。

但是细看一下，就可以发现他们并不完全一样。

有一个长了络腮胡子的，方方的下颏，阔阔的嘴微闭着，双目沉静而仁慈，看来是个老于行伍的下级军官。他大概很会带兵，而且善于驭下，宽严得中。

有一个胖子，他的脑袋和身体都是圆滚滚的（他的身体也许是特制的，不是用模子扣出来的），脸上浮着憨厚而有点狡猾的微笑。他的胃口和脾气一定都很好，而且随时会说出一些稍带粗野的笑话。

有一个的双颊很瘦削，是一个尖脸，有一撮山羊胡子。据说这样的脸型在现在关中一带的农民中还很容易发现。他也微微笑着，但从眼神里看，他在深思着一件什么事情。

有人说，兵马俑的形象就是造俑者的形象，他们或是把自己，或是把同伴的模样塑成俑了。这当然是推测。但这种推测很合理。

听说太原晋祠宋塑宫女的形象即晋祠附近少女的形象，现在晋祠附近还能看到和宋塑形态仿佛的女孩子。

我于是生出两种感想。

塑像总是要有个性的。即便是塑造兵马俑，不需要，不要求有个性，但是造俑者还是自觉不自觉地，多多少少地赋予了他们一些个性。因为他塑造的是人，人总有个性。

塑像总是有模特儿的。他塑造的只能是他见过的人，或是熟人，或是他自己。凭空设想，是不可能的。

任何艺术，想要完全摆脱现实主义，是几乎不可能的事。

三苏祠

三次游杜甫草堂，都没有留下多少印象。

这是一个公园，不是一个祠堂。

杜甫的遗迹，一样也没有。

有很多竹木盆景，很多建筑。到处是对联、题咏，时贤的字画。字多很奔放；画多大写意，着色很浓重。

好像有很多人一齐大声地谈论着杜甫，但是看不到杜甫本人，感觉不到他的行动气息、声音笑貌。

眉山的三苏祠要好一些。

三苏祠以宅为祠。苏东坡文云："家有五亩之园"，今略广，占地约八亩。房屋当然是后来重盖了的，但是当日的布局，依稀可见。有一口井，据说还是苏氏的旧物。井栏是这一带常见的红砂石的。井里现在还能打上水来。一侧有一棵荔枝树。传说苏东坡离家的时候，乡人种了一棵荔枝，约好等东坡回来时一同摘食。东坡远谪，一直没有吃上家乡的荔枝。当年的那棵荔枝早已死了，现存的据说是明朝人补栽的，也已经枯萎了，正在抢救。这些都是有纪念意义的。

东边有一个版本陈列室，搜罗了自元版至现在的铅字排印的东坡集的各种版本，虽然并不齐全，但是这种陈列思想，有足取者。

出眉山往乐山的汽车中，"想"了一首旧体诗：

　　当日家园有五亩，

至今文字重三苏。

红栏旧井犹堪汲，

丹荔重栽第几株。

伏小六、伏小八

大足的唐宋摩崖石刻是惊人的。

十二圆觉，刻得极细致。袈裟衣带静静地垂着，但是你感觉得到其间有一丝微风在轻轻地流动。不像一般的群像（比如罗汉）强调其间的异，这十二尊像强调的是同。他们的年貌、衣著、坐态都差不多。他们都在沉思默念。但是从其眼梢嘴角，看得出其会心处不尽相同。不怕其相同，能于同中见异，十二尊像造成一个既生动又和谐的整体，自是大手笔。

我看过很多千手观音。除了承德的木雕大佛，总觉得不大自然。那么多的细长的手臂长在一个"人"的肩背上，违反常理，使人很不舒服。大足的千手观音另辟蹊径。他的背上也伸出好几只手，但是看来是负担得起的。这几只手之外，又伸出好多只手。据说某年装金时曾一只一只的编过号，一共有一千零七只（不知道为什么是一个单数）。

手具各种姿态，或正、或侧、或反，或似召唤，或似慰抚，都很像人的手，很自然，很好看。一千零七只手，造成一个很大的手的佛光。这些手是怎样伸出来的，全不交待。但是你又觉得这都是观音的手，是和观音都有联系的，其联系处不在形，而在意。构思非常巧妙。

释迦涅槃像，即通常所说的卧佛。释迦面部极为平静，目微睁，显出无爱无欲，无生亦无死。像长三十余米，但只刻了释迦的头和胸。肩手无交待。下肢伸入岩石，不知所终。释迦前，刻了佛弟子，有的冠服似中土产，有一个科头鬈发似西方人。他们都在合十赞诵，眉尖微蹙，稍露愁容。这些弟子并不是整齐地排成一列，而是有正面的，有反面的，有朝左的，有朝右的，距离也不相等。他们也只露出半身，腹部以下，在石头里，也不知所终。于有限的空间造无限的境界，形有尽，意无穷，雕刻这一组佛像的是一个气魄雄伟的匠师！他想必在这一壁岩石之前徘徊坐卧了好多个日夜！

普贤像被人称为东方的维纳斯。

数珠手观音被称为媚态观音，全身的线条都非常柔软。

佛教的像原来也是取形于人的，但是后来高度升华起来了。仅修得阿罗汉果的自了汉还一个一个都有人的性格，菩萨以上，就不复再是"人"了。他们不但抛弃了人的性格，连性别也分不清了。菩萨和佛，都有点女性的美。

大足石刻是了不起的艺术。

中国的造像人大都无姓名可查。值得庆幸的是大足石刻有一些石壁上刻下了造像的匠师的姓名。他们大都姓伏。他们的名字是卑微的：伏小六、伏小八……他们的事迹都无可考了，然而中国美术史上无疑地将会写出这样一篇，题目是：《伏小六、伏小八》。

看了大足石刻，我想起一路上看到一些纪念性的现代塑像李冰父子、屈原、杜甫、苏东坡、杨升庵……好像都差不多。这些塑像塑的都不太像古人。为什么我们的雕塑家不能从大足石刻得到一点启发呢？

一九八二年七月

滇游新记

泼水节印象

作家访问团四月六日离京赴云南，是为了能赶上泼水节。

十一日到芒市。这是泼水节的前一天。这天干部带领群众上山采花。采的花名锥栗花，是一串一串繁密而细碎的白色的小花，略带点浅浅的豆绿。我们到时，全市已经用锥栗花装饰起来了。

泼水节由米的传说是大家都知道的：有一魔王，具无上魔力，猛恶残暴，祸祟人民。他有七个妻子。一日，魔王酒醉，告诉最年轻的妻子："我虽有无上魔力，亦有弱点。如拔下我的一根头发，在我颈上一勒，我头即断。"其妻乃乘魔王醉睡，拔取其头发一根，将魔王头颈勒断。不料魔王头落在哪里，哪里即起大火。魔王之妻只好将头抱着，七个妻子轮流抱持。她们身上沾染血污，气味腥臭。诸邻居人，乃各以香水，泼向她们，为除不洁，世代相沿，遂成节日。

这大概只是口头传说，并无文字记载。泼水节仪式中看不出和这个传说直接有关的痕迹。傣族人所以重视这个节，是因为这是傣历的新年。作为节日的象征的，是龙。节日广场的中心有一条木雕彩画的巨龙。傣族的龙和汉族的不大一样。汉族的龙大体像蛇，蜿蜒盘屈；傣族的龙有点像鸟，头尾高昂，如欲轻举。这是东南亚的龙，不是北方的龙。龙治水，这是南方人北方人都相信的。泼水节供养木龙，顺理成章。泼水节是水的节。

节日还没有正式开始，一早起来，远近已经是一片铓锣象脚鼓的声音。铓锣厚重，声音发闷而能传远，象脚鼓声也很低沉，节拍也似很单调，只是一股劲地咚咚咚咚……，蓬蓬蓬蓬……，不像北方锣鼓打出许多花点。不强烈，不高昂激越，而极温柔。

仪式很简单。先由地方负责同志讲话，然后由一个中年的女歌手祝福，女歌手神情端肃，曼声吟诵，时间不短，可惜听不懂祝福的词句，同时，有人分发泼水粑粑和金米饭。泼水粑粑乃以糯米粉和红糖，包在芭蕉叶中蒸熟；金米饭是用一种山花把糯米染黄蒸熟了的。

泼水开始。每人手里都提了一只小水桶，塑料的或白铁的，内装多半桶清水，水里还要滴几点香水，桶内插了花枝。泼水，并不是整桶的往你身上泼，只是用花枝蘸水，在你肩膀上掸两下，一面用傣语说："好吃好在"。我们是汉人，给我们泼水的大都用汉语说："祝你健康"。"祝你健康"太一般了，不如"好吃好在"有意思。接受别人泼水后，可以也用花枝蘸水在对方肩头掸掸，或在肩上轻轻拍三下。"好吃好在"，——"祝你健康"。但是少男少女互泼，常常就不那么文雅了。越是漂亮的，挨泼的越多。主席台上有一个身材修长，穿了一身绿纱的姑娘，不大一会已经被泼得浑身上下都湿透了。

主席台上的桌椅都挪开了，为什么？有人告诉我：要在这里跳舞，跳"嘎漾"。台上跳，台下也跳。不知多少副铓锣象脚鼓都敲响了，蓬蓬咚咚，混成一片，分不清是哪一面锣哪一腔鼓敲出来的声音。

"嘎漾"的舞步比较简单。脚下一步一顿，手臂自然摆动，至胸前一转手腕。"嘎漾"是鹭鸶舞的意思。舞姿确是有点像鹭鸶。傣族人很喜欢鹭鸶。在碧绿的田野里时常可以看到成群的白鹭。"嘎漾"有十五六种姿式，主要的变化在腕臂。虽然简单，却很优美。傣族少女，着了筒裙，小腰秀颈，姗姗细步，跳起"嘎漾"，极有韵致。在台上跳"嘎漾"的，就是方才招呼我们吃泼水粑粑，用花枝为我们泼水的服务员，全都打扮得花枝招展，一个赛似一个。我问陪同人："她们是不是演员？"——"不是，有的是机关干部，有的是商店营业员。"

跳"嘎漾"的大部分是水傣，也有几个旱傣，她们也是服务人员。旱傣少女的打扮别是一样：头上盘了极粗的发辫，插了一头各种颜色的绢花。白纱上衣，窄袖，胸前别满了黄灿灿的镀金饰物。一边龙一边凤，还有一些金花、金蝶、金葫芦。下面是黑色的喇叭裤，系黑短围裙，垂下两根黑地彩绣的长飘带。水傣少女长裙曳地，仪态大方；旱傣少女则显得玲珑而带点稚气。

泼水节是少女的节，是她们炫耀青春、比赛娇美的节日。正是由于这些着意打扮，到处活跃的少女，才把节日衬托得如此华丽缤纷，充满活力。

晚上有宴会，到各桌轮流敬酒的，还是她们。一个一个重新梳洗，换了别样的衣裙，容光焕发，精力旺盛。她们的敬酒，有点霸道。杯到人到，非喝不可。好在砂仁酒度数不高而气味芳香，多喝两杯也无妨。我问一个岁数稍大的姑娘："你们今天是不是把全市的美人都动员来了？"她笑着说："哪里哟！比我们好看的有的是！"

第二天，我们到法帕区又参加了一次泼水节。规模不能与芒市比，但在杂乱中显出粗豪，另是一种情趣。

归时已是黄昏。德宏州时差比北京晚一小时，过七点了，天还不暗。但是泼水高潮已过。泼水少女，已经兴尽，三三两两，阑珊归去，只余少数顽童，还用整桶泥水，泼向行人车辆。

有一个少女在河边洗净筒裙，晾在树上。同行的一位青年小说家，有诗人气质，说他看了两天泼水节，没有觉得怎么样，看了这个少女晾筒裙，忽然非常感动。

> 泼水归来日未曛，
>
> 散抛锥栗入深林。
>
> 铓锣象鼓声犹在，
>
> 缅桂梢头晾筒裙。

泼水，泼人、被泼，都是未婚少女的事。一出嫁，即不再参与。已婚妇女的装束也都改变了。不再着鲜艳的筒裙，只穿白色衣裤，头上系一个衬有硬胎的高高的黑绸圆筒。背上大都用兜布背了一个孩子。她们也过泼水节，但只是来看看热闹。她们的精神也变了，冷静、淡漠，也许还有点惆怅、凄凉，不再像少女那样笑声琅琅，神采飞扬，眼睛发光。

一九八七年五月四日

大等喊

云南省作协的同志安排我在一个傣族寨子里住一晚上。地名大等喊。

车从瑞丽出发，经过一个中缅边界的寨子，云井寨。一条宽路从缅甸通向中国，可以直来直往。除了有一个水泥界桩外，无任何标志。对面有一家卖饵丝的铺子。有人买了一碗饵丝。一个缅甸女孩把饵丝递过来，这边把钱递过去。他们的手已经都伸过国界了。只要脚不跨过界桩，不算越境。

中缅边界真是和平边界。两国之间，不但毫无壁垒，连一道铁丝网都没有，简直不像两国的分界。我们到畹町的界桥头看过。桥头有一个检查站，旗杆上飘着中华人民共和国的国旗。一个缅甸小女孩提了饭盒走过界桥。她妈在畹町街上摆摊子做生意，她来给妈送饭来了。她每天过来，检查站的都认得她。她大摇大摆地走过来，脸上带着一点笑。意思是：我又来了，你们好！站在国境线上，我才真正体会到中缅人民真是胞波。陈毅同志诗："共饮一江水"，是纪实，不是诗人的想象。

车经喊撒。喊撒有一个比较大的奘房，要去看看。

进寨子，有一家正在办丧事，陪同的同志说："可以到他家坐坐。"傣族人对生死看得比较超脱，人过五十五死去，亲友不哭。这也许和信小乘佛教有关。这家的老人是六十岁死的，算是"喜丧"了。进寨，寨里的人似都没有哀戚的神色，只是显得很沉静。有几个中年人在糊扎引魂的幡幢——傣族人死后，要给他制一个缅塔尖顶似的纸幡幢，用竹竿高高地竖起来，这样他的灵魂才能上天。几个年轻人不紧不慢地敲铓锣、象脚鼓，另外一些人好像在忙着做饭。傣族的风俗，人死了，亲友要到这家来坐五天。这位老人死已三日，已经安葬，亲友们还要坐两天。我们脱鞋，登木梯，上了竹楼。竹楼很宽敞，一侧堆了很多叠得整整齐齐的被子，有二十来个岁数较大的男男女女在楼板上坐着，抽烟、喝茶。他们也极少说话，静静的。

奘房是赕佛的地方。赕是傣语，本意是以物献佛，但不如说听经拜佛更确切些。傣族的赕佛，大体上是有一个男人跪在佛的前面诵念经文，很多信佛的跪在他身后听着。

诵经人穿着如常人，也并无钟鼓法器，只是他一个人念，声音平直。偶尔拖长，大概是到了一个段落。傣族的跪，实系中国古代人的坐。古人席地而坐。膝着地，臀部落于脚跟，谓之坐。——如果直身，即为"长跪"。傣族赕佛时的姿势正是这样。

喊撒奘房的出名，除了比较大，还因为有一位佛爷。这位佛爷多年在缅甸，前三年才被请了回来。他并不领头赕佛，却坐在偏殿上。佛爷名叫伍并亚温撒，是全国佛教协会的理事，岁数不很大。他着了一身杏黄色的僧衣。这种僧衣不知叫什么，不是褊衫，也不是袈裟，上身好像只是一块布，缠裹着，袒其右臂。他身前坐了一些善男子。有人来了，向他合十为礼，他也点头笑答。有些信徒抽用一种树叶卷成的像雪茄似的烟。佛爷并不是道貌岸然，很随和。他和信徒们随意交谈。谈的似乎不是佛理，只是很家常的话，因为他不时发出很有人情味的笑声。

近午，至大等喊。等喊，傣语是堆金子的地方。因为有两个寨子都叫等喊，汉族人就在前面多加了一个字，一个叫大等喊，一个叫小等喊。傣语往往用很少的音节表很多的意思，如畹町，意思是太阳当顶的地方。因为电影《葫芦信》、《孔雀公主》都在大等喊拍过外景，所以旅游的人都想来看看。

住的旅馆名"醉仙楼"，这是个汉族名字，老板在招牌下面于是又加了两个字：傣家。老板是汉人，夫人是傣族。两层的木结构建筑，作曲尺形。房间不多，作家访问团二十余人，就基本上住满了。房间里有床，并不是叫我们睡在地板上。房屋样式稍稍有点像竹楼。老板又花了钱把拍《葫芦信》和《孔雀公主》的布景上的装饰零件和木雕的佛龛之类买了下来，配置在廊厦角落，于是就很有点傣味了。

一住下来，泡一杯茶，往藤椅一坐，觉得非常舒服。连日坐汽车，参加活动，大家都累了，需要休息。

醉仙楼在寨口。一条平路，通到寨子里。寨里有几条岔路，也极平整。寨里极安静。到处都是干干净净的。空气好极了。到处是树。一丛一丛的凤尾竹，很多柚子树。大等喊的柚子是很有名的。现在不是柚子成熟的时候，只看见密密的深绿的树叶。空气里有一种淡淡的清苦的味道，就是柚树叶片散发出来的。这里那里安置了一座一座竹楼，错落有致。傣家的竹楼不是紧挨着的，各家之间都有一段距离。除了当路的正门，竹楼的三面都是树。有一座槸房，大门锁着。我们到寨里一家首富的竹楼上作了一会客，女主人汉话说得很好，善于应酬。楼上真是纤尘不染。

醉仙楼的傣族特点不在住房，而在饭食。我们在这里吃了四顿地道的傣族饭。芭蕉叶蒸豆腐。拿上来的是一个绿色的芭蕉叶的包袱，解开来，里面是豆腐，还加了点碎肉、香料，鲜嫩无比。竹筒烤牛肉。一截二尺许长的青竹，把拌了佐料的牛肉塞在里面，筒口用树叶封住，放在柴火里烤熟，切片装盘。牛肉外面焦脆，闻起来香，吃起来有嚼头。牛肉丸子。傣族人很会做牛肉。丸子小小的，我们吃了都以为是鱼丸子，因为极其细嫩。问了问，才知道是牛肉的。做这种丸子不用刀剁，而是用两根铁棒敲，要敲两个小时。苦肠丸子。苦肠是牛肠里没有完全消化的青草。傣族人生吃，做调料，蘸肉，是难得的美味。听说要请我们吃苦肠，我很高兴。只是老板怕我们吃不来，是和在肉丸子里蒸了的。有一点苦味，大概是因为碎草里有牛的胆汁。其实我倒很想尝尝生苦肠的味道。弄熟了，意思就不大了。当然，还少不了傣家的看家菜：酸笋煮鸡。不过这道菜我们在畹町、芒市都已经吃过了。小菜是酸腌菜、鱼眼睛菜——一种树的嫩头，有小骨朵如鱼眼，酸渍。傣族人喜食酸。

　　醉仙楼的老板不俗。他供应我们这几顿傣家饭是没有多少赚头的。他要请我们写几个字，特地大老远地跑到县城，和一位画家匀来了几张宣纸。醉仙楼每个房间里都放着一个缅甸细陶水壶，通身乌黑，造型很美。好几个作家想托他买。因为这两天没有缅甸人过来赶集，老板就按原价卖给了他们。这些作家于是一人攥了一个陶壶，上路了。

大等喊小住两天，印象极好。

这里的乌鸦比北方的小，鸟身细长，鸣声也较尖细，不像北方乌鸦哇哇地哑叫。

一九八七年五月八日

滇南草木状

尤加利树　尤加利树北方没有。四十六年前到昆明始识此树。树叶厚重，风吹作金石声。在屋里静坐读书，听着哗啦哗啦的声音，会忽然想起，这是昆明。说不上是乡愁，只是有点觉得此身如寄。因此对尤加利树颇有感情。

尤加利树木理旋拧，有一个特殊的用途，作枕木，经得起震，不易裂。现在枕木大都改成钢或水泥制造的了，这种树就不那么受到重视了。树叶提汁，可制糖果，即桉叶糖。爱吃桉叶糖的人也不是很多。

连云宾馆门内有一棵大尤加利树，粗可合抱，少见。

叶子花　昆明叶子花多，楚雄更多。龙江公园到处都是叶子花。这座公园是新建的，建筑物的墙壁栏杆的水泥都发干净的灰白色，叶子花的紫颜色更把公园衬托得十分明朗爽洁。芒市宾馆一丛叶子花攀附在一棵大树上。树有四丈高，花一直开到树顶。

叶子花的紫，紫得很特别，不像丁香，不像紫藤，也不像玫瑰，它就是它自己那样的一种紫。

叶子花夏天开花。但在我的印象里，它好像一年到头都开，老开着，没有见它枯萎凋谢过。大概它自己觉得不过是叶子，就随便开开吧。

叶子花不名贵，但不讨厌。

马缨花　走进龙江公园，我对市文联的同志说："楚雄如果选市花，可以选叶子花。"文联的同志说："彝族有自己的花，——马缨花。"马缨花？马缨花即合欢，北方多得很。"这是杜鹃科杜鹃的一种。"那么这不是合欢。走进开座谈会的会议室，桌上摆了一盆很大的花，我问："这是不是马缨花？"——"是的，是的。"名不虚传！这株马缨花干粗如酒杯口，横卧而出，矫健如龙，似欲冲盆飞去。叶略似杜鹃而长，一丛一丛的，相抱如莲花瓣。周围的叶子深绿色，中心则为嫩绿。干端叶较密集，绿叶中开出一簇火红的花。花有点像杜鹃，但花瓣较坚厚，不像杜鹃那样的薄命相。花真是红。这是正红，大红。彝族人叫它马缨花是有道理的。云南的马缨不是麻丝攒成的，而是用一方红布扎成一个绣球。马缨不是缀在马的颈下，而是结在马的前额，如果是白马或黑马，老远就看得见，非常显眼。额头有马缨的马，多半是马帮里的头马。把这种花叫做马缨花，神似。马缨花大红大绿，颜色华贵，而姿态又颇奔放，于端庄中透出粗野，真是难得！

车行在高黎贡山中，公路两边的丛岭中，密林深处，时时可以看到一树通红通红的马缨花。

令箭　云南人爱种花。楚雄街上两边楼房的栏杆上摆得满满的花，各色各样，令箭尤其多。令箭北方常见，但不如楚雄的开花开得多。北方令箭，开十几朵就算不错，楚雄的令箭一盆开花上百朵。一片叶子上密密匝匝地涨出了好多骨朵，大概都有三十几个，真不得了！滇南草木，得天独厚，没有话说。

一品红　北京的一品红是栽在盆里的，高二三尺。芒市、盈江的一品红长成一人多高的树，绿叶少而红叶多，这也未免太过分了！

兰　云南兰花品类极多。盈江县招待所庭院中有一棵香樟树，树丫里寄生的兰花就有四种。这都是热带兰花。

有一种是我认得的，虎头兰。花大，浅黄色。有一舌，舌白，舌端有紫色斑点。其余三种都未见过。一种开白花，一种开浅绿花。另一种开淡银红色的花，花瓣边似剪秋罗，很长的一串，除了有兰花一样的长叶子披下来，真很难说这是兰花。

兰花最贵重的是素心兰。大理街上有一家门前放了两盆素心兰，旁贴一纸签："出售"。一看标价：二百。大理是素心兰的产地，本地昂贵如此，运到外地，可想而知。素心兰种在高高泥盆里。盆腹鼓起，如一小坛。

在保山，有人要送我一盆虎头兰。怎么带呢？

茶花 茶花已经开过了。遗憾。

闻丽江有一棵茶花王，每年开花万朵，号称"万朵茶花"，——当然这是累计的，一次开不了那样多。不过这也是奇迹了。有人告诉过我，茶花最多只能开三百朵。

大青树 大青树不成材，连烧火都不燃，故能不遭斤斧，保其天年，唯堪与过往行人遮荫，此不材之材。滇南大青树多"一树成林"。

紫薇 紫薇我没有见过很大的。昆明金殿两边各有一棵紫薇，树上挂一木牌，写明是"明代紫薇"，似可信。树干近根部已经老得不成样子，疙瘩流秋。梢头枝叶犹繁茂，开花时，必有可观。用手指搔搔它的树干，无反应。

它已经那么老了，不再怕痒痒了。

一九八七年三月十一日

严子陵钓台

我小时即对桐庐向往，因为看过影印的黄子久的《富春山居图》，知道那里有个严子陵钓台，还听过一个饶有情趣的故事：严子陵和汉光武帝同榻，把脚丫子放在刘秀的肚子上，弄得观察天文的太史大惊失色，次日奏道："昨天晚上客星犯帝座"……因此，友人约作桐庐小游，便欣然同意。

桐庐确实很美。吴均《与宋元思书》是古今写景名作。"自富阳至桐庐一百里许，奇山异水，天下独绝"，并非虚语。严子陵是余姚人，为什么会跑到桐庐来钓鱼？我想大概是因为这里的风景好。蔡襄说："清风敦薄俗，岂是爱林泉"。恐怕"敦薄俗"是客观效果，"爱林泉"是主观愿望。

中国叫钓鱼台的地方很多，钓鱼为什么要有个台？据我的经验，钓鱼无一定去处，随便哪里一蹲即可，最多带一个马扎子坐坐，没见过坐在台上钓鱼的。"钓鱼台"多半是假的。严子陵钓台在富春江边山上，山有东西两台。西台是谢翱恸哭文天祥处，东台即子陵钓台。严子陵怎么会到山顶上钓鱼呢？那得多长的钓竿，多长的钓丝？袁宏道诗："路深六七寻，山高四五里，纵有百尺钩，岂能到潭底？"诗有哲理，也很幽默。唐人崔儒《严先生钓台记》就提出："吕尚父不应饵鱼，任公子未必钓鳌，世人名之耳。钓台之名，亦犹是乎？"这是很有见地的话。死乞白赖地说这里根本不是严子陵钓台，或者死气白赖地去考证严子陵到底在哪里垂钓，这两种人都是"傻帽"。

对严子陵这个人到底该怎么看？

中国历史上有两个有名的钓鱼人，一个是姜太公，一个是严子陵。王世贞《钓台赋》说"渭水钓利，桐江钓名"，这说得有点刻薄。不过严子陵确是有争议的人物。

他的事迹很简单，《后汉书》有传。大略谓："严光……少有高名，与光武同游学。及光武即位，乃变姓名，隐身不见。帝思其贤，令物色访之，后齐国上言，有一男子，披羊裘钓泽中，帝疑是光……"《后汉书》未说明这是什么季节，但后来写诗的大都认为这是夏天。盛暑披裘，是因为没有钱，换不下季来？还是"心静自然凉"，不

132

怕热？无从猜测。于是，"乃备安车元纁遣使聘之，三反而后至，舍北军。"他是住在警备部队营房里的。刘秀派了司徒侯霸去看他，希望他晚上进宫去和刘秀说说话。严光不答，只口授了一封给刘秀的信，信只两句："怀仁辅义天下悦，阿谀顺旨要领绝。"刘秀说"狂奴故态也"。于是，当天就亲自去看他。严光躺着不起来，刘秀就在他的卧所，摸摸严光的肚子，说："咄咄子陵，不可相助为理耶？"严光不应，过了好一会儿，才张开眼睛看了光武帝，说："昔唐尧著德，巢父洗耳，士故有志，何至相迫乎？"帝曰："子陵，我竟不能下汝耶！"于是叹息而去。过两天，又带严子陵进宫叙旧，这回倒是聊了很长时间，聊困了，"因共偃卧。光以足加帝腹。"刘秀则抚摸严子陵的肚子，严子陵以足加帝腹，他们确实到了忘形的地步，君臣之间如此，很不容易。

刘秀封了严子陵一个官，谏议大夫。他不受。乃耕于富春山。建武十七年复特征，不至。年八十，终于家。

刘秀有《与严子陵书》，不知是哪一年写的，文章实在写得好，"古大有为之君，必有不召之臣，朕何敢臣子陵哉，惟此鸿业，若涉春冰，疮痍须杖而行。若绮里不少高皇，奈何子陵少朕也。箕山颖水之风，非朕所敢望。"汉人文章多短峭而情致宛然。光武此书，亦足以名世。

对于严子陵，有不以为然的。说得直截了当的是元代的贡师泰："百战山河血未干，汉家宗社要重安。当时尽著羊裘去，谁向云台画里看？"说得很清楚，都像你们似的反穿皮袄当隐士，这个国家谁来管呢？刘基的诗前两句比较委婉："伯夷清节太公功，出处行藏岂必同。"后两句即讽刺得很深刻："不是云台兴帝业，桐江无用一丝风！"刘伯温是帮助朱元璋打天下的，他当然不赞成严子陵的做法。

对严子陵颂扬的诗文甚多，不具引。最有名的是范仲淹的《严先生祠堂记》。范仲淹有两篇有名的"记"，一篇是《岳阳楼记》，一篇便是《严先生祠堂记》。此记最后的四句歌尤为千载传诵："云山苍苍，江水泱泱。先生之风，山高水长。"范仲淹是政治家，功业甚著，他主张"先天下之忧而忧，后天下之乐而乐"，是很入世的，为什么又这样称颂严子陵这样出世的隐士呢？想了一下，觉得这是范仲淹衡量读书人的两种尺度，也是中国知识分子的两面。这两面常常同时存在于一个人的身上：立功与隐逸，或者各偏于一面，也无不可。范仲淹认为严子陵的风格可以使"贪夫廉，懦夫立，是大有功于名教也"。我想即到今天，这对人的精神还是有作用的。

翠湖心影

有一个姑娘，牙长得好。有人问她：

"姑娘，你多大了？"

"十七。"

"住在哪里？"

"翠湖西。"

"爱吃什么？"

"辣子鸡。"

过了两天，姑娘摔了一跤，磕掉了门牙。有人问她：

"姑娘多大了？"

"十五。"

"住在哪里？"

"翠湖。"

"爱吃什么？"

"麻婆豆腐。"

这是我在四十四年前听到的一个笑话。当时觉得很无聊（是在一个座谈会上听一个本地才子说的）。现在想起来觉得很亲切。因为它让我想起翠湖。

昆明和翠湖分不开，很多城市都有湖。杭州西湖、济南大明湖、扬州瘦西湖。然而这些湖和城的关系都还不是那样密切。似乎把这些湖挪开，城市也还是城市。翠湖可不能挪开。没有翠湖，昆明就不成其为昆明了。翠湖在城里，而且几乎就挨着市中心。城中有湖，这在中国，在世界上，都是不多的。说某某湖是某某城的眼睛，这是一个俗得不能再俗的比喻了。然而说到翠湖，这个比喻还是躲不开。只能说：翠湖是昆明的眼睛。有什么办法呢，因为它非常贴切。

翠湖是一片湖，同时也是一条路。城中有湖，并不妨碍交通。湖之中，有一条很整齐的贯通南北的大路。从文林街、先生坡、府甬道，到华山南路、正义路，这是一条直达的捷径。——否则就要走翠湖东路或翠湖西路，那就绕远多了。昆明人特意来游翠湖的也有，不多。多数人只是从这里穿过。翠湖中游人少而行人多。但是行人到了翠湖，也就成了游人了。从喧嚣扰攘的闹市和刻板枯燥的机关里，匆匆忙忙地走过来，一进了翠湖，即刻就会觉得浑身轻松下来；生活的重压、柴米油盐、委屈烦恼，就会冲淡一些。人们不知不觉地放慢了脚步，甚至可以停下来，在路边的石凳上坐一坐，抽一支烟，四边看看。即使仍在匆忙地赶路，人在湖光树影中，精神也很不一样了。翠湖每天每日，给了昆明人多少浮世的安慰和精神的疗养啊。因此，昆明人——包括外来的游子，对翠湖充满感激。

翠湖这个名字起得好！湖不大，也不小，正合适。小了，不够一游；太大了，游起来怪累。湖的周围和湖中都有堤。堤边密密地栽着树。树都很高大。主要的是垂柳。"秋尽江南草未凋"，昆明的树好像到了冬天也还是绿的。尤其是雨季，翠湖的柳树真是绿得好像要滴下来。湖水极清。我的印象里翠湖似没有蚊子。夏天的夜晚，我们在湖中漫步或在堤边浅草中坐卧，好像都没有被蚊子咬过。湖水常年盈满。我在昆明住了七年，没有看见过翠湖干得见了底。偶尔接连下了几天大雨，湖水涨了，湖中的大路也被淹没，不能通过了。但这样的时候很少。翠湖的水不深。浅处没膝，深处也不过齐腰。因此没有人到这里来自杀。我们有一个广东籍的同学，因为失恋，曾投过翠湖。但是他下湖在水里走了一截，又爬上来了。因为他大概还不太想死，而且翠湖里也淹不死人。翠湖不种荷花，但是有许多水浮莲。肥厚碧绿的猪耳状的叶子，开着一望无际的粉紫色的蝶形的花，很热闹。我是在翠湖才认识这种水生植物的。我以后也再也没看到过这样大片大片的水浮莲。湖中多红鱼，很大，都有一尺多长。这些鱼已经习惯于人声脚步，见人不惊，整天只是安安静静地，悠然地浮沉游动着。有时夜晚从湖中大路上过，会忽然拨剌一声，从湖心跃起一条极大的大鱼，吓你一跳。湖水、柳树、粉紫色的水浮莲、红鱼，共同组成一个印象：翠。

一九三九年的夏天，我到昆明来考大学，寄住在青莲街的同济中学的宿舍里，几乎每天都要到翠湖。学校已经发了榜，还没有开学，我们除了骑马到黑龙潭、金殿，坐船到大观楼，就是到翠湖图书馆去看书。这是我这一生去过次数最多的一个图书馆，也是印象极佳的一个图书馆。图书馆不大，形制有一点像一个道观。非常安静整洁。有一个侧院，院里种了好多盆白茶花。这些白茶花有时整天没有一个人来看它，就只是安安静静地欣然地开着。图书馆的管理员是一个妙人。他没有准确的上下班时间。有时我们去得早了，他还没有来，门没有开，我们就在外面等着。他来了，谁也不理，开了门，走进阅览室，把壁上一个不走的挂钟的时针"喀拉拉"一拨，拨到八点，这就上班了，开始借书。这个图书馆的藏书室在楼上。楼板上挖出一个长方形的洞，从洞里用绳子吊下一个长方形的木盘。借书人开好借书单，——管理员把借书单叫做"飞子"，昆明人把一切不大的纸片都叫做"飞子"，买米的发票、包裹单、汽车票，都叫"飞子"，——这位管理员看一看，放在木盘里，一拽旁边的铃铛，"哨啷啷"，木盘就从洞里吊上去了。——上面大概有个滑车。不一会，上面拽一下铃铛，木盘又系了下来，你要的书来了。这种古老而有趣的借书手续我以后再也没有见过。这个小图书馆藏书似不少，而且有些善本。我们想看的书大都能够借到。过了两三个小时，这位干瘦而沉默的有点像陈老莲画出来的古典的图书管理员站起来，把壁上不走的挂钟的时针"喀拉拉"一拨，拨到十二点：下班！我们对他这种以意为之的计时方法完全没有意见。因为我们没有一定要看完的书，到这里来只是享受一点安静。我们的看书，是没有目的的，从《南诏国志》到福尔摩斯，逮什么看什么。

翠湖图书馆现在还有么？这位图书管理员大概早已作古了。不知道为什么，我会常常想起他来，并和我所认识的几个孤独、贫穷而有点怪癖的小知识分子的印象掺和在一起，越来越鲜明。总有一天，这个人物的形象会出现在我的小说里的。

翠湖的好处是建筑物少。我最怕风景区挤满了亭台楼阁。除了翠湖图书馆，有一簇洋房，是法国人开的翠湖饭店。这所饭店似乎是终年空着的。大门虽开着，但我从未见过有人进去，不论是中国人还是法国人。此外，大路之东，有几间黑瓦朱栏的平房，狭长的，按形制似应该叫做"轩"。也许里面是有一方题作什么轩的横匾的，但是我记不得了。也许根本没有。轩里有一阵曾有人卖过面点，大概因为生意不好，停歇了。轩内空荡荡的，没有桌椅。只在廊下有一个卖"糠虾"的老婆婆。"糠虾"是只有皮壳没有肉的小虾。晒干了，卖给游人喂鱼。花极少的钱，便可从老婆婆手里买半碗，一把一把撒在水里，一尺多长的红鱼就很兴奋地游过来，抢食水面的糠虾，接喋①有声。糠虾喂完，人鱼俱散，轩中又是空荡荡的，剩下老婆婆一个人寂然地坐在那里。

路东伸进湖水，有一个半岛。半岛上有一个两层的楼阁。阁上是个茶馆。茶馆的地势很好，四面有窗，入目都是湖水。夏天，在阁子上喝茶，很凉快。这家茶馆，夏天，是到了晚上还卖茶的（昆明的茶馆都是这样，收市很晚），我们有时会一直坐到十点多钟。茶馆卖盖碗茶，还卖炒葵花子、南瓜子、花生米，都装在一个白铁敲成的方碟子

---

① 疑为"唼喋"。——编者注

里，昆明的茶馆计帐的方法有点特别：瓜子、花生，都是一个价钱，按碟算。喝完了茶，"收茶钱！"堂倌走过来，数一数碟子，就报出个钱数。我们的同学有时临窗饮茶，磕完一碟瓜子，随手把铁皮碟往外一扔，"Pia——"，碟子就落进了水里。堂倌算帐，还是照碟算。这些堂倌们晚上清点时，自然会发现碟子少了，并且也一定会知道这些碟子上哪里去了。但是从来没有一次收茶钱时因此和顾客吵起来过；并且在提着大铜壶用"凤凰三点头"手法为客人续水时也从不拿眼睛"贼"着客人。把瓜子碟扔进水里，自然是不大道德。不过堂倌不那么斤斤计较的风度却是很可佩服的。

除了到翠湖图书馆看书，喝茶，我们更多的时候是到翠湖去"穷遛"。这"穷遛"有两层意思，一是不名一钱地遛，一是无穷无尽地遛。"园日涉以成趣"，我们遛翠湖没有个够的时候。尤其是晚上，踏着斑驳的月光树影，可以在湖里一遛遛好几圈。一面走，一面海阔天空，高谈阔论。我们那时都是二十岁上下的人，似乎有很多话要说，可说，我们都说了些什么呢？我现在一句都记不得了！

我是一九四六年离开昆明的。一别翠湖，已经三十八年了，时间过得真快！

我是很想念翠湖的。

前几年，听说因为搞什么"建设"，挖断了水脉，翠湖没有水了。我听了，觉得怅然，而且，愤怒了。这是怎么搞的！谁搞的？翠湖会成了什么样子呢？那些树呢？那些水浮莲呢？那些鱼呢？

最近听说，翠湖又有水了，我高兴！我当然会想到这是三中全会带来的好处。这是拨乱反正。

但是我又听说，翠湖现在很热闹，经常举办"蛇展"什么的，我又有点担心。这又会成了什么样子呢？我不反对翠湖游人多，甚至可以有游艇，甚至可以设立摊篷卖破酥包子、焖鸡米线、冰激凌、雪糕，但是最好不要搞"蛇展"。我希望还我一个明爽安静的翠湖。我想这也是很多昆明人的希望。

一九八四年五月九日

昆明的雨

宁坤要我给他画一张画，要有昆明的特点。我想了一些时候，画了一幅：右上角画了一片倒挂着的浓绿的仙人掌，末端开出一朵金黄色的花；左下画了几朵青头菌和牛肝菌。题了这样几行字：

昆明人家常于门头挂仙人掌一片以辟邪，仙人掌悬空倒挂，尚能存活开花。于此可见仙人掌生命之顽强，亦可见昆明雨季空气之湿润。雨季则有青头菌、牛肝菌，味极鲜腴。

我想念昆明的雨。

我以前不知道有所谓雨季。"雨季"，是到昆明以后才有了具体感受的。

我不记得昆明的雨季有多长，从几月到几月，好像是相当长的。但是并不使人厌烦。因为是下下停停、停停下下，不是连绵不断，下起来没完。而且并不使人气闷。我觉得昆明雨季气压不低，人很舒服。

昆明的雨季是明亮的、丰满的，使人动情的。城春草木深，孟夏草木长。昆明的雨季，是浓绿的。草木的枝叶里的水分都到了饱和状态，显示出过分的、近于夸张的旺盛。

我的那张画是写实的。我确实亲眼看见过倒挂着还能开花的仙人掌。旧日昆明人家门头上用以辟邪的多是这样一些东西：一面小镜子，周围画着八卦，下面便是一片仙人掌，——在仙人掌上扎一个洞，用麻线穿了，挂在钉子上。昆明仙人掌多，且极肥大。有些人家在菜园的周围种了一圈仙人掌以代替篱笆。——种了仙人掌，猪羊便不敢进园吃菜了。仙人掌有刺，猪和羊怕扎。

昆明菌子极多。雨季逛菜市场，随时可以看到各种菌子。最多，也最便宜的是牛肝菌。牛肝菌下来的时候，家家饭馆卖炒牛肝菌，连西南联大食堂的桌子上都可以有一碗。牛肝菌色如牛肝，滑，嫩，鲜，香，很好吃。炒牛肝菌须多放蒜，否则容易使人晕倒。青头菌比牛肝菌略贵。这种菌子炒熟了也还是浅绿色的，格调比牛肝菌高。菌中之王是鸡枞，味道鲜浓，无可方比。鸡枞是名贵的山珍，但并不真的贵得惊人。一盘红烧鸡枞的价钱和一碗黄焖鸡不相上下，因为这东西在云南并不难得。有一个笑话：有人从昆明坐火车到呈贡，在车上看到地上有一棵鸡枞，他跳下去把鸡枞捡了，紧赶两步，还能爬上火车。这笑话用意在说明昆明到呈贡的火车之慢，但也说明鸡枞随处可见。有一种菌子，中吃不中看，叫做干巴菌。乍一看那样子，真叫人怀疑：这种东西也能吃?! 颜色深褐带绿，有点像一堆半干的牛粪或一个被踩破了的马蜂窝。里头还有许多草茎、松毛，乱七八糟！可是下点功夫，把草茎松毛择净，撕成蟹腿肉粗细的丝，和青辣椒同炒，入口便会使你张目结舌：这东西这么好吃?! 还有一种菌子，中看不中吃，叫鸡油菌。都是一般大小，有一块银元那样大，的溜圆，颜色浅黄，恰似鸡油一样。这种菌子只有做菜时配色用，没甚味道。

　　雨季的果子，是杨梅。卖杨梅的都是苗族女孩子，戴一顶小花帽子，穿着扳尖的绣了满帮花的鞋，坐在人家阶石的一角，不时吆唤一声："卖杨梅——"，声音娇娇的。她们的声音使得昆明雨季的空气更加柔和了。昆明的杨梅很大，有一个乒乓球那样大，颜色黑红黑红的，叫做"火炭梅"。这个名字起得真好，真是像一球烧得炽红的火炭！一点都不酸！我吃过苏州洞庭山的杨梅、井冈山的杨梅，好像都比不上昆明的火炭梅。

雨季的花是缅桂花。缅桂花即白兰花，北京叫做"把儿兰"（这个名字真不好听）。云南把这种花叫做缅桂花，可能最初这种花是从缅甸传入的，而花的香味又有点像桂花，其实这跟桂花实在没有什么关系。——不过话又说回来，别处叫它白兰、把儿兰，它和兰花也挨不上呀，也不过是因为它很香，香得像兰花。我在家乡看到的白兰多是一人高，昆明的缅桂是大树！我在若园巷二号住过，院里有一棵大缅桂，密密的叶子，把四周房间都映绿了。缅桂盛开的时候，房东（是一个五十多岁的寡妇）和她的一个养女，搭了梯子上去摘，每天要摘下来好些，拿到花市上去卖。她大概是怕房客们乱摘她的花，时常给各家送去一些。有时送来一个七寸盘子，里面摆得满满的缅桂花！带着雨珠的缅桂花使我的心软软的，不是怀人，不是思乡。

雨，有时是会引起人一点淡淡的乡愁的。李商隐的《夜雨寄北》是为许多久客的游子而写的。我有一天在积雨少住的早晨和德熙从联大新校舍到莲花池去。看了池里的满池清水，看了着比丘尼装的陈圆圆的石像（传说陈圆圆随吴三桂到云南后出家，暮年投莲花池而死），雨又下起来了。莲花池边有一条小街，有一个小酒店，我们走进去，要了一碟猪头肉，半斤市酒（装在上了绿釉的土瓷杯里），坐了下来。雨下大了。酒店有几只鸡，都把脑袋反插在翅膀下面，一只脚着地，一动也不动地在檐下站着。酒店院子里有一架大木香花。昆明木香花很多。有的小河沿岸都是木香。但是这样大的木香却不多见。一棵木香，爬在架上，把院子遮得严严的。密匝匝的细碎的绿叶，数不清的半开的白花和饱涨的花骨朵，都被雨水淋得湿透了。我们走不了，就这样一直坐到午后。四十年后，我还忘不了那天的情味，写了一首诗：

> 莲花池外少行人，
> 野店苔痕一寸深。
> 浊酒一杯天过午，
> 木香花湿雨沉沉。

我想念昆明的雨。

一九八四年五月十九日

跑警报

西南联大有一位历史系的教授，——听说是雷海宗先生，他开的一门课因为讲授多年，已经背得很熟，上课前无需准备；下课了，讲到哪里算哪里，他自己也不记得。每回上课，都要先问学生："我上次讲到哪里了？"然后就滔滔不绝地接着讲下去。班上有个女同学，笔记记得最详细，一句不落。雷先生有一次问她："我上一课最后说的是什么？"这位女同学打开笔记夹，看了看，说："你上次最后说：'现在已经有空袭警报，我们下课。'"

这个故事说明昆明警报之多。我刚到昆明的头二年，三九、四〇年，三天两头有警报。有时每天都有，甚至一天有两次。昆明那时几乎说不上有空防力量，日本飞机想什么时候来就来。有时竟至在头一天广播：明天将有二十七架飞机来昆明轰炸。日本的空军指挥部还真言而有信，说来准来！

一有警报，别无他法，大家就都往郊外跑，叫做"跑警报"。"跑"和"警报"联在一起，构成一个语词，细想一下，是有些奇特的，因为所跑的并不是警报。这不像"跑马"、"跑生意"那样通顺。但是大家就这么叫了，谁都懂，而且觉得很合适。也有叫"逃警报"或"躲警报"的，都不如"跑警报"准确。"躲"，太消极；"逃"又太狼狈。唯有这个"跑"字于紧张中透出从容，最有风度，也最能表达丰富生动的内容。

有一个姓马的同学最善于跑警报。他早起看天，只要是万里无云，不管有无警报，他就背了一壶水，带点吃的，夹着一卷温飞卿或李商隐的诗，向郊外走去。直到太阳偏西，估计日本飞机不会来了，才慢慢地回来。这样的人不多。

警报有三种。如果在四十多年前向人介绍警报有几种，会被认为有"神经病"，这是谁都知道的。然而对今天的青年，却是一项新的课题。一曰"预行警报"。

联大有一个姓侯的同学，原系航校学生，因为反应迟钝，被淘汰下来，读了联大的哲学心理系。此人对于航空旧情不忘，曾用黄色的"标语纸"贴出巨幅"广告"，举行学术报告，题曰《防空常识》。他不知道为什么对"警报"特别敏感。他正在听课，忽然跑了出去，站在"新校舍"的南北通道上，扯起嗓子大声喊叫："现在有预行警报，五华山挂了三个红球！"可不！抬头望南一看，五华山果然挂起了三个很大的红球。五华山是昆明的制高点，红球挂出，全市皆见。我们一直很奇怪：他在教室里，正在听讲，怎么会"感觉"到五华山挂了红球呢？——教室的门窗并不都正对五华山。

　　一有预行警报，市里的人就开始向郊外移动。住在翠湖迤北的，多半出北门或大西门，出大西门的似尤多。大西门外，越过联大新校门前的公路，有一条由南向北的用浑圆的石块铺成的宽可五六尺的小路。这条路据说是古驿道，一直可以通到滇西。路在山沟里。平常走的人不多。常见的是驮着盐巴、碗糖或其他货物的马帮走过。赶马的马锅头侧身坐在木鞍上，从齿缝里咝咝地吹出口哨（马锅头吹口哨都是这种吹法，没有撮唇而吹的），或低声唱着呈贡"调子"：

> 哥那个在至高山那个放呀放放牛，
> 妹那个在至花园那个梳那个梳梳头。
> 哥那个在至高山那个招呀招招手，
> 妹那个在至花园点那个点点头。

这些走长道的马锅头有他们的特殊装束。他们的短褂外都套了一件白色的羊皮背心，脑后挂着漆布的凉帽，脚下是一双厚牛皮底的草鞋状的凉鞋，鞋帮上大都绣了花，还钉着亮晶晶的"鬼眨眼"亮片。——这种鞋似只有马锅头穿，我没见从事别种行业的人穿过。马锅头押着马帮，从这条斜阳古道上走过，马项铃哗棱哗棱地响，很有点浪漫主义的味道，有时会引起远客的游子一点淡淡的乡愁……

有了预行警报，这条古驿道就热闹起来了。从不同方向来的人都涌向这里，形成了一条人河。走出一截，离市较远了，就分散到古道两旁的山野，各自寻找一个合适的地方呆下来，心平气和地等着，——等空袭警报。

联大的学生见到预行警报，一般是不跑的，都要等听到空袭警报：汽笛声一短一长，才动身。新校舍北边围墙上有一个后门，出了门，过铁道（这条铁道不知起讫地点，从来也没见有火车通过），就是山野了。要走，完全来得及。——所以雷先生才会说"现在已经有空袭警报"。只有预行警报，联大师生一般都是照常上课的。

跑警报大都没有准地点，漫山遍野。但人也有习惯性，跑惯了哪里，愿意上哪里。大多是找一个坟头，这样可以靠靠。昆明的坟多有碑，碑上除了刻下坟主的名讳，还刻出"×山×向"，并开出坟茔的"四至"。这风俗我在别处还未见过。这大概也是一种古风。

　　说是漫山遍野，但也有几个比较集中的"点"。古驿道的一侧，靠近语言研究所资料馆不远，有一片马尾松林，就是一个点。这地方除了离学校近，有一片碧绿的马尾松，树下一层厚厚的干了的松毛，很软和，空气好，——马尾松挥发出很重的松脂气味，晒着从松枝间漏下的阳光，或仰面看松树上面的蓝得要滴下来的天空，都极舒适外，是因为这里还可以买到各种零吃。昆明做小买卖的，有了警报，就把担子挑到郊外来了。五味俱全，什么都有。最常见的是"丁丁糖"。"丁丁糖"即麦芽糖，也就是北京人祭灶用的关东糖，不过做成一个直径一尺多，厚可一寸许的大糖饼，放在四方的木盘上，有人掏钱要买，糖贩即用一个刨刃形的铁片楔入糖边，然后用一个小小的铁锤，一击铁片，丁的一声，一块糖就震裂下来了，——所以叫做"丁丁糖"。其次是炒松子。昆明松子极多，个大皮薄仁饱，很香，也很便宜。我们有时能在松树下面捡到一个很大的成熟了的生的松球，就掰开鳞瓣，一颗一颗地吃起来。——那时候，我们的牙都很好，那么硬的松子壳，一嗑就开了！

　　另一个集中点比较远，得沿古驿道走出四五里，驿道右侧较高的土山上有一横断的山沟（大概是哪一年地震造成的），沟深约三丈，沟口有二丈多宽，沟底也宽有六七尺。

这是一个很好的天然防空沟，日本飞机若是投弹，只要不是直接命中，落在沟里，即便是在沟顶上爆炸，弹片也不易蹦进来。机枪扫射也不要紧，沟的两壁是死角。这道沟可以容数百人。有人常到这里，就利用闲空，在沟壁上修了一些私人专用的防空洞，大小不等，形式不一。这些防空洞不仅表面光洁，有的还用碎石子或碎瓷片嵌出图案，缀成对联。对联大都有新意。我至今记得两副，一副是：

　　人生几何

　　恋爱三角

　一副是：

　　见机而作

　　入土为安

　　对联的嵌缀者的闲情逸致是很可叫人佩服的。前一副也许是有感而发，后一副却是记实。

　　警报有三种。预行警报大概是表示日本飞机已经起飞。拉空袭警报大概是表示日本飞机进入云南省境了，但是进云南省不一定到昆明来。等到汽笛拉了紧急警报：连续短音，这才可以肯定是朝昆明来的。空袭警报到紧急警报之间，有时要间隔很长时间，所以到了这里的人都不忙下沟，——沟里没有太阳，而且过早地像云冈石佛似的坐在洞里也很无聊，——大都先在沟上看书、闲聊、打桥牌。

很多人听到紧急警报还不动，因为紧急警报后日本飞机也不定准来，常常是折飞到别处去了。要一直等到看见飞机的影子了，这才一骨碌站起来，下沟，进洞。联大的学生，以及住在昆明的人，对跑警报太有经验了，从来不仓皇失措。

上举的前一副对联或许是一种泛泛的感慨，但也是有现实意义的。跑警报是谈恋爱的机会。联大同学跑警报时，成双作对的很多。空袭警报一响，男的就在新校舍的路边等着，有时还提着一袋点心吃食，宝珠梨、花生米……他等的女同学来了，"嗨！"于是欣然并肩走出新校舍的后门。跑警报说不上是同生死，共患难，但隐隐约约有那么一点危险感，和看电影、遛翠湖时不同。这一点危险使两方的关系更加亲近了。女同学乐于有人伺候，男同学也正好殷勤照顾，表现一点骑士风度。正如孙悟空在高老庄所说："一来医得眼好，二来又照顾了郎中，这是凑四合六的买卖。"从这点来说，跑警报是颇为罗曼蒂克的。有恋爱，就有三角，有失恋。跑警报的"对儿"并非总是固定的，有时一方被另一方"甩"了，两人"吹"了，"对儿"就要重新组合。写（姑且叫做"写"吧）那副对联的，大概就是一位被"甩"的男同学。不过，也不一定。

警报时间有时很长，长达两三个小时，也很"腻歪"。

紧急警报后，日本飞机轰炸已毕，人们就轻松下来。不一会，"解除警报"响了：汽笛拉长音，大家就起身拍拍尘土，络绎不绝地返回市里。也有时不等解除警报，很多人就往回走：天上起了乌云，要下雨了。一下雨，日本飞机不会来。在野地里被雨淋湿，可不是事！一有雨，我们有一个同学一定是一马当先往回奔，就是前面所说那位报告预行警报的姓侯的。他奔回新校舍，到各个宿舍搜罗了很多雨伞，放在新校舍的后门外，见有女同学来，就递过一把。他怕这些女同学挨淋。这位侯同学长得五大三粗，却有一副贾宝玉的心肠。大概是上了吴雨僧先生的《红楼梦》的课，受了影响。侯兄送伞，已成定例。警报下雨，一次不落。名闻全校，贵在有恒。——这些伞，等雨住后他还会到南院女生宿舍去敛回来，再归还原主的。

　　跑警报，大都要把一点值钱的东西带在身边。最方便的是金子，——金戒指。有一位哲学系的研究生曾经作了这样的逻辑推理：有人带金子，必有人会丢掉金子，有人丢金子，就会有人捡到金子，我是人，故我可以捡到金子。因此，他跑警报时，特别是解除警报以后，他每次都很留心地巡视路面。他当真两次捡到过金戒指！逻辑推理有此妙用，大概是教逻辑学的金岳霖先生所未料到的。

　　联大师生跑警报时没有什么可带，因为身无长物，一般大都是带两本书或一册论文的草稿。有一位研究印度哲学的金先生每次跑警报总要提了一只很小的手提箱。箱子里不是什么别的东西，是一个女朋友写给他的信——情书。他把这些情书视如性命，有时也会拿出一两封来给别人看。没有什么不能看的，因为没有卿卿我我的肉麻的话，只是一个聪明女人对生活的感受，文字很俏皮，充满了英国式的机智，是一些很漂亮的 Essay，字也很秀气。这些信实在是可以拿来出版的。金先生辛辛苦苦地保存了多年，现在大概也不知去向了，可惜。我看过这个女人的照片，人长得就像她写的那些信。

联大同学也有不跑警报的，据我所知，就有两人。一个是女同学，姓罗。一有警报，她就洗头。别人都走了，锅炉房的热水没人用，她可以敞开来洗，要多少水有多少水！另一个是一位广东同学，姓郑。他爱吃莲子。一有警报，他就用一个大漱口缸到锅炉火口上去煮莲子。警报解除了，他的莲子也烂了。有一次日本飞机炸了联大，昆中北院、南院，都落了炸弹，这位郑老兄听着炸弹乒乒乓乓在不远的地方爆炸，依然在新校舍大图书馆旁的锅炉上神色不动地搅和他的冰糖莲子。

抗战期间，昆明有过多少次警报，日本飞机来过多少次，无法统计。自然也死了一些人，毁了一些房屋。就我的记忆，大东门外，有一次日本飞机机枪扫射，田地里死的人较多。大西门外小树林里曾炸死了好几匹驮木柴的马。此外似无较大伤亡。警报、轰炸，并没有使人产生血肉横飞，一片焦土的印象。

日本人派飞机来轰炸昆明，其实没有什么实际的军事意义，用意不过是吓唬吓唬昆明人，施加威胁，使人产生恐惧。他们不知道中国人的心理是有很大的弹性的，不那么容易被吓得魂不附体。我们这个民族，长期以来，生于忧患，已经很"皮实"了，对于任何猝然而来的灾难，都用一种"儒道互补"的精神对待之。这种"儒道互补"的真髓，即"不在乎"。这种"不在乎"精神，是永远征不服的。

为了反映"不在乎"，作《跑警报》。

一九八四年十二月六日

昆明的果品

梨

我们刚到昆明的时候，满街都是宝珠梨。宝珠梨形正圆，——"宝珠"大概即由此得名，皮色深绿，肉细嫩无渣，味甜而多汁，是梨中的上品。我吃过河北的鸭梨、山东的莱阳梨、烟台的茄梨……宝珠梨的味道和这些梨都不相似。宝珠梨有宝珠梨的特点。只是因为出在云南，不易远运，外省人知道的不多，名不甚著。

昆明卖梨的办法颇为新鲜，论"十"，不论斤，"几文一十"，一次要买就是十个；三个、五个，不卖。据说这是因为卖梨的不会算帐，零买，他不知道要多少钱。恐怕也不见得，这只是一种古朴的习惯而已。宝珠梨大小都差不多，很"匀溜"，没有太大和很小的，论十要价，倒也公道。我们那时的胃口也很惊人，一次吃下十只梨不算一回事。现在这种"论十"的办法大概已经改变了，想来已经都用磅秤约斤了。

还有一种梨叫"火把梨"，即北方的红绡梨，所以名为火把，是因为皮色黄里带红，有的竟是通红的。这种梨如果挂在树上，太阳一照，就更像是一个一个点着了的小火把了。火把梨味道远不如宝珠梨，——酸！但是如果走长路，带几个在身上，到中途休憩时，嚼上两个，是很能"杀渴"的。

我曾和几个朋友骑马到金殿。下马后，买了十个火把梨。赶马的（昆明租马，马的主人大都要随在马后奔跑）也买了十个。我们买梨是自己吃。赶马的却是给马吃。他把梨托在手里，马就掀动嘴唇，把梨咬破，咯吱咯吱嚼起来。看它一边吃，一边摇脑袋，似乎觉得梨很好吃。我从来没见过马吃梨。看见过马吃梨的人大概不多。吃过梨的马大概也不多。

石榴

河南石榴，名满天下。"白马甜榴，一实值牛"，北魏以来，即有口碑。我在北京吃过河南石榴，觉得盛名之下，其实难副。粒小、色淡、味薄。比起昆明的宜良石榴差得远了。宜良石榴都很大，个个开裂，颗粒甚大，色如红宝石，——有一种名贵的红宝石即名为"石榴米"，味道很甜。苏东坡曾谓读贾岛诗如食小鱼，"所得不偿劳"，我小时吃石榴，觉得吃得一嘴籽儿，而吮不出多少味道，真是"所得不偿劳"，在昆明吃宜良石榴却无此感，觉得很满足，很值得。

昆明有石榴酒，乃以石榴米于白酒中泡成，酒色透明，略带浅红，稍有甜味，仍极香烈。

不知道为什么，昆明人把宜良叫成米良。

桃

昆明桃大别为离核和"面核"两种。桃甚大，一个即可吃饱。我曾在暑假中，在桃子下来的时候，买一个很大的离核黄桃当早点。一掰两半，紫核黄肉，香甜满口，至今难忘。

杨梅

昆明杨梅名火炭梅，极大极甜，颜色黑紫，正如炽炭。卖杨梅的苗族女孩常用鲜绿的树叶衬着，炎炎熠熠，数十步外，摄人眼目。

木瓜

此所谓木瓜非华南的番木瓜。

《辞海》："木瓜，植物名。……亦称'楔榰'。蔷薇科。落叶灌木或小乔木。树皮常作片状剥落，痕迹鲜明。叶椭圆状卵形，有锯齿，嫩叶背面被绒毛。春末、夏初开花，花淡红色。果实秋季成熟，长椭圆形，淡黄色，味酸涩，有香气。……"

木瓜我是很熟悉的，我的家乡有。每当炎暑才退，菊绽蟹肥之际，即有木瓜上市。但是在我的家乡，木瓜只是用来闻香的。或放在瓷盘里，作为书斋清供；或取其体小形正者于手中把玩，没有吃的。且不论其味酸涩，就是那皮肉也是硬得咬不动的。至于木瓜可以入药，那我是知道的。

我到昆明，才第一次知道木瓜可以吃。昆明人把木瓜切成薄片，浸泡在水里（水里不知加了什么东西），用一个桶形的玻璃罐子装着，于水果店的柜台上出卖。我吃过，微酸，不涩，香脆爽口，别有风味。

中国古代大概是吃木瓜的。唐以前我不知道。宋代人肯定是吃的。《东京梦华录·是（六）月巷陌杂实》有"药木瓜、水木瓜"。《梦粱录·果之品》："木瓜，青色而小，土人翦片爆熟，入香药货之；或糖煎，名燠木瓜。"《武林旧事·果子》有"燠木瓜"，《凉水》有"木瓜汁"。看来昆明市上所卖的木瓜当是"水木瓜"。浸泡木瓜的水即当是"木瓜汁"。至于"燠木瓜"则我于昆明尚未见过，这大概是以药物泡制，如广东的陈皮梅、泉州的霉姜一类的东西，木瓜的本味已经保存不多了。

我觉得昆明吃木瓜的方法可以在全国推广。吃木瓜，从某种意义上，也可以说是我们国家的一项文化遗产。

地瓜

地瓜不是水果，但对吃不起水果的穷大学生来说，它也就算是水果了。

地瓜，湖南、四川叫做凉薯或良薯。它的好处是可以不用刀削皮，用手指即可沿藤茎把皮撕净，露出雪白的薯肉。甜，多水。可以解渴，也可充饥。这东西有一股土腥气。但是如果没有这点土腥气，地瓜也就不成其为地瓜了，它就会是另外一种什么东西了。正是这点土腥气让我想起地瓜，想起昆明，想起我们那一段穷日子，非常快乐的穷日子。

胡萝卜

联大的女同学吃胡萝卜成风。这是因为女同学也穷，而且馋。昆明的胡萝卜也很好吃。昆明的胡萝卜是浅黄色的，长至一尺以上，脆嫩多汁而有甜味，胡萝卜味儿也不是很重。胡萝卜有胡萝卜素，富维生素C，对身体有益，这是大家都知道的。不知道是谁提出，胡萝卜还含有微量的砒，吃了可以驻颜。这一来，女同学吃胡萝卜的就更多了。她们常常一把一把地买来吃。一把有十多根。她们一边谈着克列斯丁娜·罗赛蒂的诗、布朗底的小说，一边咯吱咯吱地咬胡萝卜。

核桃糖

昆明的核桃糖是软的，不像稻香村卖的核桃粘或椒盐胡桃。把蔗糖熬化，倾在瓷盆里，和核桃肉搅匀，反扣在木板上，就成了。卖的时候用刀沿边切块卖，就跟北京卖切糕似的。昆明核桃糖极便宜，便宜到令人不敢相信。华山南路口，青莲街拐角，直对逼死坡，有一家，高台阶门脸，卖核桃糖。我们常常从市里回联大，路过这一家，花极少的钱买一大块，边吃边走，一直走进翠湖，才能吃完。然后在湖水里洗洗手，到茶馆里喝茶。核桃在有些地方是贵重的山果，在昆明不算什么。

糖炒栗子

　　昆明的糖炒栗子，天下第一。第一，栗子都很大。第二，炒得很透，颗颗裂开，轻轻一捏，外壳即破，栗肉进出，无一颗"护皮"。第三，真是"糖炒栗子"，一边炒，一边往锅里倒糖水，甜味透心。在昆明吃炒栗子，吃完了非洗手不可，——指头上粘得都是糖。

　　呈贡火车站附近，有一片大栗树林，方圆数里。树皆合抱，枝叶浓密，树上无虫蚁，树下无杂草，干净之极，我曾几次骑马过栗树林，如入画境。

泡茶馆

　　"泡茶馆"是联大学生特有的语言。本地原来似无此说法，本地人只说"坐茶馆"。"泡"是北京话。其含义很难准确地解释清楚。勉强解释，只能说是持续长久地沉浸其中，像泡泡菜似的泡在里面。"泡磨菇"、"穷泡"，都有长久的意思。北京的学生把北京的"泡"字带到了昆明，和现实生活结合起来，便创造出一个新的语汇。"泡茶馆"，即长时间地在茶馆里坐着。本地的"坐茶馆"也含有时间较长的意思。到茶馆里去，首先是坐，其次才是喝茶（云南叫吃茶）。不过联大的学生在茶馆里坐的时间往往比本地人长，长得多，故谓之"泡"。

　　有一个姓陆的同学，是一怪人，曾经骑自行车旅行半个中国。这人真是一个泡茶馆的冠军。他有一个时期，整天在一家熟识的茶馆里泡着。他的盥洗用具就放在这家茶馆里。一起来就到茶馆里去洗脸刷牙，然后坐下来，泡一碗茶，吃两个烧饼，看书。一直到中午，起身出去吃午饭。吃了饭，又是一碗茶，直到吃晚饭。晚饭后，又是一碗，直到街上灯火阑珊，才挟着一本很厚的书回宿舍睡觉。

昆明的茶馆共分几类，我不知道。大别起来，只能分为两类，一类是大茶馆，一类是小茶馆。

正义路原先有一家很大的茶馆，楼上楼下，有几十张桌子。都是荸荠紫漆的八仙桌，很鲜亮。因为在热闹地区，坐客常满，人声嘈杂。所有的柱子上都贴着一张很醒目的字条："莫谈国事"。时常进来一个看相的术士，一手捧一个六寸来高的硬纸片，上书该术士的大名（只能叫做大名，因为往往不带姓，不能叫"姓名"；又不能叫"法名"、"艺名"，因为他并未出家，也不唱戏），一只手捏着一根纸媒子，在茶桌间绕来绕去，嘴里念说着"送看手相不要钱！""送看手相不要钱"——他手里这根媒子即是看手相时用来指示手纹的。

这种大茶馆有时唱围鼓。围鼓即由演员或票友清唱。我很喜欢"围鼓"这个词。唱围鼓的演员、票友好像是不取报酬的。只是一群有同好的闲人聚拢来唱着玩。但茶馆却可借来招揽顾客，所以茶馆里便于闹市张贴告条："某月日围鼓"。到这样的茶馆里来一边听围鼓，一边吃茶，也就叫做"吃围鼓茶"。"围鼓"这个词大概是从四川来的，但昆明的围鼓似多唱滇剧。我在昆明七年，对滇剧始终没有入门。只记得不知什么戏里有一句唱词"孤王头上长青苔"。孤王的头上如何会长青苔呢？这个设想实在是奇绝，因此一听就永不能忘。

我要说的不是那种"大茶馆"。这类大茶馆我很少涉足，而且有些大茶馆，包括正义路那家兴隆鼎盛的大茶馆，后来大都陆续停闭了。我所说的是联大附近的茶馆。

从西南联大新校舍出来，有两条街，凤翥街和文林街，都不长。这两条街上至少有不下十家茶馆。

从联大新校舍，往东，折向南，进一座砖砌的小牌楼式的街门，便是凤翥街。街夹右手第一家便是一家茶馆。这是一家小茶馆，只有三张茶桌，而且大小不等，形状不一的茶具也是比较粗糙的，随意画了几笔蓝花的盖碗。除了卖茶，檐下挂着大串大串的草鞋和地瓜（即湖南人所谓的凉薯），这也是卖的。张罗茶座的是一个女人。这女人长得很强壮，皮色也颇白净。她生了好些孩子。身边常有两个孩子围着她转，手里还抱着一个。她经常敞着怀，一边奶着那个早该断奶的孩子，一边为客人冲茶。她的丈夫，比她大得多，状如猿猴，而目光锐利如鹰。他什么事情也不管，但是每天下午却捧了一个大碗喝牛奶。这个男人是一头种畜。这情况使我们颇为不解。这个白皙强壮的妇人，只凭一天卖几碗茶，卖一点草鞋、地瓜，怎么能喂饱了这么多张嘴，还能供应一个懒惰的丈夫每天喝牛奶呢？怪事！中国的妇女似乎有一种天授的惊人的耐力，多大的负担也压不垮。

　　由这家往前走几步，斜对面，曾经开过一家专门招徕大学生的新式茶馆。这家茶馆的桌椅都是新打的，涂了黑漆。堂倌系着白围裙。卖茶用细白瓷壶，不用盖碗（昆明茶馆卖茶一般都用盖碗）。除了清茶，还卖沱茶、香片、龙井。本地茶客从门外过，伸头看看这茶馆的局面，再看看里面坐得满满的大学生，就会挪步另走一家了。这家茶馆没有什么值得一记的事，而且开了不久就关了。联大学生至今还记得这家茶馆是因为隔壁有一家卖花生米的。这家似乎没有男人，站柜卖货是姑嫂两人，都还年轻，成天涂脂抹粉。尤其是那个小姑子，见人走过，辄作媚笑。联大学生叫她花生西施。这西施卖花生米是看人行事的。好看的来买，就给得多。难看的给得少。因此我们每次买花生米都推选一个挺拔英俊的"小生"去。

　　再往前几步，路东，是一个绍兴人开的茶馆。这位绍兴老板不知怎么会跑到昆明来，又不知为什么在这条小小的凤翥街上来开一爿茶馆。他至今乡音未改。大概他有一种独在异乡为异客的情绪，所以对待从外地来的联大学生异常亲热。他这茶馆里除了卖清茶，还卖一点芙蓉糕、萨其玛、月饼、桃酥，都装在一个玻璃匣子里。我们有时觉得肚子里有点缺空而又不到吃饭的时候，便到他这里一边喝茶一边吃两块点心。有一个善于吹口琴的姓王的同学经常在绍兴人茶馆喝茶。他喝茶，可以欠帐。不但喝茶可以欠帐，我们有时想看电影而没有钱，就由这位口琴专家出面向绍兴老板借一点。绍兴老板每次都是欣然地打开钱柜，拿出我们需要的数目。我们于是欢欣鼓舞，兴高采烈，迈开大步，直奔南屏电影院。

再往前，走过十来家店铺，便是凤翥街口，路东路西各有一家茶馆。

路东一家较小，很干净，茶桌不多。掌柜的是个瘦瘦的男人，有几个孩子。掌柜的事情多，为客人冲茶续水，大都由一个十三四岁的大儿子担任，我们称他这个儿子为"主任儿子"。街西那家又脏又乱，地面坑洼不平，一地的烟头、火柴棍、瓜子皮。茶桌也是七大八小，摇摇晃晃，但是生意却特别好。从早到晚，人坐得满满的。也许是因为风水好。这家茶馆正在凤翥街和龙翔街交接处，门面一边对着凤翥街，一边对着龙翔街，坐在茶馆两条街上的热闹都

170

看得见。到这家吃茶的全部是本地人，本街的闲人、赶马的"马锅头"、卖柴的、卖菜的。他们都抽叶子烟。要了茶以后，便从怀里掏出一个烟盒——圆形，皮制的，外面涂着一层黑漆，打开来，揭开覆盖着的菜叶，拿出剪好的金堂叶子，一枝一枝地卷起来。茶馆的墙壁上张贴、涂抹得乱七八糟。但我却于西墙上发现了一首诗，一首真正的诗：

记得旧时好，

跟随爹爹去吃茶。

门前磨螺壳，

巷口弄泥沙。

是用墨笔题写在墙上的。这使我大为惊异了。这是什么人写的呢？

每天下午，有一个盲人到这家茶馆来说唱。他打着扬琴，说唱着。照现在的说法，这应是一种曲艺，但这种曲艺该叫什么名称，我一直没有打听着。我问过"主任儿子"，他说是"唱扬琴的"，我想不是。他唱的是什么？我有一次特意站下来听了一会，是：

…………

良田美地卖了，

高楼大厦拆了，

娇妻美妾跑了，

狐皮袍子当了……

　　我想了想，哦，这是一首劝戒鸦片的歌，他这唱的是鸦片烟之为害。这是什么时候传下来的呢？说不定是林则徐时代某一忧国之士的作品。但是这个盲人只管唱他的，茶客们似乎都没有在听，他们仍然在说话，各人想自己的心事。到了天黑，这个盲人背着扬琴，点着马杆，踽踽地走回家去。我常常想：他今天能吃饱么？

　　进大西门，是文林街，挨着城门口就是一家茶馆。这是一家最无趣味的茶馆。茶馆墙上的镜框里装的是美国电影明星的照片，蓓蒂·黛维丝、奥丽薇·德·哈弗兰、克拉克·盖博、泰伦宝华……除了卖茶，还卖咖啡、可可。这家的特点是：进进出出的除了穿西服和麂皮夹克的比较有钱的男同学外，还有把头发卷成一根一根香肠似的女同学。有时到了星期六，还开舞会。茶馆的门关了，从里面传出《蓝色的多瑙河》和《风流寡妇》舞曲，里面正在"嘣嚓嚓"。

　　和这家斜对着的一家，跟这家截然不同。这家茶馆除卖茶，还卖煎血肠。这种血肠是牦牛肠子灌的，煎起来一街都闻见一种极其强烈的气味，说不清是异香还是奇臭。这种西藏食品，那些把头发卷成香肠一样的女同学是绝对不敢问津的。

由这两家茶馆，往东，不远几步，面南，便可折向钱局街。街上有一家老式的茶馆，楼上楼下，茶座不少。说这家茶馆是"老式"的，是因为茶馆备有烟筒，可以租用。一段青竹，旁安一个粗如小指半尺长的竹管，一头装一个带爪的莲蓬嘴，这便是"烟筒"。在莲蓬嘴里装了烟丝，点以纸媒，把整个嘴埋在筒口内，尽力猛吸，筒内的水咚咚作响，浓烟便直灌肺腑，顿时觉得浑身通泰。吸烟筒要有点功夫，不会吸的吸不出烟来。茶馆的烟筒比家用的粗得多，高齐桌面，吸完就靠在桌腿边，吸时尤需底气充足。这家茶馆门前，有一个小摊，卖酸角（不知什么树上结的，形状有点像皂荚，极酸，入口使人攒眉）、拐枣（也是树上结的，应该算是果子，状如鸡爪，一疙瘩一疙瘩的，有的地方即叫做鸡脚爪，味道很怪，像红糖，又有点像甘草）和泡梨（糖梨泡在盐水里，梨味本是酸甜的，昆明人却偏于盐水内泡而食之。泡梨仍有梨香，而梨肉极脆嫩）。过了春节则有人于门前卖葛根。葛根是药，我过去只在中药铺见过，切成四方的棋子块儿，是已经经过加工的了。原物是什么样子，我是在昆明才见到的。这种东西可以当零食来吃，我也是在昆明才知道。一截葛根，粗如手臂，横放在一块板上，外包一块湿布。给很少的钱，卖葛根的便操起有点像北京切涮羊肉的肉片用的那种薄刃长刀，切下薄薄的几片给你。

雪白的。嚼起来有点像干瓢的生白薯片，而有极重的药味。据说葛根能清火。联大的同学大概很少人吃过葛根。我是什么奇奇怪怪的东西都要买一点尝一尝的。

大学二年级那一年，我和两个外文系的同学经常一早就坐到这家茶馆靠窗的一张桌边，各自看自己的书，有时整整坐一上午，彼此不交语。我这时才开始写作，我的最初几篇小说，即是在这家茶馆里写的。茶馆离翠湖很近，从翠湖吹来的风里，时时带有水浮莲的气味。

回到文林街。文林街中，正对府甬道，后来新开了一家茶馆。这家茶馆的特点一是卖茶用玻璃杯，不用盖碗，也不用壶。不卖清茶，卖绿茶和红茶。红茶色如玫瑰，绿茶苦如猪胆。第二是茶桌较少，且覆有玻璃桌面。在这样桌子上打桥牌实在是再适合不过了，因此到这家茶馆来喝茶的，大都是来打桥牌的，这茶馆实在是一个桥牌俱乐部。联大打桥牌之风很盛。有一个姓马的同学每天到这里打桥牌。解放后，我才知道他是老地下党员，昆明学生运动的领导人之一。学生运动搞得那样热火朝天，他每天都只是很闲在，很热衷地在打桥牌，谁也看不出他和学生运动有什么关系。

文林街的东头，有一家茶馆，是一个广东人开的，字号就叫"广发茶社"——昆明的茶馆我记得字号的只有这一家，原因之一，是我后来住在民强巷，离广发很近，经常到这家去。原因之二是——经常聚在这家茶馆里的，有几个助教、研究生和高年级的学生。这些人多多少少有一点玩世不恭。那时联大同学常组织什么学会，我们对这些俨乎其然的学会微存嘲讽之意。有一天，广发的茶友之一说："咱们这也是一个学会，——广发学会！"这本是一句茶余的笑话。不料广发的茶友之一，解放后，在一次运动中被整得不可开交，胡乱交待问题，说他曾参加过"广发学会"。这就惹下了麻烦。几次有人，专程到北京来外调"广发学会"问题。被调查的人心里想笑，又笑不出来，因为来外调的政工人员态度非常严肃。广发茶馆代卖广东点心。所谓广东点心，其实只是包了不同味道的甜馅的小小的酥饼，面上却一律贴了几片香菜叶子，这大概是这一家饼师的特有的手艺。我在别处吃过广东点心，就没有见过面上贴有香菜叶子的——至少不是每一块都贴。

　　或问：泡茶馆对联大学生有些什么影响？答曰：第一，可以养其浩然之气。联大的学生自然也是贤愚不等，但多数是比较正派的。那是一个污浊而混乱的时代，学生生活又穷困得近乎潦倒，但是很多人却能自许清高，鄙视庸俗，并能保持绿意葱茏的幽默感，用来对付恶浊和穷困，并不颓丧灰心，这跟泡茶馆是有些关系的。第二，茶馆出人才。联大学生上茶馆，并不是穷泡，除了瞎聊，大部分时间都是用来读书的。联大图书馆座位不多，宿舍里没有桌凳，看书多半在茶馆里。联大同学上茶馆很少不挟着一本乃至几本书的。不少人的论文、读书报告，都是在茶馆写的。有一年一位姓石的讲师的《哲学概论》期终考试，我就是把考卷拿到茶馆里去答好了再交上去的。联大八年，出了很多人才。研究联大校史，搞"人才学"，不能不了解了解联大附近的茶馆。第三，泡茶馆可以接触社会。我对各种各样的人、各种各样的生活都发生兴趣，都想了解了解，跟泡茶馆有一定关系。如果我现在还算一个写小说的人，那么我这个小说家是在昆明的茶馆里泡出来的。

一九八四年五月十三日

云南茶花

　　很多地方在选市花，这是好事。想一想十年大乱时期，公园都成了菜园，现在真是大不相同了。选市花，说明人们有了闲情逸致。人有闲情逸致，说明国运昌隆。

　　有些市的市民对市花有不同意见，一时定不下来。昆明的市花是不会有争议的。如果市民投票，一定会一致通过：茶花。几十年前昆明就选过一次（那时别的市还没有选举市花之风）。现在再选，还会维持原议。

　　云南茶花，——滇茶，久负盛名。

　　张岱《陶庵梦忆·逍遥楼》云："滇茶故不易得，亦未有老其材八十余年者。朱文懿公逍遥楼滇茶，为陈海樵先生手植，扶疏蓊翳，老而愈茂。诸文孙恐其力不胜葩，岁删其萼盈斛，然所遗落枝头，犹自燔山熠谷焉。"

鲁迅说张岱的文章每多夸张。这一篇看起来也像有些夸张，但并不，而且写得极好，得滇茶之神理。

昆明西山某寺有一棵大茶花。走进山门，越过站着四大金刚的门道，一抬头便看见通红的一大片。是得抬头的，因为茶花非常高大。大雄宝殿前的石坪是很大的，这棵茶花几乎占了石坪的一小半。花皆如汤碗大，一朵一朵，像烧得炽旺的火球。张岱说滇茶"燔山熠谷"，是一点不错的。据说这棵茶花每年能开三百来朵。满树黑绿肥厚的大叶子衬托着，更显得热闹非常。这才真叫做大红大绿。这样的大红大绿显出一种强壮的生命力。华贵之极，却毫不俗气。这是一个夺人眼目的大景致。如果我的同乡人来看了，一定会大叫一声"乖乖咙的咚！"我不知道寺里的和尚是不是也"岁删其蕚盈斛"，但是他们是怕这棵茶花负担不起这样多的大花的，便搭了一个杉木的架子，撑着四围的枝条。昆明茶花到处都有，而该寺的这一棵，大概要算最大的。

茶花的好处是花大，色浓，花期长，而树本极能耐久。西山某寺的茶花大概已经不止八十年了。

江西井冈山一带有一个风俗。人家生了孩子，孩子过周岁时，亲戚朋友送礼，礼物上都要放一枝带叶子的油茶。油茶常绿，越冬不凋，而且开了花就结果；茶果未摘，接着就开花。这是取一个吉兆，祝福这孩子活得像油茶一样强健。一个很美的风俗。我不知道油茶和山茶有没有亲属关系，我在思想上是把它们归为一类的。凡茶之类，都很能活。

中国是茶花的故乡。茶花分滇茶、浙茶。浙茶传到日本，又由日本传到美国。现在日本的浙茶比中国的好，美国的比日本的好。只有云南滇茶现在还是世界第一。

前几年，江西山里发现黄茶花，这是国宝。如果栽培成功，是可以换外汇的。

茶花女喜欢戴的是什么茶花？大概不是滇茶，滇茶太大。我想是浙茶。而且无端地觉得，是白的。

一九八六年十月二十日

故乡的食物

炒米和焦屑

小时读《板桥家书》："天寒冰冻时暮，穷亲戚朋友到门，先泡一大碗炒米送手中，佐以酱姜一小碟，最是暖老温贫之具"，觉得很亲切。郑板桥是兴化人，我的家乡是高邮，风气相似。这样的感情，是外地人们不易领会的。炒米是各地都有的。但是很多地方都做成了炒米糖。这是很便宜的食品。孩子买了，咯咯地嚼着。四川有"炒米糖开水"，车站码头都有得卖，那是泡着吃的。但四川的炒米糖似也是专业的作坊做的，不像我们那里。我们那里也有炒米糖，像别处一样，切成长方形的一块一块。也有搓成圆球的，叫做"欢喜团"。那也是作坊里做的。但通常所说的炒米，是不加糖粘结的，是"散装"的；而且不是作坊里做出来，是自己家里炒的。

说是自己家里炒，其实是请了人来炒的。炒炒米也要点手艺，并不是人人都会的。入了冬，大概是过了冬至吧，有人背了一面大筛子，手持长柄的铁铲，大街小巷地走，这就是炒炒米的。有时带一个助手，多半是个半大孩子，是帮他烧火的。请到家里来，管一顿饭，给几个钱，炒一天。或二斗，或半石；像我们家人口多，一次得炒一石糯米。炒炒米都是把一年所需一次炒齐，没有零零碎碎炒的。过了这个季节，再找炒炒米的也找不着。一炒炒米，就让人觉得，快要过年了。

装炒米的坛子是固定的，这个坛子就叫"炒米坛子"，不作别的用途。舀炒米的东西也是固定的，一般人家大都是用一个香烟罐头。我的祖母用的是一个"柚子壳"。柚子，——我们那里柚子不多见，从顶上开一个洞，把里面的瓤掏出来，再塞上米糠，风干，就成了一个硬壳的钵状的东西。她用这个柚子壳用了一辈子。

我父亲有一个很怪的朋友，叫张仲陶。他很有学问，曾教我读过《项羽本纪》。他薄有田产，不治生业，整天在家研究易经，算卦。他算卦用蓍草。全城只有他一个人用蓍草算卦。据说他有几卦算得极灵。有一家，丢了一只金戒指，怀疑是女佣人偷了。这女佣人蒙了冤枉，来求张先生算一卦。张先生算了，说戒指没有丢，在你们家炒米坛盖子上。一找，果然。我小时就不大相信，算卦怎么能算得这样准，怎么能算得出在炒米坛盖子上呢？不过他的这一卦说明了一件事，即我们那里炒米坛子是几乎家家都有的。

炒米这东西实在说不上有什么好吃。家常预备，不过取其方便。用开水一泡，马上就可以吃。在没有什么东西好吃的时候，泡一碗，可代早晚茶。来了平常的客人，泡一碗，也算是点心。郑板桥说"穷亲戚朋友到门，先泡一大碗炒米送手中"，也是说其省事，比下一碗挂面还要简单。炒米是吃不饱人的。一大碗，其实没有多少东西。我们那里吃泡炒米，一般是抓上一把白糖，如板桥所说"佐以酱姜一小碟"，也有，少。我现在岁数大了，如有人请我吃泡炒米，我倒宁愿来一小碟酱生姜，——最好滴几滴香油，那倒是还有点意思的。另外还有一种吃法，用猪油煎两个嫩荷包蛋——我们那里叫做"蛋瘪子"，抓一把炒米和在一起吃。这种食品是只有"惯宝宝"才能吃得到的。谁家要是老给孩子吃这种东西，街坊就会有议论的。

我们那里还有一种可以急就的食品，叫做"焦屑"。糊锅巴磨成碎末，就是焦屑。我们那里，餐餐吃米饭，顿顿有锅巴。把饭铲出来，锅巴用小火烘焦，起出来，卷成一卷，存着。锅巴是不会坏的，不发馊，不长霉。攒够一定的数量，就用一具小石磨磨碎，放起来。焦屑也像炒米一样，用开水冲冲，就能吃了。焦屑调匀后成糊状，有点像北方的炒面，但比炒面爽口。

我们那里的人家预备炒米和焦屑，除了方便，原来还有一层意思，是应急。在不能正常煮饭时，可以用来充饥。这很有点像古代行军用的"糒"。有一年，记不得是哪一年，总之是我还小，还在上小学，党军（国民革命军）和联军（孙传芳的军队）在我们县境内开了仗，很多人都躲进了红十字会。不知道出于一种什么信念，大家都以为红十字会是哪一方的军队都不能打进去的，进了红十字会就安全了。红十字会设在炼阳观，这是一个道士观。我们一家带了一点行李进了炼阳观。祖母指挥着，特别关照，把一坛炒米和一坛焦屑带了去。我对这种打破常规的生活极感兴趣。晚上，爬到吕祖楼上去，看双方军队枪炮的火光在东北面不知什么地方一阵一阵地亮着，觉得有点紧张，也很好玩。很多人家住在一起，不能煮饭，这一晚上，我们是冲炒米、泡焦屑度过的。没有床铺，我把几个道士诵经用的蒲团拼起来，在上面睡了一夜。这实在是我小时候度过的一个浪漫主义的夜晚。

第二天，没事了，大家就都回家了。

炒米和焦屑和我家乡的贫穷和长期的动乱是有关系的。

端午的鸭蛋

家乡的端午，很多风俗和外地一样。系百索子。五色的丝线拧成小绳，系在手腕上。丝线是掉色的，洗脸时沾了水，手腕上就印得红一道绿一道的。做香角子。丝线缠成小粽子，里头装了香面，一个一个串起来，挂在帐钩上。贴五毒。红纸剪成五毒，贴在门坎上。贴符。这符是城隍庙送来的。城隍庙的老道士还是我的寄名干爹，他每年端午节前就派小道士送符来，还有两把小纸扇。符送来了，就贴在堂屋的门楣上。一尺来长的黄色、蓝色的纸条，上面用朱笔画些莫名其妙的道道，这就能辟邪么？喝雄黄酒。用酒和的雄黄在孩子的额头上画一个王字，这是很多地方都有的。有一个风俗不知别处有不：放黄烟子。黄烟子是大小如北方的麻雷子的炮仗，只是里面灌的不是硝药，而是雄黄。点着后不响，只是冒出一股黄烟，能冒好一会。把点着的黄烟子丢在橱柜下面，说是可以熏五毒。小孩子点了黄烟子，常把它的一头抵在板壁上写虎字。写黄烟虎字笔画不能断，所以我们那里的孩子都会写草书的"一笔虎"。还有一个风俗，是端午节的午饭要吃"十二红"，就是十二道红颜色的菜。十二红里我只记得有炒红苋菜、油爆虾、咸鸭蛋，其余的都记不清，数不出了。也许十二红只是一个名目，不一定真凑足十二样。不过午饭的菜都是红的，这一点是我没有记错的，而且，苋菜、虾、鸭蛋，一定是有的。这三样，在我的家乡，都不贵，多数人家是吃得起的。

我的家乡是水乡。出鸭。高邮大麻鸭是著名的鸭种。鸭多，鸭蛋也多。高邮人也善于腌鸭蛋。高邮咸鸭蛋于是出了名。我在苏南、浙江，每逢有人问起我的籍贯，回答之后，对方就会肃然起敬："哦！你们那里出咸鸭蛋！"上海的卖腌腊的店铺里也卖咸鸭蛋，必用纸条特别标明："高邮咸蛋"。高邮还出双黄鸭蛋。别处鸭蛋也偶有双黄的，但不如高邮的多，可以成批输出。双黄鸭蛋味道其实无特别处。还不就是个鸭蛋！只是切开之后，里面圆圆的两个黄，使人惊奇不已。我对异乡人称道高邮鸭蛋，是不大高兴的，好像我们那穷地方就出鸭蛋似的！不过高邮的咸鸭蛋，确实是好，我走的地方不少，所食鸭蛋多矣，但和我家乡的完全不能相比！曾经沧海难为水，他乡咸鸭蛋，我实在瞧不上。袁枚的《随园食单·小菜单》有"腌蛋"一条。袁子才这个人我不喜欢，他的《食单》好些菜的做法是听来的，他自己并不会做菜。但是《腌蛋》这一条我看后却觉得很亲切，而且"与有荣焉"。文不长，录如下：

> 腌蛋以高邮为佳，颜色红而油多，高文端公最喜食之。席间，先夹取以敬客，放盘中。总宜切开带壳，黄白兼用；不可存黄去白，使味不全，油亦走散。

高邮咸蛋的特点是质细而油多。蛋白柔嫩，不似别处的发干、发粉，入口如嚼石灰。油多尤为别处所不及。鸭蛋的吃法，如袁子才所说，带壳切开，是一种，那是席间待客的办法。平常食用，一般都是敲破"空头"用筷子挖着吃。筷子头一扎下去，吱——红油就冒出来了。高邮咸蛋的黄是通红的。苏北有一道名菜，叫做"朱砂豆腐"，就是用高邮鸭蛋黄炒的豆腐。我在北京吃的咸鸭蛋，蛋黄是浅黄色的，这叫什么咸鸭蛋呢！

端午节，我们那里的孩子兴挂"鸭蛋络子"。头一天，就由姑姑或姐姐用彩色丝线打好了络子。端午一早，鸭蛋煮熟了，由孩子自己去挑一个，鸭蛋有什么可挑的呢！有！一要挑淡青壳的。鸭蛋壳有白的和淡青的两种。二要挑形状好看的。别说鸭蛋都是一样的，细看却不同。有的样子蠢，有的秀气。挑好了，装在络子里，挂在大襟的纽扣上。这有什么好看呢？然而它是孩子心爱的饰物。鸭蛋络子挂了多半天，什么时候孩子一高兴，就把络子里的鸭蛋掏出来，吃了。端午的鸭蛋，新腌不久，只有一点淡淡的咸味，白嘴吃也可以。

孩子吃鸭蛋是很小心的，除了敲去空头，不把蛋壳碰破。蛋黄蛋白吃光了，用清水把鸭蛋壳里面洗净，晚上捉了萤火虫来，装在蛋壳里，空头的地方糊一层薄罗。萤火虫在鸭蛋壳里一闪一闪地亮，好看极了！

小时读囊萤映雪故事，觉得东晋的车胤用练囊盛了几十只萤火虫，照了读书，还不如用鸭蛋壳来装萤火虫。不过用萤火虫照亮来读书，而且一夜读到天亮，这能行么？车胤读的是手写的卷子，字大，若是读现在的新五号字，大概是不行的。

咸菜茨菇汤

一到下雪天，我们家就喝咸菜汤，不知是什么道理。是因为雪天买不到青菜？那也不见得。除非大雪三日，卖菜的出不了门，否则他们总还会上市卖菜的。这大概只是一种习惯。一早起来，看见飘雪花了，我就知道：今天中午是咸菜汤！

咸菜是青菜腌的。我们那里过去不种白菜，偶有卖的，叫做"黄芽菜"，是外地运去的，很名贵。一盘黄芽菜炒肉丝，是上等菜。平常吃的，都是青菜，青菜似油菜，但高大得多。入秋，腌菜，这时青菜正肥。把青菜成担的买来，洗净，晾去水气，下缸。一层菜，一层盐，码实，即成。随吃随取，可以一直吃到第二年春天。

腌了四五天的新咸菜很好吃，不咸，细、嫩、脆、甜，难可比拟。

咸菜汤是咸菜切碎了煮成的。到了下雪的天气，咸菜已经腌得很咸了，而且已经发酸。咸菜汤的颜色是暗绿的。没有吃惯的人，是不容易引起食欲的。

咸菜汤里有时加了茨菇片，那就是咸菜茨菇汤。或者叫茨菇咸菜汤，都可以。

我小时候对茨菇实在没有好感。这东西有一种苦味。民国二十年，我们家乡闹大水，各种作物减产，只有茨菇却丰收。那一年我吃了很多茨菇，而且是不去茨菇的嘴子的，真难吃。

我十九岁离乡，辗转漂流，三四十年没有吃到茨菇，并不想。

前好几年，春节后数日，我到沈从文老师家去拜年，他留我吃饭，师母张兆和炒了一盘茨菇肉片。沈先生吃了两片茨菇，说："这个好！格比土豆高。"我承认他这话。吃菜讲究"格"的高低，这种语言正是沈老师的语言。他是对什么事物都讲"格"的，包括对于茨菇、土豆。

因为久违，我对茨菇有了感情。前几年，北京的菜市场在春节前后有卖茨菇的。我见到，必要买一点回来加肉炒了。家里人都不怎么爱吃。所有的茨菇，都由我一个人"包圆儿"了。

北方人不识茨菇。我买茨菇，总要有人问我："这是什么？"——"茨菇。"——"茨菇是什么？"这可不好回答。

北京的茨菇卖得很贵，价钱和"洞子货"（温室所产）的西红柿、野鸡脖韭菜差不多。

我很想喝一碗咸菜茨菇汤。

我想念家乡的雪。

虎头鲨·昂嗤鱼·车螯·螺蛳·蚬子

苏州人特重塘鳢鱼。上海人也是，一提起塘鳢鱼，眉飞色舞。塘鳢鱼是什么鱼？我向往之久矣。到苏州，曾想尝尝塘鳢鱼，未能如愿。后来我知道：塘鳢鱼就是虎头鲨，嘻！

塘鳢鱼亦称土步鱼。《随园食单》："杭州以土步鱼为上品，而金陵人贱之，目为虎头蛇，可发一笑。"虎头蛇即虎头鲨。这种鱼样子不好看，而且有点凶恶。浑身紫褐色，有细碎黑斑，头大而多骨，鳍如蝶翅。这种鱼在我们那里也是贱鱼，是不能上席的。苏州人做塘鳢鱼有清炒、椒盐多法。我们家乡通常的吃法是氽汤，加醋、胡椒。虎头鲨氽汤，鱼肉极细嫩，松而不散，汤味极鲜，开胃。

昂嗤鱼的样子也很怪，头扁嘴阔，有点像鲇鱼，无鳞，皮色黄，有浅黑色的不规整的大斑。无背鳍。而背上有一根很硬的尖锐的骨刺。用手捏起这根骨刺，它就发出昂嗤昂嗤小小的声音。这声音是怎么发出来的，我一直没弄明白。这种鱼是由这种声音得名的。它的学名是什么，只有去问鱼类学专家了。这种鱼没有很大的，七八寸长的，就算难得的了。这种鱼也很贱，连乡下人也看不起。我的一个亲戚在农村插队，见到昂嗤鱼，买了一些，农民都笑他："买这种鱼干什么！"昂嗤鱼其实是很好吃的。昂嗤鱼通常也是氽汤。虎头鲨是醋汤，昂嗤鱼不加醋，汤白如牛乳，是所谓"奶汤"。昂嗤鱼也极细嫩，鳃边的两块蒜瓣肉有大拇指大，堪称至味。有一年，北京一家鱼店不知从哪里运

190

来一些昂嗤鱼，无人问津。顾客都不识这是啥鱼。有一位卖鱼的老师傅倒知道："这是昂嗤。"我看到，高兴极了，买了十来条。回家一做，满不是那么一回事！昂嗤要吃活的（虎头鲨也是活杀）。长途转运，又在冷库里冰了一些日子，肉质变硬，鲜味全失，一点意思都没有！

车螯我的家乡叫馋螯，车螯是扬州人的叫法。我在大连见到花蛤，我以为就是车螯。不是。形状很相似，入口全不同。花蛤肉粗而硬，咬不动。车螯极柔软细嫩。车螯好像是淡水里产的，但味道却似海鲜。有点像蛎黄，但比蛎黄味道清爽。比青蛤、蚶子味厚。车螯可清炒，烧豆腐，或与咸肉同煮。车螯烧乌青菜（江南人叫塌苦菜），风味绝佳。乌青菜如是经霜而现拔的，尤美。我不食车螯四十五年矣。

车螯壳稍呈三角形，质坚，白如细瓷，而有各种颜色的弧形花斑，有浅紫的，有暗红的，有赭石，墨蓝的，很好看。家里买了车螯，挖出车螯肉，我们就从一堆车螯壳里去挑选，挑到好的，洗净了留起来玩。车螯壳的铰合部有两个突出的尖嘴子，把尖嘴子在糙石上磨磨，不一会就磨出两个小圆洞，含在嘴里吹，呜呜地响，且有细细颤音，如风吹窗纸。

螺蛳处处有之。我们家乡清明吃螺蛳，谓可以明目。

用五香煮熟螺蛳，分给孩子，一人半碗，由他们自己用竹签挑着吃。孩子吃了螺蛳，用小竹弓把螺蛳壳射到屋顶上，喀拉喀拉地响。夏天"检漏"，瓦匠总要扫下好些螺蛳壳。这种小弓不作别的用处，就叫做螺蛳弓，我在小说《戴车匠》里对螺蛳弓有较详细的描写。

蚬子是我所见过的贝类里最小的了，只有一粒瓜子大。蚬子是剥了壳卖的。剥蚬子的人家附近堆了好多蚬子壳，像一个坟头。蚬子炒韭菜，很下饭。这种东西非常便宜，为小户人家的恩物。

有一年修运河堤。按工程规定，有一段堤面应铺碎石，包工的贪污了款子，在堤面铺了一层蚬子壳。前来检收的委员，坐在汽车里，向外一看，白花花的一片，还抽着雪茄烟，连说："很好！很好！"

我的家乡富水产。鱼中之名贵的是鳊鱼、白鱼（尤重翘嘴白）、鳉花鱼（即鳜鱼），谓之"鳊、白、鳉。"虾有青虾、白虾。蟹极肥。以无特点，故不及。

野鸭·鹌鹑·斑鸠

过去我们那里野鸭子很多。水乡，野鸭子自然多。秋冬之际，天上有时"过"野鸭子，黑乎乎的一大片，在地上可以听到它们鼓翅的声音，呼呼的，好像刮大风。野鸭子是枪打的（野鸭肉里常常有很细的铁砂子，吃时要小心），但打野鸭子的人自己不进城来卖。卖野鸭子有专门的摊子。有时卖鱼的也卖野鸭子，把一个养活鱼的木盆翻过来，野鸭一对一对地摆在盆底，卖野鸭子是不用秤约的，都是一对一对地卖。野鸭子是有一定分量的。依分量大小，有一定的名称，如"对鸭"、"八鸭"。哪一种有多大分量，我现在已经记不清了。卖野鸭子都是带毛的。卖野鸭子的可以代客当场去毛，拔野鸭毛是不能用开水烫的。野鸭子皮薄，一烫，皮就破了。干拔，卖野鸭子的把一只鸭子放入一个麻袋里，一手提鸭，一手拔毛，一会儿就拔净了。——放在麻袋里拔，是防止鸭毛飞散。代客拔毛，不另收费，卖野鸭子的只要那一点鸭毛。——野鸭毛是值钱的。

野鸭的吃法通常是切块红烧。清炖大概也可以吧，我没有吃过。野鸭子肉的特点是：细、"酥"，不像家鸭每每肉老。野鸭烧咸菜是我们那里的家常菜。里面的咸菜尤其是佐粥的妙品。

现在我们那里的野鸭子很少了。前几年我回乡一次，偶有，卖得很贵。原因据说是因为县里对各乡水利作了全面综合治理，过去的水荡子、荒滩少了，野鸭子无处栖息。而且，野鸭子过去是吃收割后遗撒在田里的谷粒的，现在收割得很干净，颗粒归仓，野鸭子没有什么可吃的，不来了。

鹌鹑是网捕的。我们那里吃鹌鹑的人家少，因为这东西只有由乡下的亲戚送来，市面上没有卖的。鹌鹑大都是用五香卤了吃。也有用油炸了的。鹌鹑能斗，但我们那里无斗鹌鹑的风气。

我看见过猎人打斑鸠。我在读初中的时候。午饭后，我到学校后面的野地里去玩。野地里有小河，有野蔷薇，有金黄色的茼蒿花，有苍耳（苍耳子有小钩刺，能挂在衣裤上，我们管它叫"万把钩"），有才抽穗的芦荻。在一片树林里，我发现一个猎人。我们那里猎人很少，我从来没有见过猎人，但是我一看见他，就知道：他是一个猎人。这个猎人给我一个非常猛厉的印象。他穿了一身黑，下面却缠了鲜红的绑腿。他很瘦。他的眼睛黑，而冷。他握着枪。他在干什么？树林上面飞过一只斑鸠。他在追逐这只斑鸠。斑鸠分明已经发现猎人了。它想逃脱。斑鸠飞到北面，在树上落一落，猎人一步一步往北走。斑鸠连忙往南面飞，猎人扬头看了一眼，斑鸠落定了，猎人又一步一步往南走，非常冷静。这是一场无声的，然而非常紧张的、坚持的较量。斑鸠来回飞，猎人来回走。我很奇怪，为什么斑鸠不往树林外面飞。这样几个来回，斑鸠慌了神了，它飞得不稳了，歪歪倒倒的，失去了原来均匀的节奏。忽然，砰，——枪声一响，斑鸠应声而落。猎人走过去，拾起斑鸠，看了看，装在猎袋里。他的眼睛很黑，很冷。

　　我在小说《异秉》里提到王二的熏烧摊子上，春天，卖一种叫做"䳚"的野味。䳚这种东西我在别处没看见过。"䳚"这个字很多人也不认得。多数字典里不收。《辞海》里倒有这个字，标音为（duo 又读 zhua）。zhua 与我乡读音较近，但我们那里是读入声的，这只有用国际音标才标得出来。即使用国际音标标出，在不知道"短促急收藏"的北方人也是读不出来的。《辞海》"䳚"字条下注云："见䳚鸠"，似以为"䳚"即"䳚鸠"。而在"䳚鸠"条下注云："鸟名。雉属。即'沙鸡'。"这就不对了。沙鸡我是见过的，吃过的。内蒙、张家口多出沙鸡。《尔雅·释鸟》郭璞注："出北方沙漠地"，不错。北京冬季偶尔也有卖的。沙鸡嘴短而红，腿也短。我们那里的䳚却是水鸟，嘴长，腿也长。䳚的滋味和沙鸡有天渊之别。沙鸡肉较粗，略带酸味；䳚肉极细，非常香。我一辈子没有吃过比䳚更香的野味。

蒌蒿·枸杞·荠菜·马齿苋

　　小说《大淖记事》："春初水暖，沙洲上冒出很多紫红色的芦芽和灰绿色的蒌蒿，很快就是一片翠绿了。"我在书页下方加了一条注："蒌蒿是生于水边的野草，粗如笔管，有节，生狭长的小叶，初生二寸来高，叫做'蒌蒿薹子'，加肉炒食极清香。……"蒌蒿的蒌字，我小时不知怎么写，后来偶然看了一本什么书，才知道的。这个字音"吕"。我小学有一个同班同学，姓吕，我们就给他起了个外号，叫"蒌蒿薹子"（蒌蒿薹子家开了一爿糖坊，小学毕业后未升学，我们看见他坐在糖坊里当小老板，觉得很滑稽）。但我查了几本字典，"蒌"都音"楼"，我有点恍惚了。"楼"、"吕"一声之转。许多从"娄"的字都读"吕"，如"屡"、"缕"、"褛"……这本来无所谓，读"楼"读"吕"，关系不大。但字典上都说蒌蒿是蒿之一种，即白蒿，我却有点不以为然了。我小说里写的蒌蒿和蒿其实不相干。读苏东坡《惠崇春江晚景》诗："竹外桃花三两枝，春江水暖鸭先知。蒌蒿满地芦芽短，正是河豚欲上时。"此蒌蒿生于水边，与芦芽为伴，分明是我的家乡人所吃的蒌蒿，非白蒿。或者"即白蒿"的蒌蒿别是一种，未可知矣。深望懂诗、懂植物学，也懂吃的博雅君子有以教我。

我的小说注文中所说的"极清香"，很不具体。嗅觉和味觉是很难比方，无法具体的。昔人以为荔枝味似软枣，实在是风马牛不相及。我所谓"清香"，即食时如坐在河边闻到新涨的春水的气味。这是实话，并非故作玄言。

枸杞到处都有。开花后结长圆形的小浆果，即枸杞子。我们叫它"狗奶子"，形状颇像。本地产的枸杞子没有入药的，大概不如宁夏产的好。枸杞是多年生植物。春天，冒出嫩叶，即枸杞头。枸杞头是容易采到的。偶尔也有近城的乡村的女孩子采了，放在竹篮里叫卖："枸杞头来！……"枸杞头可下油盐炒食；或用开水焯了，切碎，加香油、酱油、醋，凉拌了吃。那滋味，也只能说"极清香"。春天吃枸杞头，云可以清火，如北方人吃苣荬菜一样。

"三月三，荠菜花赛牡丹。"俗谓是日以荠菜花置灶上，则蚂蚁不上锅台。

北京也偶有荠菜卖。菜市上卖的是园子里种的，茎白叶大，颜色较野生者浅淡，无香气。农贸市场间有南方的老太太挑了野生的来卖，则又过于细瘦，如一团乱发，制熟后强硬扎嘴。总不如南方野生的有味。

江南人惯用荠菜包春卷，包馄饨，甚佳。我们家乡有用来包春卷的，用来包馄饨的没有，——我们家乡没有"菜肉馄饨"。一般是凉拌。荠菜焯熟剁碎，界首茶干切细丁，入虾米，同拌。这道菜是可以上酒席作凉菜的。酒席上的凉拌荠菜都用手抟成一座尖塔，临吃推倒。

马齿苋现在很少有人吃。古代这是相当重要的菜蔬。苋分人苋、马苋。人苋即今苋菜，马苋即马齿苋。我的祖母每于夏天摘肥嫩的马齿苋晾干，过年时作馅包包子。她是吃长斋的，这种包子只有她一个人吃。我有时从她的盘子里拿一个，蘸了香油吃，挺香。马齿苋有点淡淡的酸味。

马齿苋开花，花瓣如一小囊。我们有时捉了一个哑巴知了，——知了是应该会叫的，捉住一个哑巴，多么扫兴！于是就摘了两个马齿苋的花瓣套住它的眼睛，——马齿苋花瓣套知了眼睛正合适，一撒手，这知了就拼命往高处飞，一直飞到看不见！

三年自然灾害，我在张家口沙岭子吃过不少马齿苋。那时候，这是宝物！

吃食和文学

口味·耳音·兴趣

我有一次买牛肉。排在我前面的是一个中年妇女，看样子是个知识分子，南方人。轮到她了，她问卖牛肉的："牛肉怎么做？"我很奇怪，问："你没有做过牛肉？"——"没有。我们家不吃牛羊肉。"——"那您买牛肉——？"——"我的孩子大了，他们会到外地去。我让他们习惯习惯，出去了好适应。"这位做母亲的用心良苦。我于是尽了一趟义务，把她请到一边，讲了一通牛肉做法，从清炖、红烧、咖哩牛肉，直到广东的蚝油炒牛肉、四川的水煮牛肉、干煸牛肉丝……

　　有人不吃羊肉。我们到内蒙去体验生活。有一位女同志不吃羊肉，——闻到羊肉气味都恶心，这可苦了。她只好顿顿吃开水泡饭，吃咸菜。看见我吃手抓羊肉、羊贝子（全羊）吃得那样香，直生气！

　　有人不吃辣椒。我们到重庆去体验生活。有几个女演员去吃汤圆，进门就嚷嚷"不要辣椒！"卖汤圆的冷冷地说："汤圆没有放辣椒的！"

　　许多东西不吃，"下去"，很不方便。到一个地方，听不懂那里的话，也很麻烦。

　　我们到湘鄂赣去体验生活。在长沙，有一个同志的鞋坏了，去修鞋，鞋铺里不收。"为什么？"——"修鞋的不好过。"——"什么？"——"修鞋的不好过！"我只得给他翻译一下，告诉他修鞋的今天病了，他不舒服。上了井冈山，更麻烦了：井冈山说的是客家话。我们听一位队长介绍情况，他说这里没有人肯当干部，他挺身而出，他老婆反对，说是"辣子毛补，两头秀腐"——"什么什么？"我又得给他翻译："辣椒没有营养，吃下去两头受苦。"这样一翻译可就什么味道也没有了。

　　我去看昆曲，"打虎游街"、"借茶活捉"……好戏。小丑的苏白尤其传神，我听得津津有味，不时发出笑声。邻座是一个唱花旦的京剧女演员，她听不懂，直着急，老问："他说什么？说什么？"我又不能逐句翻译，她很遗憾。

我有一次到民族饭店去找人，身后有几个少女在叽叽呱呱地说很地道的苏州话。一边的电梯来了，一个少女大声招呼她的同伴："乖面乖面"（这边这边）！我回头一看：说苏州话的是几个美国人！

我们那位唱花旦的女演员在语言能力上比这几个美国少女可差多了。

一个文艺工作者、一个作家、一个演员的口味最好杂一点，从北京的豆汁到广东的龙虱都尝尝（有些吃的我也招架不了，比如贵州的鱼腥草）；耳音要好一些，能多听懂几种方言，四川话、苏州话、扬州话（有些话我也一句不懂，比如温州话）。否则，是个损失。

口味单调一点、耳音差一点，也还不要紧，最要紧的是对生活的兴趣要广一点。

一九八六年八月十二日

苦瓜是瓜吗？

　　昨天晚上，家里吃白兰瓜。我的一个小孙女，还不到三岁，一边吃，一边说："白兰瓜、哈密瓜、黄金瓜、华莱士瓜、西瓜，这些都是瓜。"我很惊奇了：她已经能自己经过归纳，形成"瓜"的概念了（没有人教过她）。这表示她的智力已经发展到了一个重要的阶段。凭借概念，进行思维，是一切科学的基础。她奶奶问她："黄瓜呢？"她点点头。"苦瓜呢？"她摇摇头。我想：她大概认为"瓜"是可吃的，并且是好吃的（这些瓜她都吃过）。今天早起，又问她："苦瓜是不是瓜？"她还是坚决地摇了摇头，并且说明她的理由："苦瓜不像瓜。"我于是进一步想：我对她的概念的分析是不完全的。原来在她的"瓜"概念里除了好吃不好吃，还有一个像不像的问题（苦瓜的表皮疙里疙瘩的，也确实不大像瓜）。我翻了翻《辞海》，看到苦瓜属葫芦科。那么，我的孙女认为苦瓜不是瓜，是有道理的。我又翻了翻《辞海》的"黄瓜"条：黄瓜也是属葫芦科。苦瓜、黄瓜习惯上都叫做瓜；而另一种很"像"是瓜的东西，在北方却称之为"西葫芦"。瓜乎？葫芦乎？苦瓜是不是瓜呢？我倒糊涂起来了。

前天有两个同乡因事到北京，来看我。吃饭的时候，有一盘炒苦瓜。同乡之一问："这是什么？"我告诉他是苦瓜。他说："我倒要尝尝。"夹了一小片入口："乖乖！真苦啊！——这个东西能吃？为什么要吃这种东西？"我说："酸甜苦辣咸，苦也是五味之一。"他说："不错！"我告诉他们这就是癞葡萄。另一同乡说："'癞葡萄'，那我知道的。癞葡萄能这个吃法？"

"苦瓜"之名，我最初是从石涛的画上知道的。我家里有不少有正书局珂罗版印的画集，其中石涛的画不少。我从小喜欢石涛的画。石涛的别号甚多，除石涛外有释济、清湘道人、大涤子、瞎尊者和苦瓜和尚。但我不知道苦瓜为何物。到了昆明，一看：哦，原来就是癞葡萄！我的大伯父每年都要在后园里种几棵癞葡萄，不是为了吃，是为了成熟之后摘下来装在盘子里看着玩的。有时也剖开一两个，挖出籽儿来尝尝。有一点甜味，并不好吃。而且颜色鲜红，如同一个一个血饼子，看起来很刺激，也使人不大敢吃它。当作菜，我没有吃过。有一个西南联大的同学，是个诗人，他整了我一下子。我曾经吹牛，说没有我不吃的东西。他请我到一个小饭馆吃饭，要了三个菜：凉拌苦瓜、炒苦瓜、苦瓜汤！我咬咬牙，全吃。从此，我就吃苦瓜了。

苦瓜原产于印度尼西亚，中国最初种植是广东、广西。现在云南、贵州都有。据我所知，最爱吃苦瓜的似是湖南人。有一盘炒苦瓜，——加青辣椒、豆豉，少放点猪肉，湖南人可以吃三碗饭。石涛是广西全州人，他从小就是吃苦瓜的，而且一定很爱吃。"苦瓜和尚"这别号可能有一点禅机，有一点独往独来，不随流俗的傲气，正如他叫"瞎尊者"，其实并不瞎；但也可能是一句实在话。石涛中年流寓南京，晚年久住扬州。南京人、扬州人看见这个和尚拿癞葡萄来炒了吃，一定会觉得非常奇怪的。

北京人过去是不吃苦瓜的。菜市场偶尔有苦瓜卖，是从南方运来的。买的也都是南方人。近二年北京人也有吃苦瓜的了，有人还很爱吃。农贸市场卖的苦瓜都是本地的菜农种的，所以格外鲜嫩。看来人的口味是可以改变的。

由苦瓜我想到几个有关文学创作的问题：

一、应该承认苦瓜也是一道菜。谁也不能把苦从五味里开除出去。我希望评论家、作家——特别是老作家，口味要杂一点，不要偏食。不要对自己没有看惯的作品轻易地否定、排斥。不要像我的那位同乡一样，问道："这个东西能吃？为什么要吃这种东西？"提出"这样的作品能写？为什么要写这样的作品？"我希望他们能习惯类似苦瓜一样的作品，能吃出一点味道来，如现在的某些北京人。

二、《辞海》说苦瓜"未熟嫩果作蔬菜，成熟果瓤可生食"。对于苦瓜，可以各取所需，愿吃皮的吃皮，愿吃瓤的吃瓤。对于一个作品，也可以见仁见智。可以探索其哲学意蕴，也可以踪迹其美学追求。北京人吃凉拌芹菜，只取嫩茎，西餐馆做罗宋汤则专要芹菜叶。人弃人取，各随尊便。

三、一个作品算是现实主义的也可以，算是现代主义的也可以，只要它真是一个作品。作品就是作品。正如苦瓜，说它是瓜也行，说它是葫芦也行，只要它是可吃的。苦瓜就是苦瓜。——如果不是苦瓜，而是狗尾巴草，那就另当别论。截至现在为止，还没有人认为狗尾巴草很好吃。

一九八六年九月六日

咸菜和文化

偶然和高晓声谈起"文化小说"，晓声说："什么叫文化？——吃东西也是文化。"我同意他的看法。这两天自己在家里腌韭菜花，想起咸菜和文化。

咸菜可以算是一种中国文化。西方似乎没有咸菜。我吃过"洋泡菜"，那不能算咸菜。日本有咸菜，但不知道有没有中国这样盛行。"文革"前《福建日报》登过一则猴子腌咸菜的新闻，一个新华社归侨记者用此材料写了一篇对外的特稿："猴子会腌咸菜吗？"被批评为"资产阶级新闻观点"。——为什么这就是资产阶级新闻观点呢？猴子腌咸菜，大概是跟人学的。于此可以证明咸菜在中国是极为常见的东西。中国不出咸菜的地方大概不多。各地的咸菜各有特点，互不雷同。北京的水疙瘩、天津的津冬菜、保定的春不老。"保定有三宝，铁球、面酱、春不老"，我吃过苏州的春不老，是用带缨子的很小的萝卜腌制的，腌成后寸把长的小缨子还是碧绿的，极嫩，微甜，好吃，名字也起得好。保定的春不老想也是这样的。周作人曾说他的家乡经常吃的是咸极了的咸鱼和咸极了的咸菜。鲁迅《风波》里写的蒸得乌黑的干菜很诱人。腌雪里蕻南北皆有。上海人爱吃咸菜肉丝面和雪笋汤。云南曲靖的韭菜花风味绝佳。曲靖韭菜花的主料其实是细切晾干的萝卜丝，与北京作为吃涮羊肉的调料的韭菜花不同。贵州有冰糖酸，乃以芥菜加醪糟、辣子腌成。四川咸菜种类极多，据说必以自流井的粗盐腌制乃佳。行销（真是"行销"）全国，远至海外

（有华侨的地方），堪称咸菜之王的，应数榨菜。朝鲜辣菜也可以算是咸菜。延边的腌蕨菜北京偶有卖的，人多不识。福建的黄萝卜很有名，可惜未曾吃过。我的家乡每到秋末冬初，多数人家都腌萝卜干。到店铺里学徒，要"吃三年萝卜干饭"，言其缺油水也。中国咸菜多矣，此不能备载。如果有人写一本《咸菜谱》，将是一本非常有意思的书。

咸菜起于何时，我一直没有弄清楚。古书里有一个"菹"字，我少时曾以为是咸菜。后来看《说文解字》，菹字下注云："酢菜也"，不对了。汉字凡从酉者，都和酒有点关系。酢菜现在还有。昆明的"茄子酢"、湖南乾城的"酢辣子"，都是密封在坛子里使之酒化了的，吃起来都带酒香。这不能算是咸菜。有一个齑字，则确乎是咸菜了。这是切碎了腌的。这东西的颜色是发黄的，故称"黄齑"。腌制得法，"色如金钗股"云。我无端地觉得，这恐怕就是酸雪里蕻。齑似乎不是很古的东西。这个字的大量出现好像是在宋人的笔记和元人的戏曲里。这是穷秀才和和尚常吃的东西。"黄齑"成了嘲笑秀才和和尚，亦为秀才和和尚自嘲的常用的话头。中国咸菜之多，制作之精，我以为跟佛教有一点关系。佛教徒不茹荤，又不一定一年四季都能吃到新鲜蔬菜，于是就在咸菜上打主意。我的家乡腌咸菜腌得最好的是尼姑庵。尼姑到相熟的施主家去拜年，都要备几色咸菜。关于咸菜的起源，我在看杂书时还要随时留心，并希望博学而好古的馋人有以教我。

和咸菜相伯仲的是酱菜。中国的酱菜大别起来，可分为北味的与南味的两类。北味的以北京为代表。六必居、天源、后门的"大葫芦"都很好。——"大葫芦"门悬大葫芦为记，现在好像已经没有了。保定酱菜有名，但与北京酱菜区别实不大。南味的以扬州酱菜为代表，商标为"三和"、"四美"。北方酱菜偏咸，南则偏甜。中国好像什么东西都可以拿来酱。萝卜、瓜、莴苣、蒜苗、甘露、藕乃至花生、核桃、杏仁，无不可酱。北京酱菜里有酱银苗，我到现在还不知道究竟是什么东西。只有荸荠不能酱。我的家乡不兴到酱园里开口说买酱荸荠，那是骂人的话。

酱菜起于何时，我也弄不清楚。不会很早。因为制酱菜有个前提，必得先有酱，——豆制的酱。酱——酱油，是中国一大发明。"柴米油盐酱醋茶"，酱为开门七事之一。中国菜多数要放酱油。西方没有。有一个京剧演员出国，回来总结了一条经验，告诫同行，以后若有出国机会，必须带一盒固体酱油！没有郫县豆瓣，就做不出"正宗川味"。但是中国古代的酱和现在的酱不是一回事。《说文》酱字注云从肉、从酉、爿声。这是加盐、加酒、经过发酵的

208

肉酱。《周礼·天官·膳夫》："凡王之馈，酱用百有二十瓮"，郑玄注："酱，谓醯醢也"。醯，醢，都是肉酱。大概较早出现的是豉，其后才有现在的酱。汉代著作中提到的酱，好像已是豆制的。东汉王充《论衡》："作豆酱恶闻雷"，明确提到豆酱。《齐民要术》提到酱油，但其时已至北魏，距现在一千五百多年——当然，这也相当古了。酱菜的起源，我现在还没有查出来，俟诸异日吧。

考查咸菜和酱菜的起源，我不反对，而且颇有兴趣。但是，也不一定非得寻出它的来由不可。

"文化小说"的概念颇含糊。小说重视民族文化，并从生活的深层追寻某种民族文化的"根"，我以为是未可厚非的。小说要有浓郁的民族色彩，不在民族文化里腌一腌、酱一酱，是不成的，但是不一定非得追寻得那么远，非得追寻到一种苍苍莽莽的古文化不可。古文化荒邈难稽（连咸菜和酱菜的来源我们还不清楚）。寻找古文化，是考古学家的事，不是作家的事。从食品角度来说，与其考察太子丹请荆轲吃的是什么，不如追寻一下"春不老"；与其查究楚辞里的"蕙肴蒸"，不如品味品味湖南豆豉；与其追溯断发文身的越人怎样吃蛤蜊，不如蒸一碗霉干菜，喝两杯黄酒。我们在小说里要表现的文化，首先是现在的，活着的；其次是昨天的，消逝不久的。理由很简单，因为我们可以看得见，摸得着，尝得出，想得透。

一九八六年九月十一日

手把羊肉

到了内蒙，不吃几回手把羊肉，算是白去了一趟。

到了草原，进蒙古包作客，主人一般总要杀羊。蒙古人是非常好客的。进了蒙古包，不论识与不识，坐下来就可以吃喝。有人骑马在草原上漫游，身上只背了一只羊腿。到了一家，主人把这只羊腿解下来。客人吃喝一晚，第二天上路时，主人给客人换一只新鲜羊腿，背着。有人就这样走遍几个盟旗，回家，依然带着一只羊腿。蒙古人诚实，家里有什么，都端出来。客人醉饱，主人才高兴。你要是虚情假意地客气一番，他会生气的。这种风俗的形成，和长期的游牧生活有关。一家子住在大草原上，天苍苍，野茫茫，多见牛羊少见人，他们很盼望来一位远方的客人谈谈说说。一坐下来，先是喝奶茶，吃奶食。奶茶以砖茶熬成，加奶，加盐。这种略带咸味的奶茶香港人大概是喝不惯的，但为蒙古人所不可或缺。奶食有奶皮子、奶豆腐、奶渣子。这时候，外面已经有人动手杀羊了。

蒙古人杀羊极利索。不用什么利刃，就是一把普通的折刀就行了。一会儿的功夫，一只整羊剔剥出来了，羊皮晾在草地上，羊肉已经进了锅。杀了羊，草地上连一滴血都不沾。羊血和内脏喂狗。蒙古狗极高大凶猛，样子怕人，跑起来后爪搭至前爪之前，能追吉普车！

手把羊肉就是白煮的带骨头的大块羊肉。一手攥着，一手用蒙古刀切割着吃。没有什么调料，只有一碗盐水，可以蘸蘸。这样的吃法，要有一点技巧。蒙古人能把一块肉搜剔得非常干净，吃完，只剩下一块雪白的骨头，连一丝肉都留不下。咱们吃了，总要留下一些筋头把脑。蒙古人一看就知道：这不是一个牧民。

吃完手把肉，有时也用羊肉汤煮一点挂面。蒙古人不大吃粮食，他们早午喝奶茶时吃一把炒米，——黄米炒熟了，晚饭有时吃挂面。蒙古人买挂面不是论斤，而是一车一车地买。蒙古人搬家，——转移牧场，总有几辆勒勒车——牛车。牛车上有的装的是毛毯被褥，有一车装的是整车的挂面。蒙古人有时也吃烙饼，牛奶和的，放一点发酵粉，极香软。

我们在达茂旗吃了一次"羊贝子"，羊贝子即全羊。这是招待贵客才设的。整只的羊，在水里煮四十五分钟就上来了。吃羊贝子有一套规矩。全羊趴在一个大盘子里，羊蹄剁掉了，羊头切下来放在羊的颈部，先得由最尊贵的客人，用刀子切下两条一定部位的肉，斜十字搭在羊的脊背上，然后，羊头撤去，其他客人才能拿起刀来各选自己爱吃的部位片切了吃。我们同去的人中有的对羊贝子不敢领教。因为整只的羊才煮四十五分钟，有的地方一刀切下去，会沁出血来。本人则是"照吃不误"。好吃么？好吃极了！鲜嫩无比，人间至味。蒙古人认为羊肉煮老了不好吃！也不好消化；带一点生，没有关系。

　　我在新疆吃过哈萨克族的手把肉，肉块切得较小，和面条同煮，吃时用右手抓了羊肉和面条同时入口，风味与内蒙的不同。

散文四篇

宋朝人的吃喝

唐宋人似乎不怎么讲究大吃大喝。杜甫的《丽人行》里列叙了一些珍馐，但多系夸张想象之辞。五代顾闳中所绘《韩熙载夜宴图》主人客人面前案上所列的食物不过八品，四个高足的浅碗，四个小碟子。有一碗是白色的圆球形的东西，有点像外面滚了米粒的蓑衣丸子。有一碗颜色是鲜红的，很惹眼，用放大镜细看，不过是几个带蒂的柿子！其余的看不清是什么。苏东坡是个有名的馋人，但他爱吃的好像只是猪肉。他称赞"黄州好猪肉"，但还是"富

214

者不解吃，贫者不解煮"。他爱吃猪头，也不过是煮得稀烂，最后浇一勺杏酪。——杏酪想必是酸里咕叽的，可以解腻。有人"忽出新意"以山羊肉为玉糁羹，他觉得好吃得不得了。这是一种什么东西？大概只是山羊肉加碎米煮成的糊糊罢了。当然，想象起来也不难吃。

宋朝人的吃喝好像比较简单而清淡。连有皇帝参加的御宴也并不丰盛。御宴有定制，每一盏酒都要有歌舞杂技，似乎这是主要的，吃喝在其次。幽兰居士《东京梦华录》载《宰执亲王宗室百官入内上寿》，使臣诸卿只是"每分列环饼、油饼、枣塔为看盘，次列果子。惟大辽加之猪羊鸡鹅兔连骨熟肉为看盘，皆以小绳束之。又生葱、韭、蒜、醋各一碟。三五人共列浆水一桶，立杓数枚"。"看盘"只是摆样子的，不能吃的。"凡御宴至第三盏，方有下酒肉、咸豉、爆肉、双下驼峰角子"。第四盏下酒的禽子骨头、索粉、白肉、胡饼；第五盏是群仙炙、天花饼、太平毕罗、干饭、缕肉羹、莲花肉饼；第六盏假鼋鱼、密浮酥捺花；第七盏排炊羊、胡饼、炙金肠；第八盏假沙鱼、独下馒头、肚羹；第九盏水饭、簇饤下饭。如此而已。

宋朝市面上的吃食似乎很便宜。《东京梦华录》云："吾辈入店，则用一等琉璃浅棱碗，谓之'碧碗'，亦谓之'造羹'，菜蔬精细，谓之'造齑'，每碗十文"。"会仙楼"

条载："止两人对坐饮酒……即银近百两矣"，初看吓人一跳。细看，这是指餐具的价值——宋人餐具多用银。

几乎所有记两宋风俗的书无不记"市食"。钱塘吴自牧《梦粱录》《分茶酒店》最为详备。宋朝的肴馔好像多是"快餐"，是现成的。中国古代人流行吃羹。"三日入厨下，洗手作羹汤"，不说是洗手炒肉丝。《水浒传》林冲的徒弟说自己"安排得好菜蔬，端整得好汁水"，"汁水"也就是羹。《东京梦华录》云"旧只用匙今皆用箸矣"，可见本都是可喝的汤水。其次是各种爊菜，爊鸡、爊鸭、爊鹅。再次是半干的肉脯和全干的肉犯。几本书里都提到"影戏犯"，我觉得这就是四川的灯影牛肉一类的东西。炒菜也有，如炒蟹，但极少。

宋朝人饮酒和后来有些不同的，是总要有些鲜果干果，如柑、梨、蔗、柿，炒栗子、新银杏，以及莴苣、"姜油多"之类的菜蔬和玛瑙饧、泽州饧之类的糖稀。《水浒传》所谓"铺下果子按酒"，即指此类东西。

宋朝的面食品类甚多。我们现在叫做主食，宋人却叫"从食"。面食主要是饼。《水浒》动辄说"回些面来打饼"。饼有门油、菊花、宽焦、侧厚、油锅、新样满麻……《东京梦华录》载武成王庙前海州张家、皇建院前郑家最盛，每家有五十余炉。五十几个炉子一起烙饼，真是好家伙!

遍检《东京梦华录》、《都城纪胜》、《西湖老人繁胜录》、《梦粱录》、《武林旧事》，都没有发现宋朝人吃海参、鱼翅、燕巢的记载。吃这种滋补性的高蛋白的海味，大概从明朝才开始。这大概和明朝人的纵欲有关系，记得鲁迅好像曾经说过。

宋朝人好像实行的是"分食制"。《东京梦华录》云"用一等琉璃浅棱碗……每碗十文"，可证。《韩熙载夜宴图》上画的也是各人一份，不像后来大家合坐一桌，大盘大碗，筷子勺子一起来。这一点是颇合卫生的，因不易传染肝炎。

一九八七年一月十八日

马铃薯

马铃薯的名字很多。河北、东北叫土豆，内蒙、张家口叫山药，山西叫山药蛋，云南、四川叫洋芋，上海叫洋山芋。除了搞农业科学的人，大概很少人叫得惯马铃薯。我倒是叫得惯了。我曾经画过一部《中国马铃薯图谱》。这是我一生中的一部很奇怪的作品。图谱原来是打算出版的，因故未能实现。原稿旧存沙岭子农业科学研究所，"文化大革命"中毁了，可惜！

一九五八年，我下放张家口沙岭子农业科学研究所劳动。一九六〇年摘了右派分子帽子，结束了劳动，一时没有地方可去，留在所里打杂。所里要画一套马铃薯图谱，把任务交给了我。所里有一个下属的马铃薯研究站，设在沽源。我在张家口买了一些纸笔颜色，乘车往沽源去。

马铃薯是适于在高寒地带生长的作物。马铃薯会退化。在海拔较低、气候温和的地方种一二年，薯块就会变小。因此每年都有很多省市开车到张家口坝上来调种。坝上成为供应全国薯种的基地。沽源在坝上，海拔一千四，冬天冷到零下四十度，马铃薯研究站设在这里，很合适。

这里集中了全国的马铃薯品种，分畦种植。正是开花的季节，真是洋洋大观。

我在沽源，究竟是一种什么心情，真是说不清。远离了家人和故友，独自生活在荒凉的绝塞，可以谈谈心的人很少，不免有点寂寞。另外一方面，摘掉了帽子，总有一种轻松感。日子过得非常悠闲。没有人管我，也不需要开会。一早起来，到马铃薯地里（露水很重，得穿了浅勒的胶靴），掐了一把花，几枝叶子，回到屋里，插在玻璃杯里，对着它画。马铃薯的花是很好画的。伞形花序，有一点像复瓣水仙。颜色是白的，浅紫的。紫花有的偏红，有的偏蓝。当中一个高庄小窝头似的黄心。叶子大都相似，奇数羽状复叶，只是有的圆一点，有的尖一点，颜色有的深一点，有的淡一点，如此而已。我画这玩意又没有定额，尽可慢慢地画。不过我画得还是很用心的，尽量画得像。我曾写过一首长诗，记述我的生活，代替书信，寄给一个老同学。原诗已经忘了，只记得两句："坐对一丛花，眸子炯如虎"。画画不是我的本行，但是"工作需要"，我也算起了一点作用，倒是差堪自慰的。沽源是清代的军台，我在这里工作，可以说是"发往军台效力"，我于是用画马铃薯的红颜色在带来的一本《梦溪笔谈》的扉页上画了一方图章："效力军台"——我带来一些书，除《梦溪笔谈》外，有《癸巳类稿》、《十架斋养新录》，还有一套商务印书馆铅印本《四史》。晚上不能作画——灯光下颜色不正，我就读这些书。我自成年后，读书读得最专心的，要算在沽源这一段时候。

我对马铃薯的科研工作有过一点很小的贡献：马铃薯的花都是没有香味的。我发现有一种马铃薯，"麻土豆"的花，却是香的。我告诉研究站的研究人员，他们都很惊奇："是吗？——真的！我们搞了那么多年马铃薯，还没有发现。"

到了马铃薯逐渐成熟——马铃薯的花一落，薯块就成熟了，我就开始画薯块。那就更好画了，想画得不像都不大容易。画完一种薯块，我就把它放进牛粪火里烤烤，然后吃掉。全国像我一样吃过那么多种马铃薯的人，大概不多！马铃薯的薯块之间的区别比花、叶要明显。最大的要数"男爵"，一个可以当一顿饭。有一种味极甜脆，可以当水果生吃。最好的是"紫土豆"，外皮乌紫，薯肉黄如蒸栗，味道也像蒸栗，入口更为细腻。我曾经扛回一袋，带到北京。春节前后，一家大小，吃了好几天。我很奇怪："紫土豆"为什么不在全国推广呢？

马铃薯原产南美洲，现在遍布全世界。苏联卫国战争时期的小说，每每写战士在艰苦恶劣的前线战壕中思念家乡的烤土豆，"马铃薯"和"祖国"几乎成了同义字。罗宋汤、沙拉，离开了马铃薯做不成，更不用说奶油烤土豆、炸土豆条了。

马铃薯传入中国，不知始于何时。我总觉得大概是明代，和郑和下西洋有点缘分。现在可以说遍及全国了。沽源马铃薯研究站不少品种是从青藏高原、大小凉山移来的。马铃薯是山西、内蒙、张家口的主要蔬菜。这些地方的农村几乎家家都有山药窖，民歌里都唱："想哥哥想得迷了窍，抱柴火跌进了山药窨”。“交城的山里没有好茶饭，只有莜面考老老，和那山药蛋”。山西的作者群被称为“山药蛋派”。呼和浩特的干部有一点办法的，都能到武川县拉一车山药回来过冬。大笼屉蒸新山药，是待客的美餐。张家口坝上、坝下，山药、西葫芦加几块羊肉㸆一锅烩菜，就是过年。

中国的农民不知有没有一天也吃上罗宋汤和沙拉。也许即使他们的生活提高了，也不吃罗宋汤和沙拉，宁可在大烩菜里多加几块肥羊肉。不过也说不定。中国人过去是不喝啤酒的，现在北京郊区的农民喝啤酒已经习惯了。我希望中国农民也会爱吃罗宋汤和沙拉。因为罗宋汤和沙拉是很好吃的。

一九八七年二月十六日

紫薇

唐朝人也不是都能认得紫薇花的。《韵语阳秋》卷第十六：“白乐天诗多说别花，如《紫薇花诗》云‘除却微之见应爱，世间少有别花人’……今好事之家，有奇花多矣，所谓别花人，未之见也。鲍溶作《仙檀花诗》寄袁德师侍御，有'欲求御史更分别'之句，岂谓是邪？"这里所说的"别"是分辨的意思。白居易是能"别"紫薇花的，他写过至少三首关于紫薇的诗。

《韵语阳秋》云：

> 白乐天作中书舍人，入直西省，对紫薇花而有咏曰："丝纶阁下文章静，钟鼓楼中刻漏长。独坐黄昏谁是伴，紫薇花对紫薇郎。"后又云："紫薇花对紫薇翁，名目虽同貌不同"，则此花之珍艳可知矣。爪其本则枝叶俱动，俗谓之"不耐痒花"。自五月至九月尚烂熳，俗又谓之"百日红"。唐人赋咏，未有及此二事者。本朝梅圣俞时注意此花。一诗赠韩子华，则曰"薄肤痒不胜轻爪，嫩干生宜近禁庐"；一诗赠王景彝，则曰："薄薄嫩肤搔鸟爪，离离碎叶剪城霞"，然皆著不耐痒事，而未有及百日红者。胡文恭在西掖前亦有三诗，其一云："雅当翻药地，繁极曝衣天"，注云："花至七夕犹繁"，似有百日红之意，可见当时此花之盛。省吏相传，咸平中，李昌武自别墅移植于此。晏元献尝作赋题于省中，所谓"得自羊墅，来从召园，有昔日之绛老，无当时之仲文"是也。

对于年轻的读者，需要作一点解释，"紫薇花对紫薇郎"是什么意思。紫薇郎亦作紫微郎,唐代官名,即中书侍郎。《新唐书·百官志二》注:"开元元年,改中书省曰紫微省,中书令曰紫微令。"白居易曾为中书侍郎,故自称紫微郎。中书侍郎是要到宫里值班的,独自坐在办公室里,不免有些寂寞,但是这也不是一般人所能谋得到的差事,诗里又透出几分得意。"紫薇花对紫薇郎",使人觉得有点罗曼蒂克,其实没有。不过你要是有一点罗曼蒂克的联想,也可以。石涛和尚画过一幅紫薇花,题的就是白居易的这首诗。紫薇颜色很娇,画面很美,更易使人产生这是一首情诗的错觉。

从《韵语阳秋》的记载,我们可以知道两件事。一是"爪其本则枝叶俱动"。紫薇的树干的外皮易脱落,露出里面的"嫩肤",嫩肤上留下一片一片的青色和白色的云斑。用指甲搔搔树干的嫩肤,确实是会枝叶俱动的。宋朝人叫它"不耐痒花",现在很多地方叫它"怕痒痒树"或"痒痒树"。这到底是什么道理,好像没有人解释过。二是花期甚长。这是夏天的花。胡文恭说它"繁极曝衣天",白居易说它"独占芳菲当夏景,不将颜色托春风"。但是它"花至七夕犹繁"。我甚至在飘着小雪的天气,还看见一棵紫薇依然开着仅有的一穗红花!

我家的后园有一棵紫薇。这棵紫薇有年头了,主干有茶杯口粗，高过屋檐。一到放暑假，它开起花来，真是"繁"得不得了。紫薇花是六瓣的，但是花瓣皱缩，瓣边还有很多不规则的缺刻，所以根本分不清它是几瓣，只是碎碎叨叨的一球，当中还射出许多花须、花蕊。一个枝子上有很多朵花。一棵树上有数不清的枝子。真是乱。乱红成阵。乱成一团。简直像一群幼儿园的孩子放开了又高又脆的小嗓子一起乱嚷嚷。在乱哄哄的繁花之间还有很多赶来凑热闹的黑蜂。这种蜂不是普通的蜜蜂，个儿很大，有指头顶那样大，黑的，就是齐白石爱画的那种。我到现在还叫不出这是什么蜂。这种大黑蜂分量很重。它一落在一朵花上，抱住了花须，这一穗花就叫它压得沉了下来。它起翅飞去，花穗才挣回原处，还得哆嗦两下。

大黑蜂不像马蜂那样会做窠。它们也不像马蜂一样的群居，是单个生活的。在人家房檐的椽子下面钻一个圆洞，这就是它的家。我常常看见一个大黑蜂飞回来了，一收翅膀，钻进圆洞，就赶紧用一根细细的帐竿竹子捅进圆洞，来回地拧，它就在洞里嗯嗯地叫。我把竹竿一拔，啪的一声，它就掉到了地上。我赶紧把它捉起来，放进一个玻璃瓶里，盖上盖——瓶盖上用洋钉凿了几个窟窿。瓶子里塞了好些紫薇花。大黑蜂没有受伤，它只是摔晕过去了。过了一会，它缓醒过来了，就在花瓣之间乱爬。大黑蜂生命力很强，能活几天。我老幻想它能在瓶里呆熟了，放它出去，它再飞回来。可是不知什么时候，它仰面朝天，死了。

紫薇原产于中国中部和南部。白居易诗云"浔阳官舍双高树，兴善僧庭一大丛，何似苏州安置处，花堂栏下月明中"，这些都是偏南的地方。但是北方很早就有了，如长安。北京过去也有，但很少（北京人多不识紫薇）。近年北京大量种植，到处都是。街心花园几乎都有。选择这种花木来美化城市环境是很有道理的，因为它花繁盛，颜色多（多为胭脂红，也有紫色和白色的），花期长。但是似乎生长得很慢。密云水库大坝下的通道两侧，隔不远就有一棵紫薇。我每年夏天要到密云开一次会，年年到坝下散步，都看到这些紫薇。看了四年，它们好像还是那样大。

比起北京雨后春笋一样耸立起来的高楼，北京的花木的生长就显得更慢。因此，对花木要倍加爱惜。

一九八七年二月二十一日

腊梅花

"雪花、冰花、腊梅花……"我的小孙女这一阵老是唱这首儿歌。其实她没有见过真的腊梅花，只是从我画的画上见过。

周紫芝《竹坡诗话》云："东南之有腊梅，盖自近时始。余为儿童时，犹未之见。元祐间，鲁直诸公方有诗，前此未尝有赋此诗者。政和间，李端叔在姑溪，元夕见之僧舍中，尝作两绝，其后篇云：'程氏园当尺五天，千金争赏凭朱栏。莫因今日家家有，便作寻常两等看。'观端叔此诗，可以知前日之未尝有也。"看他的意思，腊梅是从北方传到南方去的。但是据我的印象，现在倒是南方多，北方少见，尤其难见到长成大树的。我在颐和园藻鉴堂见过一棵，种在大花盆里，放在楼梯拐角处。因为不是开花的时候，绿叶披纷，没有人注意。和我一起住在藻鉴堂的几个搞剧本的同志，都不认识这是什么。

我的家乡有腊梅花的人家不少。我家的后园有四棵很大的腊梅。这四棵腊梅，从我记事的时候，就已经是那样大了。很可能是我的曾祖父在世的时候种的。这样大的腊

226

梅，我以后在别处没有见过。主干有汤碗口粗细，并排种在一个砖砌的花台上。这四棵腊梅的花心是紫褐色的，按说这是名种，即所谓"檀心磬口"。腊梅有两种，一种是檀心的，一种是白心的。我的家乡偏重白心的，美其名曰"冰心腊梅"，而将檀心的贬为"狗心腊梅"。腊梅和狗有什么关系呢？真是毫无道理！因为它是狗心的，我们也就不大看得起它。

不过凭良心说，腊梅是很好看的。其特点是花极多——这也是我们不太珍惜它的原因。物稀则贵，这样多的花，就没有什么稀罕了。每个枝条上都是花，无一空枝。而且长得很密，一朵挨着一朵，挤成了一串。这样大的四棵大腊梅，满树繁花，黄灿灿的吐向冬日的晴空，那样的热热闹闹，而又那样的安安静静，实在是一个不寻常的境界。不过我们已经司空见惯，每年都有一回。

每年腊月，我们都要折腊梅花。上树是我的事。腊梅木质疏松，枝条脆弱，上树是有点危险的。不过腊梅多枝杈，便于登踏，而且我年幼身轻，正是"一日上树能千回"的时候，从来也没有掉下来过。我的姐姐在下面指点着："这枝，这枝！——哎，对了，对了！"我们要的是横斜旁出的几枝，这样的不蠢；要的是几朵半开，多数是骨朵的，这样可以在瓷瓶里养好几天——如果是全开的，几天就谢了。

　　下雪了，过年了。大年初一，我早早就起来，到后园选摘几枝全是骨朵的腊梅，把骨朵都剥下来，用极细的铜丝——这种铜丝是穿珠花用的，就叫做"花丝"，把这些骨朵穿成插鬓的花。我们县北门的城门口有一家穿珠花的铺子，我放学回家路过，总要钻进去看几个女工怎样穿珠花，我就用她们的办法穿成各式各样的腊梅珠花。我在这些腊梅珠子花当中嵌了几粒天竺果——我家后园的一角有一棵天竺。黄腊梅、红天竺，我到现在还很得意：那是真很好看的。我把这些腊梅珠花送给我的祖母，送给大伯母，送给我的继母。她们梳了头，就插戴起来。然后，互相拜年。我应该当一个工艺美术师的，写什么屁小说！

　　　　　　　　　　　一九八七年二月十八日

夏天的昆虫

蝈蝈

蝈蝈我们那里叫做"叫蛐子"。因为它长得粗壮结实，样子也不大好看，还特别在前面加一个"侉"字，叫做"侉叫蛐子"。这东西就是会呱呱的叫。有时嫌它叫得太吵人了，在它的笼子上拍一下，它就大叫一声："呱！——"停止了。它什么都吃。据说吃了辣椒更爱叫，我就挑顶辣的辣椒喂它。早晨，掐了南瓜花（谎花）喂它，只是取其好看而已。这东西是咬人的。有时捏住笼子，它会从竹篦的洞里咬你的指头肚子一口！

另有一种秋叫蛐蛐，较晚出，体小，通身碧绿如玻璃料，叫声轻脆。秋叫蛐蛐养在牛角做的圆盒中，顶面有一块玻璃。我能自己做这种牛角盒子，要紧的是弄出一块大小合适的圆玻璃。把玻璃放在水盆里，用剪子剪，则不碎裂。秋叫蛐蛐价钱比伏叫蛐蛐贵得多。养好了，可以越冬。

叫蛐蛐是可以吃的。得是三尾的，腹大多子。扔在枯树枝火中，一会儿就熟了。味极似虾。

蝉

蝉大别有三类。一种是"海溜"，最大，色黑，叫声宏亮。这是蝉里的楚霸王，生命力很强。我曾捉了一只，养在一个断了发条的旧座钟里，活了好多天。一种是"嘟溜"，体较小，绿色而有点银光，样子最好看，叫声也好听："嘟溜——嘟溜——嘟溜"。一种叫"叽溜"，最小，暗赭色，也是因其叫声而得名。

蝉喜欢栖息在柳树上。古人常画"高柳鸣蝉"，是有道理的。

北京的孩子捉蝉用粘竿，——竹竿头上涂了粘胶。我们小时候则用蜘蛛网。选一根结实的长芦苇，一头撅成三角形，用线缚住，看见有大蜘蛛网就一绞，三角里络满了蜘蛛网，很粘。瞅准了一只蝉，轻轻一捂，蝉的翅膀就被粘住了。

佝偻丈人承蜩，不知道用的是什么工具。

蜻蜓

家乡的蜻蜓有三种。

一种极大，头胸浓绿色，腹部有黑色的环纹，尾部两侧有革质的小圆片，叫做"绿豆钢"。这家伙厉害得很，飞时巨大的翅膀磨得嚓嚓地响。或捉之置室内，它会对着窗玻璃猛撞。

一种即常见的蜻蜓，有灰蓝色和绿色的。蜻蜓的眼睛很尖，但到黄昏后眼力就有点不济。它们栖息着不动，从后面轻轻伸手，一捏就能捏住。玩蜻蜓有一种恶作剧的玩法：掐一根狗尾巴草，把草茎插进蜻蜓的屁股，一撒手，蜻蜓就带着狗尾草的穗子飞了。

一种是红蜻蜓。不知道什么道理，说这是灶王爷的马。

另有一种纯黑的蜻蜓，身上，翅膀都是深黑色，我们叫它鬼蜻蜓，因为它有点鬼气。也叫"寡妇"。

刀螂

刀螂即螳螂。螳螂是很好看的。螳螂的头可以四面转动。螳螂翅膀嫩绿，颜色和脉纹都很美。昆虫翅膀好看的，为螳螂，为纺织娘。

或问：你写这些昆虫什么意思？答曰：我只是希望现在的孩子也能玩玩这些昆虫，对自然发生兴趣。现在的孩子大都只在电子玩具包围中长大，未必是好事。

童歌小议

少年谐谑

我的孩子（他现在已经当了爸爸了）曾在一个"少年之家""上"过。有一次唱歌比赛，几个男孩子上了台。指挥是一个姓肖的孩子。"预备——齐！"几个孩子放声歌唱：

排起队，

唱起歌，

拉起大粪车。

花园里，

花儿多，

马蜂蜇了我！

表情严肃，唱得很齐。

少年之家的老师傻了眼了：这是什么歌？

一个时期，北京的孩子（主要是女孩子）传唱过一首歌：

> 小孩小孩你别哭，
>
> 前面就是你大姑。
>
> 你大姑罗圈腿，
>
> 走起路来扭屁股，
>
> ——扭屁股哎嗨哟哦……

这首歌是用山东柳琴的调子唱的，歌词与曲调结合得恰好，而且有山东味儿。

这些歌是孩子们"胡编"出来的。如果细心搜集，单是在北京，就可以搜集到不少这种少年儿童信口胡编的歌。

对于孩子们自己编出来的这样的歌，我们持什么态度？

一种态度是鼓励。截至现在为止，还没有听到一位少儿教育专家提出应该鼓励孩子们这样的创造性。

第二种态度是禁止。禁止不了，除非禁止人没有童年。

第三种态度是不管，由它去。少年之家的老师对淘气的男孩子唱那样的歌，不知如何是好，只是傻了眼。"傻了眼"不失为一种明智的态度。

第四种态度是研究它。我觉得孩子们编这样的歌反映了一种逆反心理，甚至是对于强加于他们的过于严肃的生活规范，包括带有教条意味的过于严肃的歌曲的抗议。这些歌是他们自己的歌。

第五种态度是向他们学习。作家应该向孩子学习。学习他们的信口胡编。第一是信口。孩子对于语言的韵律有一种先天的敏感。他们自己编的歌都非常"顺"，非常自然，一听就记得住。现在的新诗多不留意韵律，朦胧诗尤其是这样。我不懂，是不是朦胧诗就非得排斥韵律不可？我以为朦胧诗尤其需要韵律。李商隐的不少诗很难"达诂"，但是听起来很美。戴望舒的《雨巷》说的是什么？但听起来很美。听起来美，便受到感染，于是似乎是懂了。不懂之懂，是为真懂。其次，是"胡编"。就是说，学习孩子们的滑稽感，学习他们对于生活的并不恶毒的嘲谑态度。直截了当地说：学习他们的胡闹。

但是胡闹是不易学的。这需要才能，我们的胡闹才能已经被孔夫子和教条主义者敲打得一干二净。我们只有正经文学，没有胡闹文学。再过二十年，才许会有。

儿歌的振兴

近些天楼下在盖房子，电锯的声音很吵人。电锯声中，想起有关儿歌的问题。

拉大锯，

扯大锯。

姥姥家，

唱大戏。

接闺女，

请女婿。

小外孙子也要去，

……………

这是流传于河北一带的儿歌。流传了不知有几百年了。

拉锯，

送锯。

你来，

我去。

拉一把，

236

推一把，

哗啦哗啦起风啦

…………

　　这首歌是有谱，可以唱的。我在幼儿园时就唱过。我上幼儿园是五岁，今年六十六了。我的孙女现在还唱这首歌。这首歌也至少有了五十多年的历史了。

　　这两首儿歌都是"写"得很好的。音节好听，很形象。前一首"拉大锯"是"兴也"，只是起个头，主要情趣在"姥姥家，唱大戏……"。后一首则是"赋也"，更具体地描绘了拉大锯的动作。拉大锯是过去常常可以见到的。两根短木柱，搭起交叉的架子，上面卡放了一根圆木，圆木的一头搭在地上；圆木上弹了墨线；两个人，一个站在圆木上，两腿一前一后，一个盘腿坐在下面，两人各持大锯的木把，"噌、噌、噌"地锯起来，锯末飞溅，墨线一寸一寸减短，圆木"解"成了板子。"拉大锯，扯大锯"，"拉锯，送锯，你来，我去"，如果不对拉锯作过仔细的观察，是不能"写"得如此生动准确的。

　　但是现在至少在大城市已经难得看见拉大锯的了。现在从外地到北京来给人家打家具的木工，很多都自带了小电锯，解起板子来比鲁班爷传下来的大锯要快得多了。总有一天，大锯会绝迹的。我的孙女虽然还唱、念我曾经唱、念过的儿歌，但已经不解歌词所谓。总有一天，这样的儿歌会消失的。

旧日的儿歌无作者，大都是奶奶、姥姥、妈妈顺口编出来的，也有些是幼儿自己编的，是所谓"天籁"，所以都很美。美在有意无意之间，富于生活情趣，而皆朗朗上口。儿歌引导幼儿对于生活的关心，有助于他们发挥想象，启发他们对语言的欣赏，使他们得到极大的美感享受。儿歌是一个人最初接触的并且影响到他毕生的艺术气质的纯诗。

"拉锯，送锯"可能原有一首只念不唱的儿歌的底子，但也可能是某一关心幼儿教育的作家的作品。如果是专业作家的作品，那么这位作家是了不起的作家。旧儿歌消亡了，将有新儿歌来代替。现在的儿歌大都是创作的。我读了不少我的孙女的"幼儿读物"，觉得新编的儿歌好的不多。政治性太强，过分强调教育意义，概念化，语言不美，声音不好听。看来有些儿歌作者缺乏艺术感，语言功力不够，我希望新儿歌的作者能熟读几百首旧儿歌。我希望有兼富儿童心和母性的大诗人能写写儿歌。

踢毽子

　　我们小时候踢毽子，毽子都是自己做的。选两个小钱（制钱），大小厚薄相等，轻重合适，叠在一起，用布缝实，这便是毽子托。在毽托一面，缝一截鹅毛管，在鹅毛管中插入鸡毛，便是一只毽子。鹅毛管不易得，把鸡毛直接缝在毽托上，把鸡毛根部用线缠缚结实，使之向上直挺，较之插于鹅毛管中者踢起来尤为得劲。鸡毛须是公鸡毛，用母鸡毛做毽子的，必遭人笑话，只有刚学踢毽子的小毛孩子才这么干。鸡毛只能用大尾巴之前那一部分，以够三寸为合格。鸡毛要"活"的，即从活公鸡的身上拔下来的，这样的鸡毛，用手抹煞几下，往墙上一贴，可以粘住不掉。死鸡毛粘不住。后来我明白，大概活鸡毛经抹煞会产生静电。活鸡毛做的毽子毛茎柔软而有弹性，踢起来飘逸潇洒。死鸡毛做的毽子踢起来就发死发僵。鸡毛里讲究要"金绒帚子白绒哨子"，即从五彩大公鸡身上拔下来的，毛的末端乌黑闪金光，下面的绒毛雪白。次一等的是芦花鸡毛。赭石的、土黄的，就更差了。我们那里养公鸡的人家很多，入了冬，快腌风鸡了，这时正是公鸡肥壮，羽毛丰满的时候，孩子们早就"贼"上谁家的鸡了，有时是明着跟人家要，有时乘没人看见，摁住一只大公鸡，噌噌拔了两把毛就跑。大多数孩子的书包里都有一两只足以自豪的毽子。踢毽子是乐事，做毽子也是乐事。一只"金绒帚子白绒哨子"，放在桌上看看，也是挺美的。

我们那里毽子的踢法很复杂，花样很多。有小五套，中五套，大五套。小五套是"扬、拐、尖、托、笃"，是用右脚的不同部位踢的。中五套是"偷、跳、舞、环、踩"，也是用右脚踢，但以左脚作不同的姿势配合。大五套则是同时运用两脚踢，分"对、岔、绕、掼、挝"。小五套技术比较简单，运动量较小，一般是女生踢的。中五套较难，大五套则难度很大，运动量也很大。要准确地描述这些踢法是不可能的。这些踢法的名称也是外地人所无法理解的，连用通用的汉字写出来都困难，如"舞"读如"吴"，"掼"读kuàn，"笃"和"挝"都读入声。这些名称当初不知是怎么确立的。我走过一些地方，都没有见到毽子有这样多的踢法。也许在我没有到过的地方，毽子还有更多的踢法。我希望能举办一次全国毽子表演，看看中国的毽子到底有多少种踢法。

踢毽子总是要比赛的。可以单个地赛。可以比赛单项，如"扬"踢多少下，到踢不住为止；对手照踢，以踢多少下定胜负。也可以成套比赛，从"扬、拐、尖、托、笃"、"偷、跳、舞、环、踩"踢到"对、岔、绕、掼、拉"。也可以分组赛。组员由主将临时挑选，踢时一对一，由弱至强，最弱的先踢，最后主将出马，累计总数定胜负。

踢毽子也有名将，有英雄。我有个堂弟曾在县立中学踢毽子比赛中得过冠军。此人从小爱玩，不好好读书，常因国文不及格被一个姓高的老师打手心，后来忽然发愤用功，现在是全国有名的心脏外科专家。他比我小一岁，也已经是抱了孙子的人了，现在大概不会再踢毽子了。我们县有一个姓谢的，能在井栏上转着圈子踢毽子。这可是非常危险的事，重心稍一不稳，就会扑通一声掉进井里！

毽子还有一种大集体的踢法，叫做"嗨（读第一声）卯"。一个人"喂卯"——把毽子扔给嗨卯的，另一个人接到，把毽子使劲向前踢去，叫做"嗨"。嗨得极高，极远。嗨卯只能"扬"，——用右脚里侧踢，别种踢法踢不到这样高，这样远。下面有一大群人，见毽子飞来，就一齐纵起身来抢这只毽子。谁抢着了，就有资格等着接递原嗨卯的去嗨。毽子如被喂卯的抢到，则他就可上去充当嗨卯的，嗨卯的就下来喂卯。一场嗨卯，全班同学出动，喊叫喝采，热闹非常。课间十分钟，一会儿就过去了。

踢毽子是冬天的游戏。刘侗《帝京景物略》云"杨柳死，踢毽子"，大概全国皆然。

踢毽子是孩子的事，偶尔见到近二十边上的人还踢，少。北京则有老人踢毽子。有一年，下大雪，大清早，我去逛天坛，在天坛门洞里见到几位老人踢毽子。他们之中最年轻的也有六十多了。他们轮流传递着踢，一个传给一个，那个接过来，踢一两下，传给另一个。"脚法"大都是"扬"，间或也来一下"跳"。我在旁边也看了五分钟，毽子始终没有落到地下。他们大概是"毽友"，经常，也许是每天在一起踢。老人都腿脚利落，身板挺直，面色红润，双眼有光。大雪天，这几位老人是一幅画，一首诗。

一九八八年六月六日

八仙

　　八仙是反映中国市民的俗世思想的一组很没有道理的仙家。

　　这八位是一个杂凑起来的班子。他们不是一个时代的人。张果老是唐玄宗时的，吕洞宾据说是残唐五代时人，曹国舅只能算是宋朝人。他们也不是一个地方的。张果老隐于中条山，吕洞宾好像是山西人，何仙姑则是出荔枝的广东增城人。他们之中有几位有师承关系，但也很乱。到底是汉钟离度了吕洞宾呢，还是吕洞宾度了汉钟离？是李铁拐度了别人，还是别人度了李铁拐？搞不清楚。他们的事迹也没有多少关联。他们大都是单独行动，组织纪律性是很差的。这八位是怎么弄到一起去的呢？最初可能是出于俗工的图画。王世贞《题八仙像后》云：

八仙者，钟离、李、吕、张、蓝、韩、曹、何也。不知其会所由始，亦不知其画所由始，余所睹仙迹及图史亦详矣，凡元以前无一笔，而我明如冷起敬、吴伟、杜堇稍有名者亦未尝及之。意或妄庸画工，合委巷丛俚之谈，以是八公者，老则张，少则蓝、韩，将则钟离，书生则吕，贵则曹，病则李，妇女则何，为各据一端作滑稽观耶！

这猜想是有道理的。把他们画在一起，只是为了互相搭配，好玩。

中国人为什么对八仙有那样大的兴趣呢？无非是羡慕他们的生活。

八仙后来被全真教和王重阳教拉进教里成了祖师爷，但他们的言行与道教的教义其实没有多大关系。他们突出的事迹是"度人"。他们度人并无深文大义，不像佛教讲精修，更没有禅宗的顿悟，只是说了些俗得不能再俗的话：看破富贵荣华，不争酒色财气……。简单说来，就是抛弃一些难于满足的欲望。另外一方面，他们又都放诞不羁，随随便便。他们不像早先的道家吸什么赤黄气，饵丹砂。他们多数并非不食人间烟火，有什么吃什么。有一位叫陈莹中的作过一首长短句赠刘跛子（即李铁拐），有句云："年华，留不住，触处为家。这一轮明月，本自无瑕。随分冬裘夏葛，都不会赤火黄芽。谁知我，春风一拐，谈笑有丹砂。"总之是在克制欲望与满足可能的欲望之间，保持平衡，求得一点心理的稳定。达到这种稳定，就是所谓"自在"。"自在神仙"，此之谓也。这是一种很便宜的，不费劲的庸俗的生活理想。

八仙又和庆寿有关。周宪王《瑶池会八仙庆寿》吕洞宾唱：

> 汉钟离遥献紫琼钩，张果老高擎千岁韭，蓝采和漫舞长衫袖，捧寿面是曹国舅。岳孔目这铁拐拄护得千秋，献牡丹的是韩湘子，进灵丹的是徐信守，贫道呵，满捧着玉液金瓯。

八仙都来向老太爷或老太太庆寿，岂不美哉。既能自在逍遥，又且长寿不死，中国的市民要求的还有什么呢？

很多中国人家的正堂屋的香案上，常常在当中供着福禄寿三星瓷像，两旁是八仙。你是不是觉得很俗气？

八仙在中国的民族心理上，是一个消极的因素。

一九八六年十二月四日

（本文引用的材料都出自浦江清师的《八仙考》，《清华学报》，民国二十五年一月）

建文帝的下落

　　我对建文帝有一点感情，是因为学唱过《惨睹》。《惨睹》是传奇《千忠戮》的一折。《千忠戮》作者无考，大约是明末清初人。这部传奇写的是燕王朱棣攻破南京后，建文帝与大臣陈济化装为僧道，流亡湖广、云南，备受迫害的故事。《惨睹》的唱词写得很特别，一折中用了八个"阳"字，唱昆曲的人故又别称之为"八阳"。"八阳"的曲子十分慷慨悲壮。头一句"收拾起大地山河一担装，四大皆空相"，破空而来，如果是有好嗓子的冠生，唱起来真是声如裂帛。这是昆曲里的名曲，一度十分流行。"家家'收拾起'，户户'不提防'"，可想见其盛况——"不提防"是《长生殿·弹词》的开头："不提防余年值乱离"。我随中国作协作家赴云南访问团到云南，离昆明后第一站是武定狮

246

子山。听说狮子山的正续禅寺，建文帝曾在那里住过，我于是很有兴趣。

狮子山郁郁葱葱，多奇树珍禽，流泉曲径，但山势并不很雄伟险峻。有人称它是"西南第一山"，未免夸大。

正续禅寺也算不得是一座大寺庙。如果把中国的寺庙划分等级，至多只能列入三等。但是附近几县来烧香的人很多，因为这里曾经住过一位皇帝。寺不在大，有帝则名。来烧香的善男信女当中，有人未必知道这位皇帝是建文帝，更不知道建文帝是怎样的一个皇帝，反正只要是皇帝就好。中国的农民始终对皇帝保持着崇敬。何况这位皇帝又当了和尚，或者这位和尚曾经是皇帝，这就在他们的崇敬心理上更增加了一个层次。

建文帝的下落是一个谜。《明史》只说"城破，宫中火起，帝不知所终"。"不知所终"，留下一个疑案。他当时没有死，流亡出去，是有可能的。但是是不是经湖广，到云南，并无确证。至于是不是往来滇西一带，又常常在正续禅寺歇足，就更难说了。但是清代有些在云南做过地方官的文人是愿意把这件事坐实了的。正续禅寺的大雄宝殿楹柱上有一副对联：

> 叔误景隆军，一片婆心原是佛；
> 祖兴皇觉寺，再传天子复为僧。

这说得还比较含浑。寺后有惠帝祠，阁前有一副对联，就更加言之凿凿了：

僧为帝，帝亦为僧，数十载衣钵相传，

正觉依然皇觉旧；

叔负侄，侄不负叔，八千里芒鞋徒步，

狮山更比燕山高。

大雄宝殿后面还有一座殿，据说布局不似佛殿，而像皇家的朝廷，有丹陛、品级台。莫非建文帝当了和尚还要坐朝？后殿和惠帝祠都正在修缮，我们没有能进去看。看了惠帝塑像的照片，仍作皇帝的打扮，龙袍，戴着没有翅子的纱帽，端坐着，眼睛细长，胖乎乎的，腮帮子有点下坠。

大雄宝殿东侧有一小院，院中有亭，亭外有联。上联是写景的，没有记住，下联是"小亭曾是帝王居"。据说建文帝生前就住在这亭子里。我们坐在帝王居里的矮凳上喝了一杯茶。亭前花木甚多，木香花花大如小儿拳。

寺里的负责人请大家写字，在所难免。用隶书写了一副对联：

皇权僧钵千年梦；

大地山河一担装。

还请写一个横披，用行书写了四个大字：

是耶非耶。

武定出壮鸡。我原来以为壮鸡就是一肥壮的鸡。不是的。所谓"壮鸡"，是把母鸡骗了，长大了，样子就有点像公鸡，味道特别鲜嫩。只有武定人会动这种手术。我只知道公鸡可骗，不知母鸡亦可骗也！

一九八七年四月三十日

杨慎在保山

　　我到保山，有一个愿望：打听杨升庵的踪迹。我请市文联的同志给我找几本地方志。感谢他们，找到了。

　　我对升庵并没有多少了解。五十年代在北京看过一出川戏《文武打》。这是一出格调古淡的很奇怪的戏，写的是一个迂阔的书生，路上碰到一个酒醉的莽汉，醉汉打了书生几砣，后来又认了错，让书生打他，书生怕打重了，乃以草棍轻击了醉汉几下。这出戏说不上有什么情节。事隔三十多年，我连那点几乎没有的情节也淡忘了。但这两个人物的扮相却分明记得：莽汉穿白布短衫，脖领里斜插了一只红布的灯笼；书生穿青褶子，脸上涂得雪白，浓墨描眉，眼角下弯，两片殷红的嘴唇，像戴了一个面具。这出戏以丑行应工，但完全没有后来丑角的科诨，演得十分古朴。有人告诉我，这出戏是杨升庵写的。我想这是可能的。我还想，很有可能杨升庵当时这出戏就是这样演的，这可以让我们窥见明杂剧的一种演法，这是一件活文物。我曾经搞过几年民间文学，读了升庵辑录的古今谣谚。因此，对升庵颇有好感。

七十年代，我到过四川新都，这是杨升庵的老家。新都有个桂湖，环湖都植桂花。湖畔有升庵祠。桂湖不大，逛一圈毫不吃力。看了一点关于升庵的材料，想了四句诗：

> 桂湖老桂弄新姿，
>
> 湖上升庵旧有祠。
>
> 一种风流谁得似，
>
> 状元词曲罪臣诗。

升庵名慎，字用修，升庵乃其别号。他年轻时即负才名。正德间试进士第一，其时他大概是十八九岁，可谓少年得志。到明世宗时以"议大礼"得罪，谪戍永昌，这时他大概三十四岁左右。他死于一五五九年，七十一岁，一直流放在永昌，未能归蜀。永昌府在明代管属地区甚广，一直延及西双版纳，但是府治在今保山。杨升庵也以住保山的时候为多。算起来，他在保山呆了大概有三十七年左右。可谓久矣。

杨慎在保山是如何度过这三十七年的呢?

曾在一本书里看到,他醉则乘篮舆过市,插花满头。陈老莲曾画升庵醉后图,面色酡红,相当胖,插花满头,但是由侍儿扶着步走,并未乘舆。

《康熙通志》曰:"杨慎戍永昌,遍游诸郡,所至携倡伶以随。曼酋欲求其诗不可得,乃以白绫作裓,遭服之。酒后乞诗,杨欣然命笔,醉墨淋漓,挥满裙袖,重价购归。杨知之更以为快。"

"裓"字未经见,《辞海》也不收,我怀疑这是倡伶的水袖。

这样看起来,升庵在保山是仍然保持诗人气质,放诞不羁的。"所至携倡伶以随",生活也相当优裕,不像是下放劳动,靠挣工分吃饭。但是他的内心是痛苦的。放诞,正是痛苦的一种表现。他在保山,多亏了他的世叔保山张志淳和忘年诗友张志淳的儿子张含的照顾。张含《丙寅除夕简杨用修》诗曰:"征途易老百年身,底事光阴改换频。子美生涯浑烂醉,叔伦寥落又逢春。诗魂寥落不可捉,乡梦渺茫何足真。独把一杯饯残岁,尽情灯火伴愁人。"丙寅是一五六六年,其时升庵已经死了七年了,"寅"字可能是个错字,或当作"丙辰"。丙辰是一五五六年,距升庵谪戍已经有多年了,这些年他只能于烂醉中度过。

增加杨升庵生活的悲剧性，是他和夫人黄娥的长期离别。黄娥也是才女，能诗。

《永昌府志》曰："杨用修久戍滇中，妇黄氏寄一律曰：'雁飞曾不到衡湘，锦字何由寄永昌。三春花柳妾薄命，六诏风烟君断肠。曰归曰归愁岁暮，其雨其雨怨朝阳。相怜空有刀环约，何日金鸡下夜郎？'"这首诗我在升庵祠的壁上曾见过石刻的原迹。我很怀疑这只是黄夫人独自的思念，没有寄到升庵手里，"锦字何由寄永昌"，只是欲寄而不达，说得很清楚。一个女诗人，盼丈夫回来，盼了三十多年，想一想，能不令人泪下？

"何日金鸡下夜郎？"杨慎本来可以赦回四川了，但是，《康熙通志》曰："杨慎归蜀，年已七十余，而滇士有谗之抚臣王昺者。昺，俗戾人也，使四指挥以银铛锁来滇。慎不得已，至滇，则昺以墨败；然慎不能归，病寓禅寺以殁。"

乍一看这一条材料，我颇觉新奇，"以银铛锁来滇"，用银练子把杨升庵锁回云南，那是很好看的。后来一想，这"银"字是个刻错了的字，原字当是"铟"。"铟铛"是铁练。杨升庵还是被用铁链锁回来的。王昺是个"俗戾人"，不会干出用银练锁人这样的韵事。这位王昺不过是地区和省一级之间的干部，竟能随便把一位诗人用铁练锁回来，令人发指！王昺因贪污而垮台（"以墨败"），然而杨慎却以七十余岁的高龄病死在寺庙里了。

杨慎到底犯了什么罪？"议大礼"。"议大礼"是怎么回事？我没有弄清楚。也不大容易弄清楚，因为《升庵集》大概不会收这篇文章。但是想起来不外是于当时的某种制度发表了一通议论，杨升庵犯的是言论自由罪。

一九八七年五月一日

银铛

两个月前，我从云南回来，写了一篇《杨慎在保山》，引《康熙通志》：

> 杨慎归蜀，年已七十余，而滇士有谗之抚臣王昺者。昺，俗吏人也，使四指挥以银铛锁来滇。慎不得已，至滇，则昺以墨败；然慎不能归，病寓禅寺以殁。

乍一看，觉得很新鲜。用银链子把一个曾经中过状元的绝代才子锁回来，可能是一种特殊待遇。如果允许他穿了大红官衣，戴甩发，那"扮相"是很美的。后来一想，王昺是"俗吏人"，干不出这样的韵事。我于是断定："银铛"的"银"，是个误刻的错字。"银"当作"银"。那么，杨升庵还是被用铁链子锁回云南的。七十多岁的老人，铁索银铛，一步一步，艰难地在崎岖的山路走着，惨！

近阅《升庵诗话》"银铛"条云：

《后汉书》："崔烈以银铛锁"。银铛，大锁也。今多讹作金银之银，至有"银锁三公脚，刀撞仆射头"之句（按，此不知何人诗）。其传讹习舛如此。

读后哑然。想不到升庵这一条小考证，后来竟应在自己的身上。他大概没有想到自己竟至被人"以银铛锁来滇"；更没有想到志书上把"银铛"误为"银铛"。造化如小儿，真能恶作剧！

我到保山，曾希望找到一点升庵的遗迹，但知道这种可能性不大。王昶《滇行日录》曰：

访杨升庵谪居故址，为今甲仗库。入视之，有楼三楹，坏不可憩矣。楼下有人书三春柳律句，庭前有桃数株。

王昶是乾隆时人，距升庵也不过二百五十年左右，其时已荒败如此，今天升庵遗迹荡然，是不足怪的。所堪庆幸的是，保山保存关于杨升庵的文字资料还不少，保山人对升庵是很有感情的。

遗址不能寻觅，是不是可以择一好风景的地方给升庵盖一个小小的纪念馆？再小一点，叫做纪念室也可以。保山尽多佳山水，难道不能容升庵一席之地么？

升庵著作甚多，据云有七十种。这些著作大都雕印过。是不是可以搜集到两个全份，一份存新都升庵祠，一份存保山？

对于王昺，我觉得也可以整出一份材料，并且也可以给他辟一个纪念馆。馆内陈列，一概依从王昺的观点，不置可否。一个人迫害知识分子，总有他的道理。

一九八七年七月十一日

杜甫草堂·三苏祠·升庵祠

　　几次到成都，总不免要去杜甫草堂。第一次是自己想去，以后都是陪别人。我对杜甫草堂有些失望。我希望能看到一点遗迹。既名草堂，总得有一个草堂。我知道唐代的草堂是不可能保存到今天的，但是以意为之，得其仿佛，重盖几间，总还是可以的。《茅屋为秋风所破歌》的茅屋在哪里呢？没有。"老妻画纸为棋局，稚子敲针作钓钩"大概在一个什么环境里？杜甫是在什么地方观察到"细雨鱼儿出，微风燕子斜"的？都无从想象。现在是一群相当高大轩敞，颇为阔气的建筑。我觉得草堂最好按照杜诗所描绘的样子改建。可以补种杜诗屡次提到的四松，桤木。待客的器皿也可用大邑青瓷，——我想现在都还能买到吧。纪念馆里有不少时贤字画。我想陈列的字画最好有点唐朝风格。字宜选用唐人写经、褚遂良、薛稷、欧阳询、怀素诸人体。现在挂的，画多是大红大绿的大写意，字多剑拔弩张的将军体，与杜甫、与草堂都不谐调。现在那里实际上是一个供人游览的公园。有人一边走，一边提了一架录音机，放邓丽君的流行歌曲。我仿佛看见杜甫躲在竹丛里苦笑。

三苏祠在眉山，情况比杜甫草堂要好得多，祠是苏氏故宅，以宅为祠。东坡文云："家有五亩之宅"，现在扩大了一些。当日房屋，不复存在。现有的都是重建的，但不甚华焕。有一口井，用当地所产红砂岩为井栏。据说这是当年的旧井，现在还能从井里打上水来。正屋西边有一株荔枝树。据说是苏东坡离家时家人所植，想等东坡回来时吃荔枝。东坡四方流寓，没有能吃上家园的荔枝。这株荔枝早已枯死，现在看到的是后来补栽的，现地方还是原来的地方。"祠"的负责人要求写几个字，写了四句诗：

当日家园有五亩，

至今文字重三苏。

红栏旧井犹堪汲，

丹荔重栽第几株？

据后来到三苏祠的人说：眉山招待所的东坡肘子极好。我们那次因为要赶路，未能一尝。

杨升庵是新都人，正德间试进士第一，后获罪谪戍云南永昌。他曾在新都的桂湖住过，死后，乡人在湖上建了升庵祠。他能诗能文，写词曲，还注意搜集古今谣谚，这和我好像有一点关系，我曾经编过《民间文学》，现在在搞戏，于是想去看看。桂湖不甚大，弯曲而长，南岸是一带高岗，三面是平陆。岸上都种了桂花，所以叫做桂湖。升庵祠在北面，不大，三开的大厅。祠内陈设颇朴素。有一些字画碑刻，皆不俗。祠内正准备为升庵立像，让我们参观了许多设计的小样，未能赞一词。在这些泥塑小样前想了四句诗：

　　　　桂湖老桂弄新姿，

　　　　湖上升庵旧有祠。

　　　　一种风流谁得似？

　　　　状元词曲罪臣诗。

　　　　　　　　三月二十一日

260

栈

昔在张家口坝上，听人说北京东来顺涮羊肉用的羊都是从坝上赶下去的（不是用车运去的），赶到了，还要 zhan 几天，才杀，所以特别好。我不知这 zhan 字怎么写，以为是"站"，而且望文生义，以为是让羊站着不动，喂几天。可笑也。后读《清异录》"玉尖面"条：

> 赵宗儒在翰林时，闻中使言："今日早馔玉尖面，用消熊、栈鹿为内馅，上甚嗜之。"问其形制，盖人间出尖馒头也。又问消之说，曰："熊之极肥者曰消，鹿以倍料精养者曰栈。"

这才恍然大悟：此字当写作"栈"，是精饲料喂养的意思。

《清异录》"丑未觛"条云：

予开运中赐丑未觞，法用雍酥、栈羊筒子髓置醇酒中，暖消而后饮。注云："栈羊，圈内饲养的肥羊。"

这也有道理。"栈"本是养牲口的木棚或栅栏。《庄子·马蹄》："编之以皂栈"，陆德明释文引崔撰云："皂，马闲也；栈，木棚也。"这个字更全面的解释应是：用精饲料圈养（即不是牧养）。《水浒传》里有这个字。明容与堂刻本《水浒传》第二十五回：

……郓哥见了，立住了脚，看着武大道："这几时不见你，怎么吃得肥了？"武大歇下担儿道："我只是这般模样，有什么吃得肥处！"郓哥道："我前日要籴些麦稃，一地里没籴处，人都道你屋里有。"武大道："我屋里又不养鹅鸭，哪里有这麦稃！"郓哥道："你没麦稃，你怎地栈得肥胖胖地，便颠倒提起你来也不妨，煮你在锅里也没气！"武大道："含鸟猢狲，倒骂得我好！我的老婆又不偷汉子，我如何是鸭？……"

这个字先秦时就用，元明小说中还有，现代口语中也还活着，其生命可谓长矣。年轻人大概不知道了。即是东来顺的中年以下的师傅也未必知其所以然，但老师傅或者还有晓得的。听说有人要写关于东来顺的小说，那么我向您提供这个字，您也许用得着。——您的小说写成了，哪天在东来顺三楼请客的时候，可别忘了我！

有些字，要用，不知道怎么写，最好查一查，不要以为这个字大概是"有音无字"，随便用一个字代替。其实这是有本字的。我写小说《王全》，有一小段：

> 这地方管缺个心眼叫"俅"，读作"俏"。王全行六，据说有点缺个心眼，故名"俅六"。

这个"俅"字我不知怎么写，写信问了语言学家李荣，李荣告诉了我，并告诉我字的出处，有一本书里有"傻俅不仁"的句子（李荣的复信已失去，出处我忘了）。不错！京剧《李逵负荆》里有一句念白："众家哥弟一个个佯俅而不睬"。"佯俅"是装傻的意思。不过我听几个演员和票友都念成了"佯秋"！

作家和演员都要识字。

一九八六年十二月五日

熬鹰·逮獾子

北京人骂晚上老耗着不睡的人："你熬鹰哪！"北京过去有养活鹰的。养鹰为了抓兔子。养鹰，先得去掉它的野性。其法是：让鹰饿几天，不喂它食；然后用带筋的牛肉在油里炸了，外用细麻线缚紧；鹰饿极了，见到牛肉，一口就吞了；油炸过的牛肉哪能消化呀，外面还有一截细麻线哪；把麻线一拖，牛肉又拖出来了，还拖出了鹰肚里的黄油；这样吞几次，拖几次，把鹰肚里的黄油都拉干净了，鹰的野性就去了。鹰得熬。熬，就是不让它睡觉。把鹰架在胳臂上，鹰刚一迷糊，一闭眼，就把胳臂猛然一抬，鹰又醒了。熬鹰得两三个人轮流熬，一个人顶不住。干嘛要熬？鹰想睡，不让睡，它就变得非常烦躁，这样它才肯逮兔子。吃得饱饱的，睡得好好的，浑身舒舒服服的，它懒得动弹。架鹰出猎，还得给鹰套上一顶小帽子，把眼遮住。到了郊外，一摘鹰帽，鹰眼前忽然一亮，全身怒气不打一处来，一翅腾空，看见兔子的影儿，眼疾爪利，一爪子就把兔子叼住了。

北京过去还有逮獾子的。逮獾子用狗。一般的狗不行，得找大饭庄养的肥狗。有那种人，专门偷大饭庄的狗，卖给逮獾子的主。狗，先得治治它，把它的尾巴给撅了。把狗捆在一条长板凳上，用擀面杖把尾巴使劲一撅，只听见咯巴咯巴咯巴……狗尾巴的骨节都折了。瞧这狗，屎、尿，都下来了。疼啊！干嘛要把尾巴撅了？狗尾巴老摇，到了草窝里，尾巴一摇，树枝草叶窸窸地响，獾子就跑了。尾巴撅了，就只能耷拉着了，不摇了。

你说人有多坏，怎么就想出了这些个整治动物的法子！

逮住獾子了，就到处去喝茶。有几个起哄架秧子，傍吃傍喝的帮闲食客"傍"着，提搂着獾子，往茶桌上一放。旁人一瞧："喝，逮住獾子啦！"露脸！多会等九城的茶馆都坐遍了，脸露足了，獾子也臭了，才再想什么新鲜的玩法。

熬鹰、逮獾子，这都是八旗子弟、阔公子哥儿的"乐儿"。穷人家谁玩得起这个！不过这也是一种文化。

獾油治烧伤有奇效。现在不好淘换了。

三月十三日

狼的母性

香港大概没有狼。

中国很多地方有狼。

绍兴有狼。鲁迅写的祥林嫂的孩子阿毛就是被狼吃了的。

昆明有狼。我在昆明郊区看到一些人家的砖墙上用石炭画了一个一个的白圈,问人:这是干什么?答曰:是防狼的。狼性多疑,它怕中了圈套。

张家口有狼。口外长途车站有一个站名就叫狼窝沟。在张家口想买一件狼皮褥子毫不费事,也很便宜。狼皮褥子可以隔潮,垫了狼皮褥子不易得风湿。我在张家口的沙岭子下放劳动了三年,有一只狼老来偷果园里的葡萄,而且专偷"白香蕉"。白香蕉是葡萄的名种,果粒色白,而有香蕉味道。后来叫一个农业工人用步枪打死了。剖开肚子，一肚子都是白香蕉！

呼和浩特有狼。

大青山狼多。狼多昼伏夜出。有一个在山里打过游击的朋友告诉我："那几年，狼下山，我下山，狼回山，我回山。"有一个游击队员在半山睡着了，一只狼爬到他身上，他惊醒了，两手掐住狼脖子不放，竟把狼掐死了。后来熟人见他都开玩笑："武松打虎，××掐狼。"

游击队在山里行军，发现三只小狼埋在沙坑里，只露出三个小脑袋。一个小战士很奇怪，问人："这是怎么回事？"一个有经验的老战士告诉他："小狼出痘子，母狼就把它们用砂土埋起来，过几天再刨出来。"小战士把三只小狼刨出来，背走了。这一下惹了麻烦：游击队到哪里，母狼跟到哪里。蹲在不远的地方哀叫，一叫一黑夜。又不能开枪打，怕暴露目标。叫了几夜，后来小战士听了老战士的劝，把小狼放了，晚上宿营，才能睡个安生觉。

呼伦贝尔有狼。

海拉尔，离市区不远的山里有一窝狼，两只老狼，三只狼崽子。有一个农民知道了，趁老狼不在的时候把狼崽子掏了。畜产公司收购，大狼一只三十块钱，小狼十五。三只小狼能卖四十五块钱。老狼回来了。就找掏狼崽子的人。找到海拉尔桥头，没办法了。原来这个农民很有经验，知道老狼会循着他身上的气味跟踪的，——狼鼻子非常尖，他到了海拉尔桥就下了河，从河里走了。河水把他的气味冲走了。线索断了。这两只老狼就连夜祸害桥边的村子，咬死了几个孩子。狼急疯了，要报复。后来是动用了解放军，围剿了一夜，才把老狼打死了。

随笔两篇

水母

在中国的北方，有一股好水的地方，往往会有一座水母宫，里面供着水母娘娘。这大概是因为北方干旱，人们对水有一种特殊的感情。为了表达这种感情，于是建了宫，并且创造出一个女性的水之神。水神之为女性，似乎是很自然的事，因为水是温柔的。虽然河伯也是水神，他是男的，但他惯会兴风作浪，时常跟人们捣乱，不是好神，可以另当别论。我在南方就很少看到过水母宫。南方多的是龙王庙。因为南方是水乡，不缺水，倒是常常要大水为灾，故多建龙王庙，让龙王来把水"治"住。

水母娘娘是一个很有特点的女神。

中国的女神的形象大都是一些贵妇人。神是人按照自己的样子创造出来的。女神该是什么样子呢？想象不出。于是从富贵人家的宅眷中取样，这原本也是很自然的事。这些女神大都是宫样盛装，衣裙华丽，体态丰盈，皮肤细嫩。若是少女或少妇，则往往在端丽之中稍带一点妖冶。《封神榜》里的女娲圣像，"容貌端丽，瑞彩翩翩，国色天资，宛然如生：真是蕊宫仙子临凡，月殿嫦娥下世"，竟至使"纣王一见，神魂飘荡，陡起淫心"，可见是并不冷若冰霜。圣像如此，也就不能单怪纣王。作者在描绘时笔下就流露出几分遐想，用语不免轻薄，很不得体的。《水浒传》里的九天玄女也差不多："头绾九龙飞凤髻，身穿金缕绛绡衣。蓝田玉带曳长裙，白玉圭璋擎彩袖。脸如莲萼，天然眉目映云环；唇似樱桃，自在规模端雪体。犹如王母宴蟠桃，却似嫦娥居月殿。"虽然作者在最后找补了两句："正大仙容描不就，威严形象画难成"，也还是挽回不了妖艳的印象。——这二位长得都像嫦娥，真是不谋而合！倾慕中包藏着亵渎，这是中国的平民对于女神也即是对于大家宅眷的微妙的心理。有人见麻姑爪长，想到如果让她来搔搔背一定很舒服。这种非分的异想，是不难理解的。至于中年以上的女神，就不会引起膜拜者的隐隐约约的性冲动了。她们大都长得很富态，一脸的福相，低垂着眼皮，眼观鼻、鼻观心，毫无表情地端端正正地坐着，手里捧着"圭"，圭下有一块蓝色的绸帕垫着，绸帕耷拉下来，我想是不让人看见她的胖手。这已经完全是一位命妇甚至是皇娘了。太原晋祠正殿所供的那位晋之开国的国母，就是这样。泰山的碧霞元君，朝山进香的没有知识的乡下女人称之为"泰山老奶奶"，这称呼实在是非常之准确，因为她的模样就像一个呼奴使婢的很阔的老奶奶，只不过不知为什么成了神了罢了。——总而言之，这些女神的"成份"都是很高的。"文化大革命"中，有一位农民出身当了造反派的头头的干部，带头打碎了很多神像，其中包括一些女神的像。他的理由非常简单明了："她们都是地主婆！"不能说他毫无道理。

水母娘娘异于这些女神。

水母宫一般都很小，比一般的土地祠略大一些。"宫"门也矮，身材高大一些的，要低了头才能进去。里面塑着水母娘娘的金身，大概只有二尺来高。这位娘娘的装束，完全是一个农村小媳妇：大襟的布袄，长裤，布鞋。她的神座不是什么"八宝九龙床"，却是一口水缸，上面扣着一个锅盖，她就盘了腿用北方妇女坐炕的姿势坐在锅盖上。她是半侧着身子坐的，不像一般的神坐北朝南面对"观众"。她高高地举起手臂，在梳头。这"造型"是很美的。这就是在华北农村到处可以看见的一个俊俊俏俏的小媳妇，完全不是什么"神"！

她为什么会成了神？华北很多村里都流传着这样的故事：

有一家，有一个小媳妇。这地方没水。没有河，也没有井。她每天要到很远的地方去担水。一天，来了一个骑马的过路人，进门要一点水喝。小媳妇给他舀了一瓢。过路人一口气就喝掉了。他还想喝，小媳妇就由他自己用瓢舀。不想这过路人咕咚咕咚把半缸水全喝了！小媳妇想：这人大概是太渴了。她今天没水做饭了，这咋办？心里着急，脸上可没露出来。过路人喝够了水，道了谢。他倒还挺通情理，说："你今天没水做饭了吧？""嗯哪！"——"你婆婆知道了，不骂你吗？"——"再说吧！"过路人说："你这人——心好！这么着吧：我送给你一根马鞭子，你把鞭子插在水缸里。要水了，就把马鞭往上提提，缸里就有水了。要多少，提多高。要记住，不敢把马鞭子提出缸口！记住，记住，千万记住！"说完了话，这人就不见了。这是个神仙！从此往后，小媳妇就不用走老远的路去担水了。要用水，把马鞭子提一提，就有了。这可真是"美扎"啦！

一天，小媳妇住娘家去了。她婆婆做饭，要用水。她也照着样儿把马鞭子往上提。不想提过了劲，把个马鞭子一下提出缸口了。这可了不得了，水缸里的水哗哗地往外涌，发大水了。不大会儿功夫，村子淹了！

小媳妇在娘家，早上起来，正梳着头，刚把头发打开，还没有挽上纂，听到有人报信，说她婆家村淹了，小媳妇一听：坏了！准是婆婆把马鞭子拔出缸外了！她赶忙往回奔。到家了，急中生计，抓起锅盖往缸口上一扣，自己腾地一下坐到锅盖上。嘿！水不涌了！

后来，人们就尊奉她为水母娘娘，照着她当时的样子，塑了金身：盘腿坐在扣在水缸上的锅盖上，水退了，她接着梳头。她高高举起手臂，是在挽纂儿哪！

这个小媳妇是值得被尊奉为神的。听到婆家发了大水，急忙就往回奔，何其勇也。抓起锅盖扣在缸口，自己腾地坐了上去，何其智也。水退之后，继续梳头挽纂，又何其从容不迫也。

水母的塑像，据我见到过的，有两种。一种是凤冠霞帔作命妇装束的，俨然是一位"娘娘"；一种是这种小媳妇模样的。我喜欢后一种。

这是农民自己的神，农民按照自己的模样塑造的神。这是农民心目中的女神：一个能干善良且俊俏的小媳妇。

农民对这样的水母不缺乏崇敬，但是并不畏惧。农民对她可以平视，甚至可以谈谈家常。这是他们想出来的，他们要的神，——人，不是别人强加给他们头上的一种压力。

有一点是我不明白的。这小媳妇的功德应该是制服了一场洪水，但是她的"宫"却往往在一股好水的源头，似乎她是这股水的赐予者，这到底是怎么回事呢？这个故事很美，但是这个很美的故事和她被尊奉为"水母"又有什么必然的关系呢？但是农民似乎不对这些问题深究。他们觉得故事就是这样的故事，她就是水母娘娘，无需讨论。看来我只好一直糊涂下去了。

中国的百姓——主要是农民，对若干神圣都有和统治者不尽相同的看法，并且往往编出一些对诸神不大恭敬的故事，这是很有意思的事。比如灶王爷。汉朝不知道为什么把"祀灶"搞得那样乌烟瘴气，汉武帝相信方士的鬼话，相信"祀灶可以致物"（致什么"物"呢？），而且"黄金可成，不死之药可至"。这纯粹是胡说八道。后来不知道怎么一来，灶王爷又和人的生死搭上了关系，成了"东厨司命定福灶君"。但是民间的说法殊不同。在北方的农民的传说里，灶王爷是有名有姓的，他姓张，名叫张三（你听听这名字！），而且这人是没出息的，他因为做了什么见不得人的事（什么事，我忘了）钻进了灶火里，弄得一身一脸乌漆墨黑，这才成了灶王。可惜我记性不好，对这位张三灶王爷的全部事迹已经模糊了。异日有暇，当来研究研究张三兄。

或曰：研究这种题目有什么意义，这和四个现代化有何关系？有的！我们要了解我们这个民族。

一九八四年六月二十三日

葵·薤

小时读汉乐府《十五从军征》，非常感动。

> 十五从军征，八十始得归。道逢乡里人，"里中有阿谁？"——"遥望是君家，松柏冢累累。"兔从狗窦入，雉从梁上飞，中庭生旅谷，井上生旅葵。舂谷持作饭，采葵持作羹，羹饭一时熟，不知贻阿谁。出门东向望，泪落沾我衣。

诗写得平淡而真实，没有一句迸出呼天抢地的激情，但是惨切沉痛，触目惊心。词句也明白如话，不事雕饰，真不像是两千多年前的人写出的作品，一个十来岁的孩子也完全能读懂。我未从过军，接触这首诗的时候，也还没有经过长久的乱离，但是不止一次为这首诗流了泪。

然而有一句我不明白，"采葵持作羹"。葵如何可以为羹呢？我的家乡人只知道向日葵，我们那里叫做"葵花"。这东西怎么能做羹呢？用它的叶子？向日葵的叶子我是很熟悉的，很大，叶面很粗，有毛，即使是把它切碎了，加了油盐，煮熟之后也还是很难下咽的。另外有一种秋葵，开淡黄色薄瓣的大花，叶如鸡脚，又名鸡爪葵。这东西也似不能做羹。还有一种蜀葵，又名锦葵，内蒙、山西一带叫做"蜀蓟"。我们那里叫做端午花，因为在端午节前后盛开。我从来也没听说过端午花能吃，——包括它的叶、茎和花。后来我在济南的山东博物馆的庭院里看到一种戎葵，样子有点像秋葵，开着耀眼的朱红的大花，红得简直吓人一跳。我想，这种葵大概也不能吃。那么，持以作羹的葵究竟是一种什么东西呢？

后来我读到吴其濬的《植物名实图考长编》和《植物名实图考》。吴其濬是个很值得叫人佩服的读书人。他是嘉庆进士，自翰林院修撰官至湖南等省巡抚。但他并没有只是做官，他留意各地物产丰瘠与民生的关系，依据耳闻目见，辑录古籍中有关植物的文献，写成了《长编》和《图考》这样两部巨著。他的著作是我国十九世纪植物学极重要的专著。直到现在，西方的植物学家还认为他绘的画十分精确。吴其濬在《图考》中把葵列为蔬类的第一品。他用很激动的语气，几乎是大声疾呼，说葵就是冬苋菜。

然而冬苋菜又是什么呢？我到了四川、江西、湖南等省，才见到。我有一回住在武昌的招待所里，几乎餐餐都有一碗绿色的叶菜做的汤。这种菜吃到嘴是滑的，有点像莼菜。但我知道这不是莼菜，因为我知道湖北不出莼菜，而且样子也不像。我问服务员："这是什么菜？"——"冬苋菜！"第二天我过到一个巷子，看到有一个年轻的妇女在井边洗菜。这种菜我没有见过。叶片圆如猪耳，颜色正绿，叶梗也是绿的。我走过去问她洗的这是什么菜，——"冬苋菜！"我这才明白：这就是冬苋菜，这就是葵！那么，这种菜作羹正合适，——即使是旅生的。从此，我才算把《十五从军征》真正读懂了。

吴其濬为什么那样激动呢？因为在他成书的时候，已经几乎没有人知道葵是什么了。

蔬菜的命运，也和世间一切事物一样，有其兴盛和衰微，提起来也可叫人生一点感慨，葵本来是中国的主要蔬菜。《诗·邠风·七月》："七月烹葵及菽"，可见其普遍。后魏《齐民要术》以《种葵》列为蔬菜第一篇。"采葵莫伤根"，"松下清斋折露葵"，时时见于篇咏。元代王祯的《农书》还称葵为"百菜之主"。不知怎么一来，它就变得不行了。明代的《本草纲目》中已经将它列入草类，压根儿不承认它是菜了！葵的遭遇真够惨的！到底是什么原因呢？我想是因为后来全国普遍种植了大白菜。大白菜取代了葵。齐白石题画中曾提出"牡丹为花之王，荔枝为果之王，独不论白菜为菜中之王，何也？"其实大白菜实际上已经成"菜之王"了。

幸亏南方几省还有冬苋菜，否则吴其濬就死无对证，好像葵已经绝了种似的。吴其濬是河南固始人，他的家乡大概早已经没有葵了，都种了白菜了。他要是不到湖南当巡抚，大概也弄不清葵是啥。吴其濬那样激动，是为葵鸣不平。其意若曰：葵本是菜中之王，是很好的东西；它并没有绝种！它就是冬苋菜！您到南方来尝尝这种菜，就知道了！

北方似乎见不到葵了。不过近几年北京忽然卖起一种过去没见过的菜：木耳菜。你可以买一把来，做个汤，尝尝。葵就是那样的味道，滑的。木耳菜本名落葵，是葵之一种，只是葵叶为绿色，而木耳菜则带紫色，且叶较尖而小。

由葵我又想到薤。

我到内蒙去调查抗日战争时期游击队的材料，准备写一个戏。看了好多份资料，都提到部队当时很苦，时常没有粮食吃，吃"荄荄"，下面多于括号中注明"（音害害）"。我想："荄荄"是什么东西？再说"荄"读 gāi，也不读"害"呀！后来在草原上有人给我找了一棵实物，我一看，明白了：这是薤。薤音 xie。内蒙、山西人每把声母为 x 的字读成 h 母，又好用叠字，所以把"薤"念成了"害害"。

薤叶极细。我捏着一棵薤，不禁想到汉代的挽歌《薤露》，"薤上露，何易晞，露晞明朝还落复，人死一去何时归？"不说葱上露、韭上露，是很有道理的。薤叶上实在挂不住多少露水，太易"晞"掉了。用此来比喻人命的短促，非常贴切。同时我又想到汉代的人一定是常常食薤的，故尔能近取譬。

北方人现在极少食薤了。南方人还是常吃的。湖南、湖北、江西、云南、四川都有。这几省都把这东西的鳞茎叫做"藠头"。"藠"音"叫"。南方的年轻人现在也有很多不认识这个藠字的。我在韶山参观，看到说明材料中提到当时用的一种土造的手榴弹，叫做"洋藠古"，一个讲解员就老实不客气地读成"洋晶古"。湖南等省人吃的藠头大都是腌制的，或入醋，味道酸甜；或加辣椒，则酸甜而极辣，皆极能开胃。

南方人很少知道藠头即是薤的。

北方城里人则连藠头也不认识。北京的食品商场偶尔从南方运了藠头来卖，趋之若鹜的都是南方几省的人。北京人则多用不信任的眼光端详半天，然后望望然而去之。

我曾买了一些，请几位北方同志尝尝，他们闭着眼睛嚼了一口，皱着眉头说："不好吃！——这哪有糖蒜好哇！"我本想长篇大论地宣传一下藠头的妙处，只好咽回去了。

哀哉，人之成见之难于动摇也！

我写这篇随笔，用意是很清楚的。

第一，我希望年轻人多积累一点生活知识。古人说诗的作用：可以观，可以群，可以怨，还可以多识于草木虫鱼之名。这最后一点似乎和前面几点不能相提并论，其实这是很重要的。草木虫鱼，多是与人的生活密切相关。对于草木虫鱼有兴趣，说明对人也有广泛的兴趣。

第二，我劝大家口味不要太窄，什么都要尝尝，不管是古代的还是异地的食物，比如葵和薤，都吃一点。一个一年到头吃大白菜的人是没有口福的。许多大家都已经习以为常的蔬菜，比如菠菜和莴笋，其实原来都是外国菜。西红柿、洋葱，几十年前中国还没有，很多人吃不惯，现在不是也都很爱吃了么？许多东西，乍一吃，吃不惯，吃吃，就吃出味儿来了。

你当然知道，我这里说的，都是与文艺创作有点关系的问题。

一九八四年六月二十七日

水母宫和张郎像

　　山西太原晋祠在悬瓮山下，从悬瓮山流出一股很粗的泉水，泉名"难老泉"，渊渊不绝，不知流了多少年了。泉流出处不远，有一座亭子，亭里有一块竖匾，文曰"永锡难老"，是明末的小品文作家、书法家同时又是著名的妇科专家的傅青主写的。难老泉是晋水之源。晋水流经之处稻麦丰盛，草木华滋，女郎俊美。山西人对难老泉充满了感激。

　　晋祠很值得一看。有结构独特的圣母殿，殿里有四十二尊宋代彩塑侍女立像，好像都能说话。有全国少有的十字飞梁——十字形的桥。还有许多文物价值很高的古建筑。这里只想说说两件不大为人提起的文物，——姑且也算是文物吧。

　　一件是水母宫，在难老亭的上首。"宫"甚小，只有一间，红墙，穿门低窄，进门得低头。宫里有一座装金的水母塑像，只有二尺许高。这像的特别处是一点都不华贵，只是一个农村的小媳妇，穿的不是凤冠霞帔，只是普通的裤褂。她身下是一口水缸，缸上扣一口锅盖。她就用北方常见的妇女坐炕的姿态，盘膝坐在锅盖上，微侧着身，伸起手来正在挽发髻，神态很从容。

这有个故事：有一个地方，缺水，吃水艰难。这个少妇嫁到这里以后，每天要到很远的地方去挑水。有一天，来了一个过路人，要一点水喝。少妇舀给他一碗，他喝了还要喝。少妇就给他一瓢，由他自己喝。不料他竟把一缸水全喝了。少妇心里着急：今天拿什么做饭呢？这过路人说："我送你一样东西。"他把手里的马鞭子给了她，说："你把鞭子插在水缸里，要水，把鞭子往上提一截，缸里就有水了。可记住，千万不要把鞭子拔出缸外！"说完了，过路人就不见了。有一天小媳妇回娘家去，她婆婆在家，把马鞭子狠劲往上提，一下子拔出缸外。坏了！水不断流出来，村子淹了！小媳妇正在打开头发梳头，听说婆家村子发大水了，赶紧往回奔。急中生智，拿起一口锅盖扣在水缸上，自己腾地往上一坐。水止住了，村子保住了。水退后，小媳妇才顾得上梳头。

第二件是张郎像，在难老亭下首。

难老泉流出后，东边和西边的村子都要用。水要分。怎么分？两边的村子连年打官司、打架。后来有一个地方官想了一个办法，熬了一锅滚开的热油，扔进十个铜钱，说："你们两边各出一个人，伸手到锅里去捞铜钱，哪边捞出几个钱，就分几股水。"东边村走出一个后生，伸手到油锅里捞出了七个铜钱。从此规定：东边用七股水，西边用三股水，永远不再打架，打官司。后人为了纪念小伙子，给他立了一个像。像不大，模样装束完全是一个农民。小伙子姓张，不知道名字，众口相传，叫他张郎。

有关这两件文物的故事当然是不可信的。水母宫我在别处也见过。张郎像则在离太原不远的赵城分水闸边也有一座。但是故事的思想内容却是极其真实的：水对人的生活太重要了。水不够用，要争，甚至用生命去争；水大了，又会泛滥成灾。

香港人吃的水一部分是从大陆送过去的，你们有没有兴趣听听大陆的土著编制出来的关于水的故事？

坝上

风梳着莜麦沙沙地响，

山药花翻滚着雪浪。

走半天见不到一个人，

这就是俺们的坝上。

——旧作《旅途》

　　香港人知道坝上的大概不多，但是不少人知道口蘑。口蘑的集散地在张家口市，但是出产在张家口地区的坝上。

　　张家口地区分坝上、坝下两个部分。我原来以为"坝"是水坝，不是的。所谓坝是一溜大山，齐齐的，远看倒像是一座大坝。坝上坝下，海拔悬殊。坝下七百公尺，坝上一千四，几乎是直上直下。汽车从万全县起爬坡，爬得很吃力。一上坝，就忽然开得轻快起来，撒开了欢。坝上是台地，非常平。北方人形容地面之平，说是平得像案板一样。而且非常广阔，一望无际。坝上下，温度也极悬殊。我上坝在九月初，原来穿的是衬衫，一上坝就披起了薄棉袄。坝上冬天冷到零下四十度。冬天上坝，汽车站都要检查乘客有没有大皮袄，曾经有人冻死在车上过。

坝上的地块极大。多大？说是有人牵了一头黄牛去犁地，犁了一趟回来，黄牛带回一只小牛犊，已经都三岁了！

坝上的农作物也和坝下不同，不种高粱、玉米，种莜麦、胡麻、山药。莜麦和西藏的青稞麦是一类的东西，有点像做麦片的燕麦。这种庄稼显得非常干净，看起来像洗过一样，梳过一样。胡麻开着蓝花，像打着一把一把小伞，很秀气。山药即马铃薯。香港人是见过马铃薯的，但是种在地里的马铃薯恐怕见过的人不多。马铃薯开了花，真是像翻滚着雪浪。

坝上有草原，多马、牛、羊。坝上的羊肉不膻，因为羊吃了野葱，自己已经把膻味解了。据说过去北京东来顺卖涮羊肉的羊都是从坝上赶了去的。——不是用车运，而是雇人成群地赶去的。羊一路走，一路吃草，到北京才不掉膘。

口蘑很奇怪，长在一定的地方，不是到处长。长蘑菇的地方叫做"蘑菇圈"。在草地上远远看去，有一圈草特别绿，那就是蘑菇圈。蘑菇圈是正圆的。蘑菇就长在这一圈草里。——圈里不长，圈外也不长。有人说这地方过去曾扎过蒙古包，蒙古人把吃剩的肉汤、骨头丢在蒙古包周围，这一圈土特别肥，所以长蘑菇。但据研究蘑菇的专家告诉我，兹说不可信。我采过蘑菇。下过雨，出了太阳，空气潮暖，蘑菇就出来了。从土里顶出一个小小的白帽，雪白的。哈，蘑菇！我第一次采到蘑菇，其惊喜不下于小时候第一次钓到一条鱼。

口蘑品种很多。伞盖背面菌丝作紫黑色的，叫"黑片蘑"，品最次。比较名贵的是青腿子、鸡腿子、白蘑。我曾亲自采到一个白蘑，晾干了，带回北京。一个白蘑做了一大碗汤，一家人都喝了，都说："鲜极了！"口蘑要干制了才好吃，鲜口蘑不好吃，不像云南的鸡𡎰或冬菇。我在井冈山吃过才摘的鲜冬菇，风味绝佳，无可比拟。

坝上还出百灵。过去有那种游手好闲，不好好种地的人，即靠采蘑菇和扣百灵为生。百灵为什么要"扣"呢？因为它是落在地面上的。百灵的爪子不能拳曲，不能栖息在树上，——抓不住树枝。养百灵的笼里不要栖棍，只有一个"台"，百灵想唱歌，就登台表演。至于怎样"扣"，我则未闻其详。关里的百灵很多都是从"口外"去的。但是口外百灵到了关里得经过一段时间的调教，否则它叫起来带有口外的口音。咦，鸟还有乡音呀？

《戏联选萃》序

　　高邮金实秋承其家学，长于掌故，钩沉爬梳，用功甚勤。他搜集了很多戏台上用的对联，让我看看。我觉得这是有意思的工作。

　　从不少对联中可以看出中国人的历史观和戏剧观。有名的对联是"戏台小天地，天地大戏台"。这和莎士比亚的名句"整个世界是一座舞台，所有的男男女女只不过是演员"，极其相似。古今中外，人情相通如此。这是一条比较文学的重要资料。"上场应念下场日，看戏无非做戏人"，莎士比亚也说过类似的话："每个人物都有上场和下场"，但似无此精炼。中国汉字繁体字的戏字，左从虚，右从戈，于是很多对联便在这上面做文章。大意无非是：万事皆属虚空，何必大动干戈！其实古汉字的戏字，左旁是

"虘"，属"虚"是后起的异体字，不过后来写成"虚"了，就难怪文人搞这种拆字的游戏。虽是拆字，但也反映出一种对于人生的态度。有些对联并不拆字，也表现了近似的思想，如："功名富贵镜中花，玉带乌纱，回头了千秋事业；离合悲欢皆幻梦，佳人才子，转眼间百岁风光"，如："牛鬼蛇神空际色，丁歌甲舞镜中花"。有的写得好像很有气魄，粪土王侯，睥睨才士，一切都不在话下，如清代纪昀的长联："尧舜生，汤武净，五霸七雄丑角耳，汉祖唐宗，也算一时名角，其余拜将封侯，不过掮旗打伞跑龙套；四书白，五经引，诸子百家杂曲也，李白杜甫，能唱几句乱弹，此外咬文嚼字，都是求钱乞食耍猴儿。"这位纪老先生大概多吃了几杯酒，嬉笑怒骂，故作大言。他真能看得这样超脱么？未必！有不少对联是肯定戏曲的社会功能的。或强调其教育作用，如"借虚事指点实事，托古人提醒今人"；或强调其认识作用，如"有声画谱描人物，无字文章写古今"。有的正面劝人作忠臣孝子，即所谓"高台教化"了，曾国藩、左宗棠所写的对联都如此。他们的对联都很拙劣。倒是昔年北京同乐轩戏园的对联，我以为比较符合戏曲的艺术规律："作廿四史观，镜中人呼之欲出；当三百篇读，弦外意悠然可思。"至于贵阳江南会馆戏台的对联："花深深，柳阴阴，听隔院声歌，且凉凉去；月浅浅，风翦蓊，数高城更鼓，好缓缓归"，这样的对看戏的无功利态度，我颇欣赏。这种曾点式的对生活的无追求的追求，乃是儒家正宗。

中国的演戏是人神共乐。最初是演给神看的，是祭典的一个组成部分。《九歌》可以看作是戏剧的雏形，《湘君·湘夫人》已经有一点情节，有了戏剧动作（希腊戏剧原来也是演给神看的）。各地固定的戏台多属"庙台"。城隍庙、火神庙、土地庙、观音庙，都可以有戏台。我小时候常看戏的地方是泰山庙、炼阳观和城隍庙。这些庙台台口的柱子上多半有对联。这些对联多半是上联颂扬该庙菩萨的盛德，下联说老百姓可以沾光看戏。庙台对联要庄重，写得好的很少。有时演戏是专门为了一种灾祸的消弭而谢神的，水灾、旱灾、火灾之后，常常要演几天戏。有一副酬雨神的戏台楹联："小雨一犁，这才是天随人愿；大戏五日，也不过心到神知"，写得很潇洒，很有点幽默感，作者对演戏酬神并不看得那么认真，所以可贵。这应该算是戏联里的佳作。甚至闹蝗虫也可以演戏，这是我以前不知道的。武进奔牛镇捕蝗演戏戏台的对子："尔子孙绳绳，民弗福也，幸毋集翼于原田每每；我黍稷郁郁，神其保诸，报以拊缶而歌呼乌乌"，写得也颇滑稽。大概制联的名士对唱戏驱蝗也是不大相信的。这副对联"不丑"。

很多会馆都有戏台。北京虎坊桥福州馆的戏台是北京迄今保存得比较完好的古戏台之一。会馆筑台唱戏，一是为联络乡谊，二是为了谢神。广西两粤会馆戏台台联："百粤两省廿七部诸同乡，于时语言，于时庐旅；五声六律十二宫大合乐，可与酬酢，可与祐神"，说出了会馆演戏的作用（会馆演戏常是邀了本乡的班子来演的）。宋元以后，商业经济兴起，形成行帮。行，是不同行业，帮则与地域有关。一都市的某一行业，常为某地区商人匠人所把持，于是出现了许多同乡会——会馆，这是他们生存竞争的相当坚实的组织。许多会馆戏台的对联给我们提供了解这方面情况的资料。俞曲园是为会馆戏台制联的高手。会馆戏台台联一般都要同时叩合异地和本土的风光，又要和演剧相关联，不易工稳；但又几乎成为固定的格式，少有新意。

　　三百六十行，都有行会。他们定期集会，也演戏，一般都在祖师爷的生日。行会酬神戏台的对联有些写得不即不离，句句说的是本行，而又别有寄托，如酒业戏台联："正值柳梢青，乍三叠歌来，劝君更进一杯酒；如逢李太白，便百篇和去，与尔同销万古愁"，铁器行戏台联："装成千古化身，铁马金戈，总是坚心炼就；演出一场关目，风情火性，无非巧手得来"，都是如此。

　　春夏秋冬，四时演戏，都有台联，大都工巧。

后来有了专业营业性的剧场，就和谢神、联谊脱离了关系，舞台的台联也大都只谈艺术了。有些戏联是与剧种、剧目有关的。有的甚至只涉及某个演员。

对联是中国特有的文学形式（一九三九年我路过越南时曾看到寺庙里也有对联，但我全不认识，虽然横竖撇捺也像是汉字，但结构比汉字繁复，不知是什么字）。这跟汉语、汉字的特点是有关系的。它得是表意的，单音缀的，并且是有不同调值（平上去入）的，才能搞出对联这种花样。在极其有限的篇幅里要表达广阔的意义，有情有景，还要形成双比和连属，确实也不容易。相当多的对联是陈腐的，但也有十分清新可喜的。戏联因为是挂在戏台上让读书不多的市民看的，大都致力于通俗，常用口语，如"大戏五日，也不过心到神知"即是，这是戏联的一个特点。

我觉得戏联至少有两方面的价值，一是民俗学方面的，一是文学方面的。

实秋索序，我对戏联没有深入的研究，只能略抒读后的感想，如上。

一九八六年十二月二十八日于北京蒲黄榆路寓楼

《市井小说选》序

    作家出版社要我为《市井小说选》写一篇序。我没有留心过这方面的问题，连"市井小说"这个词儿也是头一回听说，说点什么呢？

    "市井小说"写的多半是市民，为什么不就叫"市民小说"？我想大概是要和"市民文学"区别开来。"市民文学"是一个历史的概念。这是产生在封建时期，应手工业者和商人的要求而兴起的文学，反映他们的社会生活和家庭生活的悲欢离合。唐人小说开其端，宋人话本达到高潮。"市井小说"和这些不一样。"市井小说"不是《今古奇观》、"三言二拍"，主要的分别在思想。"市民文学"对封建秩序有所抨击，但本身具有很大的封建性。"市井小说"兴起于"五四"以后，"市井小说"的作者有意识或不太意识是广义的社会主义者。"市井小说"是社会主义文学。"市民文学"的作者的思想和他们所描写的人物是在一个水平上的，作者的思想常常就是人物的思想，即市民思想。"市井小说"作者的思想在一个更高的层次。他们对市民的生活观察角度是俯视的，因此能看得更为真切，更为深刻。

"市井小说"没有史诗，所写的都是小人小事。"市井小说"里没有"英雄"，写的都是极其平凡的人。"市井小说"嘛，都是"芸芸众生"。芸芸众生，大量存在，中国有多少城市，有多少市民？他们也都是人，就应该对他们注视，从"人"的角度对他们的生活观察、思考、表现。

现代市民的生活和他们的思想意识和历史上的市民有一定的继承性。他们社会地位不高，财力有限，辛苦劳碌，差堪温饱。他们有一些朴素的道德标准，比如安分、敬老、仗义、爱国。他们有一些人有的时候会表现出难能的高贵品质。但是贤愚不等，流品很杂。正因如此，才有所谓"市井百态"，才值得一看。他们的生活是平淡的，但因时势播迁，他们也会有许多奇奇怪怪、坑坑洼洼的遭遇。"市井小说"作者的笔下，往往对他们寄与同情。但是这些人是属于浅思维型的。他们只能想怎样活着（这对他们是不易的）；而想不到人为什么活着（这对他们来说太深奥了）。他们的思想上升不到哲学的高度。他们是庸俗的。"市俗"，市和俗总是联在一起的。他们的行事往往是可笑的，因此"市井小说"大都带有喜剧性，有些近于"游戏文章"。有谐谑，但不很尖刻；有嘲讽，但比较温和。市民是一个不活跃的阶层，他们是封闭的，保守的。他们缺乏冒险、探索，特别是缺乏叛逆精神，他们大都是"当了一辈子顺民"。他们既是社会的稳定因素，又是时代的负累。但是这是怎样造成的？有什么办法能使他们改变这种情况？谁也开不出一个药方。因此，"市井小说"在轻松玩世的后面隐伏着悲痛。

"市井小说"是复杂的，我的以上的分析大概没有准确的概括性，姑妄言之而已。

"市井小说"和"市民文学"是有渊源的。两者都爱穿插风物节令的描写，可作民俗学的资料。所不同处是"市民文学"中有大量的色情描写，而"市井小说"似乎没有继承这个传统。"市井小说"的语言一般是朴素、通俗的。多数"市井小说"的语言接近口语，句式和辞汇都与所表现的人物能相协调。在叙述方法上比较注意起承转合，首尾呼应。"时空交错"、"意识流"，很少运用。但是上乘的"市井小说"力避"市民文学"的套子。这些作者以俗为雅，以故为新，他们在探索一种具有浓厚的民族色彩但并不陈旧的文体。

"市井小说"和"军事文学"、"农村文学"……是并行的。如果它们有对立面，那可能是贵族文学或书斋文学，是普鲁士特、亨利·詹姆士、弗琴妮亚·沃尔芙。"市井小说"的作者不用他们的方法写作，虽然他们并不排斥普鲁士特、詹姆士、沃尔芙。

从这本选集看，实际可分上下两辑。上辑大都是三十年代以前的，下辑是五十年代后期至八十年代的，当中缺了一段。为什么会缺了一段？这很值得深思。"市井小说"到了七八十年代又接续上，这说明我们的文学不限于写"工农兵"了。这些小说的出版至少证明我们的写作题材领域拓宽了一步，无论如何，这是好事。

一九八八年一月六日

从桂林山水说到电视连续剧《红楼梦》

应首届漓江旅游文学笔会之邀去了一趟桂林。"桂林山水甲天下"，名不虚传。我到过一些风景名胜地区，看了之后，有时会感到失望，觉得盛名之下其实难副，累得腰酸腿疼，殊不值得。桂林不是这样。市境内即多山。屋后路边，随时可以忽然冒出来一座山，拔地而起，形状奇特，匪夷所思。由桂林往阳朔，船行在漓江里，两岸皆山。近山远山，重重叠叠，浓浓淡淡，彼此相望相携，相扶相倚，连绵不断，而皆有特点，无一雷同。坐在船顶，左顾右盼，真是应接不暇。那天下了雨。烟雨漓江，更增画意。参加笔会，免不了要发言，还要当场写字，应急的办法，是临时凑几句旧诗。在赴闭幕式之前，想了四句：

山皆奇特如盆景，

水尽温柔似女郎。

山水真堪天下甲，

桂林小住不思乡。

头一句写得很笨拙，也太实了，只是得其形似而已。第二句稍微有点意思。桂林的水的确是很温柔，和我前不久在云南看到的怒江大不一样。怒江真当得一个怒字，山险流急。

离开广西时曾想用文字捉住漓江之游的印象，枯坐多时，毫无办法。

描摹清景入新词，

烟雨漓江欲霁时。

待寄所思无一字，

桂林宜画不宜诗。

由此我想到游记其实是很难写的。"状难状之景如在目前"，事实上很难办到。郦道元《水经注》写三峡："两岸连山，略无缺处，自非停午夜分，不见曦月"，可以说把三峡写绝了，然而也只能调动读者的想象，不会读了之后就如同到过三峡一样。具体地重现风景，绘画要比文学更具优越性。同样，调动人们对风景的想象和向往，有时文学优于绘画。各有所长，各有所短，分工不同，性能各异。彼此可以相通，不能代替。王摩诘诗中有画，画中有诗，但是他的画仍是画，诗仍是诗。

各类艺术，都是这样。比如电影和小说。电影常改编小说，电影也可以小说化，但是电影不是小说。小说的特点是作者的叙述语言起绝对作用，而电影是一次性的镜头艺术，画面不可能代替小说作者的叙述语言。有人说凌子风拍的《边城》没有充分表达沈从文的风格，固也；然而我觉得拍成那样就算不易。《边城》的结尾："这个人也许永远不回来了，也许明天回来！"这在电影里怎么表现呢？

由此，我想到电视连续剧《红楼梦》。对这部电视剧评价不一。有人说好。有人说这是《红楼梦》连环画，有人说这是"郊区版"《红楼梦》，未免有些挖苦。相当多的人说：这不是《红楼梦》。我想说一句公道话：这本来就不是《红楼梦》。电视剧《红楼梦》的优劣姑且不论，但这是电视剧，不是小说。可以从电视剧的角度对它评价，但不能要求它全像小说。可以说长道短，不要强人所难。

字的灾难

北京人遭到一场字的灾难。

从前在北京上街，遇不到这样多的字。看到一些字，是很愉快的。到琉璃厂一带看看"青藜阁"之类的旧书店、各家南纸店的招牌，是一种享受。这些匾大小合适，制作讲究而朴素，字体清雅无火气。经过卖藤萝饼的"正明斋"，卖帽子的"同陞和"，招牌上骨力强劲而并不霸悍的大字会使人放慢脚步多看两眼。许多不大的铺子门前，还能看到"有匾皆书堂"的王堷的稍带行书笔意的欧体字，虽多，但不俗。东单牌楼香烛店的"细心坚烛、诚意高香"，西单牌楼桂香村的"味珍鸡蹠、香渍豚蹄"，那字也看得过去。就是煤铺门外粉壁上的"乌金墨玉、石火光恒"，写的也并非"酱肘子字"。北京牌匾的字多可看，让人觉得北京真是"文化城"，有文化。

现在可不然了。满街都是字。许多店铺把所卖的货物用红漆写在门前的白墙上，更多的是用塑料刻的字反贴在橱窗的大玻璃上。一个五金交电公司，可以把阀门、导管、扁线、圆线、开关、变压器……一塌刮子都标明在橱窗上，写得满满的。这是干什么？如果是中药店呢？是不是要把人参、鹿茸、甘草、黄芪、防风、连翘、肉桂、厚朴、槟榔、通草、福橘络、兔丝子……都写在橱窗上？再加上到处的菜摊都用竖立的黑板，白粉大书："尤芽"；所有的小饭馆都在门外矗着一个红漆的牌子，用黄色的广告色写道："涮羊肉"，于是北京到处是字，喧嚣哄闹，一塌胡涂。

"文化大革命"以后，逐渐恢复了请人写招牌的风气，这本是好事。我很欣赏天桥实惠餐馆的一块很小的匾，黑地绿字，写的是繁体字，笔画如兰叶，稍带分书笔意，却不作蚕头燕尾，字体微长，横平竖直，很雅致。大字里最好的我以为是"懋隆"，只有两个字。这两个字笔划都多，本不好摆，但是位置摆得恰好，很稳，而且笔到墨到，流畅饱满。我最初怀疑这是集的郑孝胥的字，后来看加了款，是赵朴初写的（落款有损"画面"的完整，没有原来的好看了）。赵朴老的匾还有一块写得很好的是"功德林"（这是一

300

个素菜馆）。启功写的匾，我以为最好看的是"洞庭春酒家"，不大，黑地金字，放在一个垂花门里，真是美极了。启功老的字书生气重，放得太大，易显得单薄，这样大小正合适。陈叔老（亮）的字功力深厚，虽枯实腴，但笔稍瘦，又喜作行草，于牌匾不甚相宜。如为"鸿霞"写的一块，字很好，但那"霞"字写得很草，恐怕很多人不认得。近二三年，写的字在商店、公司、餐厅间最时行的，似是刘炳森和李铎。他们是中年书法家。刘炳森的字我在京西宾馆看过两个条幅，隶书，规规矩矩，笔也提得起，是汉隶，很不错。但是他写的招牌笔却是扁的，完全如包世臣所说："毫铺纸上"，不知是写时即是这样，还是做招牌做成了这样？他的字常被用氧化铝这类的金属贴面，表面平滑，锃光瓦亮，越发显得笔很扁。隶书是不宜用这样的"工艺"处理的。李铎的字我在卧龙冈武侯祠看到过一副对联，字很潇洒，用笔犹有晋人意（不知我有没有记错）。但他近年的字变了，用笔捩转，结体险怪，字有怒气。这种字写八尺甚至丈二匹的大横幅，很有气势，但作商店的招牌不甚相宜。抬头看见几个愤愤不平的大字，也许会使顾客望而却步。刘炳森和李铎的字在商业界似乎已经产生一种迷信，似乎有了这样的字的招牌，这个买卖才算个像样的买卖，有如过去上海的银楼、绸缎庄都得请武进唐驼写一块匾，天津则粮食店、南货店都得请华世奎写一样。刘炳森和李铎应该意识到自己的社会责任，除了照顾老板、经理的商业心理（他们的字写成某种样子可能受了买主的怂恿），也照顾一下市民的审美心理。你们有没有意识到，你们的字对北京的市容是有影响的？

北京街上字多，而且越来越大，五颜六色，金光闪闪，这反映了北京人的一种浮躁的文化心理。希望北京的字少一点，小一点，写得好一点，使人有安定感，从容感。这问题的重要性不下于加强绿化。

自报家门

京剧的角色出台，大都有一段相当长的独白。向观众介绍自己的历史，最近遇到什么事，他将要干什么，叫做"自报家门"。过去西方戏剧很少用这种办法。西方戏剧的第一幕往往是介绍人物，通过别人之口互相介绍出剧中人。这实在很费事。中国的"自报家门"省事得多。我采取这种办法，也是为了图省事，省得麻烦别人。

法国安妮·居里安女士打算翻译我的小说。她从波士顿要到另一个城市去，已经订好了飞机票。听说我要到波士顿，特意把机票退了，好跟我见一面。她谈了对我的小说的印象，谈得很聪明。有一点是别的评论家没有提过，我自己从来没有意识到的。她说我很多小说里都有水。《大淖记事》是这样。《受戒》写水虽不多，但充满了水的感觉。我想了想，真是这样。这是很自然的。我的家乡是一个水乡，江苏北部一个不大的城市——高邮。在运河的旁边。运河西边，是高邮湖。城的地势低，据说运河的河底和城墙垛子一般高。我们小时候到运河堤上去玩，可以俯瞰堤下人家的屋顶。因此，常常闹水灾。县境内有很多河道。出城到乡镇，大都是坐船。农民几乎家家都有船。水不但于不自觉中成了我的一些小说的背景，并且也影响了我的小说的风格。水有时是汹涌澎湃的，但我们那里的水平常总是柔软的，平和的，静静地流着。

我是一九二〇年生的。三月五日。按阴历算，那天正好是正月十五，元宵节。这是一个吉祥的日子。中国一直很重视这个节日。到现在还是这样。到了这天，家家吃"元宵"，南北皆然。沾了这个光，我每年的生日都不会忘记。

我的家庭是一个旧式的地主家庭。房屋、家具、习俗，都很旧。整所住宅，只有一处叫做"花厅"的三大间是明亮的，因为朝南的一溜大窗户是安玻璃的。其余的屋子的窗格上都糊的是白纸。一直到我读高中时，晚上有的屋里点的还是豆油灯。这在全城（除了乡下）大概找不出几家。

我的祖父是清朝末科的"拔贡"。这是略高于"秀才"的功名。据说要八股文写得特别好，才能被选为"拔贡"。

304

他有相当多的田产，大概有两三千亩田。还开着两家药店，一家布店，但是生活却很俭省。他爱喝一点酒，酒菜不过是一个咸鸭蛋，而且一个咸鸭蛋能喝两顿酒。喝了酒有时就一个人在屋里大声背唐诗。他同时又是一个免费为人医治眼疾的眼科医生。我们家看眼科是祖传的。在孙辈里他比较喜欢我。他让我闻他的鼻烟。有一回我不停地打嗝，他忽然把我叫到跟前，问我他吩咐我做的事做好了没有。我想了半天，他吩咐过我做什么事呀？我使劲地想。他哈哈大笑："嗝不打了吧！"他说这是治打嗝的最好的办法。他教过我读《论语》，还教我写过初步的八股文，说如果在清朝，我完全可以中一个秀才（那年我才十三岁）。他赏给我一块紫色的端砚，好几本很名贵的原拓本字帖。一个封建家庭的祖父对于孙子的偏爱，也仅能表现到这个程度。

我的生母姓杨。杨家是本县的大族。在我三岁时，她就死去了。她得的是肺病，早就一个人住在一间偏屋里，和家人隔离了。她不让人把我抱去见她。因此我对她全无印象。我只能从她的遗像（据说画得很像）上知道她是什么样子，另外我从父亲的画室里翻出一摞她生前写的大楷，字写得很清秀。由此我知道我的母亲是读书的。她嫁给我父亲后还能每天写一张大字，可见她还过着一种闺秀式的生活，不为柴米操心。

我父亲是我所知道的一个最聪明的人。多才多艺。他不但金石书画皆通，而且是一个擅长单杠的体操运动员，一名足球健将。他还练过中国的武术。他有一间画室，为了用色准确，裱糊得"四白落地"。他后半生不常作画，以"懒"出名。他的画室里堆积了很多求画人送来的宣纸，上面都贴了一个红签："敬求法绘，赐呼××"。我的继母有时提醒："这几张纸，你该给人家画画了"，父亲看看红签，说："这人已经死了。"每逢春秋佳日，天气晴和，他就打开画室作画。我非常喜欢站在旁边看他画，对着宣纸端详半天。先用笔杆的一头或大拇指指甲在纸上划几道，决定布局，然后画花头、枝干、布叶、勾筋。画成了，再看看，收拾一遍，题字，盖章，用摁钉钉在板壁上，再反复看看。他年轻时曾画过工笔的菊花。能辨别、表现很多菊花品种。因为他是阴历九月生的，在中国，习惯把九月叫做菊月，所以对菊花特别有感情。后来就放笔作写意花卉了。他的画，照我看是很有功力的。可惜局处在一个小县城里，未能浪游万里，多睹大家真迹。又未曾学诗，题识多用成句，只成"一方之士"，声名传得不远。很可惜！他学过很多乐器，笙箫管笛、琵琶、古琴都会。他的胡琴拉得很好。几乎所有的中国乐器我们家都有过。包括唢呐、海笛。他吹过的箫和笛子是我一生中见过的最好的箫笛。他的手很巧，心很细。我母亲的冥衣（中国人相信人死了，在另一个世界——阴间还要生活，故用纸糊制了生活用物烧了，使死者可以"冥中收用"，统称冥器。）是他亲手糊的。他选购了各种砑花的色纸，糊了很多套，四季衣裳，单夹皮棉，应有尽有。"裘皮"剪得极细，和真的一样，还能分出羊皮、狐皮。他会糊风筝。有一年糊了一个蜈蚣——这是风筝最难的一种，带着儿女到麦田里去放。蜈蚣在天上矫矢摆动，跟活的一样。这是我永远不能忘记的一天。他放蜈蚣用的是胡琴的"老弦"。用琴弦放风筝，我还未见过第二人。他养过鸟，养过蟋蟀。他用钻石刀把玻璃裁成小片，再用胶水一片一片逗拢粘固，做成小船、小亭子、八面玲珑绣球，在里面养金铃子——一种金色的小昆虫，磨翅发声如金铃。我父亲真是一个聪明人。如果我还不算太笨，大概跟我从父亲那里接受的遗传因子有点关系。我的审美意识的形成，跟我从小看他作画有关。

我父亲是个随便的人，比较有同情心，能平等待人。我十几岁时就和他对座饮酒，一起抽烟。他说："我们是多年父子成兄弟"。他的这种脾气也传给了我。不但影响了我和家人子女、朋友后辈的关系，而且影响了我对我所写的人物的态度以及对读者的态度。

我的小学和初中是在本县读的。

小学在一座佛寺的旁边，原来即是佛寺的一部分。我几乎每天放学都要到佛寺里逛一逛，看看哼哈二将、四大天王、释迦牟尼、迦叶阿难、十八罗汉、南海观音。这些佛像塑得很生动。这是我的雕塑艺术馆。

从我家到小学要经过一条大街，一条曲曲弯弯的巷子。我放学回家喜欢东看看，西看看，看看那些店铺、手工作坊、布店、酱园、杂货店、爆仗店、烧饼店、卖石灰麻刀的铺子、染坊……我到银匠店里去看银匠在一个模子上錾出一个小罗汉，到竹器厂看师傅怎样把一根竹竿做成箍草的箍子，到车匠店看车匠用硬木车旋出各种形状的器物，看灯笼铺糊灯笼……百看不厌。有人问我是怎样成为一个作家的，我说这跟我从小喜欢东看看西看看有关。这些店铺、这些手艺人使我深受感动，使我闻嗅到一种辛劳、笃实、轻甜、微苦的生活气息。这一路的印象深深注入我的记忆，我的小说有很多篇写的便是这座封闭的、退色的小城的人事。

初中原是一个道观，还保留着一个放生鱼池。池上有飞梁（石桥），一座原来供奉吕洞宾的小楼和一座小亭子。亭子四周长满了紫竹（竹竿深紫色）。这种竹子别处少见。学校后面有小河，河边开着野蔷薇。学校挨近东门，出东门是杀人的刑场。我每天沿着城东的护城河上学、回家，看柳树，看麦田，看河水。

我自小学五年级至初中毕业，教国文的都是一位姓高的先生。高先生很有学问，他很喜欢我。我的作文几乎每次都是"甲上"。在他所授古文中，我受影响最深的是明朝大散文家归有光的几篇代表作。归有光以轻淡的文笔写平常的人物，亲切而凄婉。这和我的气质很相近，我现在的小说里还时时回响着归有光的余韵。

我读的高中是江阴的南菁中学。这是一座创立很早的学校，至今已有百余年历史。这个学校注重数理化，轻视文史。但我买了一部词学丛书，课余常用毛笔抄宋词，既练了书法，也略窥了词意。词大都是抒情的，多写离别。这和少年人每易有的无端感伤情绪易于相合。到现在我的小说里还带有一点隐隐约约的哀愁。

读了高中二年级，日本人占领了江南，江北危急。我随祖父、父亲在离城稍远的一个村庄的小庵里避难。在庵里大概住了半年。我在《受戒》里写了和尚的生活。这篇作品引起注意，不少人问我当过和尚没有。我没有当过和尚。在这座小庵里我除了带了准备考大学的教科书，只带了两本书，一本《沈从文小说选》，一本屠格涅夫的《猎人日记》。说得夸张一点，可以说这两本书定了我的终身。这使我对文学形成比较稳定的兴趣，并且对我的风格产生深远的影响。我父亲也看了沈从文的小说，说："小说也是可以这样写的？"我的小说也有人说是不像小说，其来有自。

一九三九年，我从上海经香港、越南到昆明考大学。到昆明，得了一场恶性疟疾，住进了医院。这是我一生第一次住院，也是唯一的一次。高烧超过四十度。护士给我注射了强心针，我问她："要不要写遗书？"我刚刚能喝一碗蛋花汤，晃晃悠悠进了考场。考完了。一点把握没有。天保佑，发了榜，我居然考中了第一志愿：西南联大中国文学系！

我成不了语言文字学家。我对古文字有兴趣的只是它的美术价值——字形。我一直没有学会国际音标。我不会成为文学史研究者或文学理论专家，我上课很少记笔记，并且时常缺课。我只能从兴趣出发，随心所欲，乱七八糟地看一些书。白天在茶馆里，夜晚在系图书馆。于是，我只能成为一个作家了。

不能说我在投考志愿书上填了西南联大中国文学系是冲着沈从文去的，我当时有点恍恍惚惚，缺乏任何强烈的意志。但是"沈从文"是对我很有吸引力的，我在填表前是想到过的。

沈先生一共开过三门课：各体文习作、创作实习、中国小说史，我都选了。沈先生很欣赏我。我不但是他的入室弟子，可以说是得意高足。

沈先生实在不大会讲课。讲话声音小，湘西口音很重，很不好懂。他讲课没有讲义，不成系统，只是即兴的漫谈。他教创作，反反复复，经常讲的一句话是：要贴到人物来写。很多学生都不大理解这是什么意思。我是理解的。照我的理解，他的意思是：在小说里，人物是主要的，主导的，其余的都是次要的，派生的。作者的心要和人物贴近，富同情，共哀乐。什么时候作者的笔贴不住人物，就会虚假。写景，是制造人物生活的环境。写景处即是写人，景和人不能游离。常见有的小说写景极美，但只是作者眼中之景，与人物无关。这样有时甚至会使人物疏远。即作者的叙述语言也须和人物相协调，不能用知识分子的语言去写农民。我相信我的理解是对的。这也许不是写小说唯一的原则（有的小说可以不着重写人，也可以有的小说只是作者在那里发议论），但是是重要的原则。至少在现实主义的小说里，这是重要原则。

沈先生每次进城（为了躲日本飞机空袭，他住在昆明附近呈贡的乡下，有课时才进城住两三天），我都去看他。还书、借书，听他和客人谈天。他上街，我陪他同去，逛寄卖行，旧货摊，买耿马漆盒，买火腿月饼。饿了，就到他的宿舍对面的小铺吃一碗加一个鸡蛋的米线。有一次我喝得烂醉，坐在路边，他以为是一个生病的难民，一看，是我！他和几个同学把我架到宿舍里，灌了好些酽茶，我才清醒过来。有一次我去看他，牙疼，腮帮子肿得老高，他不说一句话，出去给我买了几个大橘子。

我读的是中国文学系，但是大部分时间是看翻译小说。当时在联大比较时髦的是 A.纪德，后来是萨特。我二十岁开始发表作品。外国作家我受影响较大的是契诃夫，还有一个西班牙作家阿索林。我很喜欢阿索林，他的小说像是覆盖着阴影的小溪，安安静静的，同时又是活泼的、流动的。我读了一些茀金妮亚·沃尔芙的作品，读了普特斯特小说的片段。我的小说有一个时期明显地受了意识流方法的影响，如《小学校的钟声》、《复仇》。

离开大学后，我在昆明郊区一个联大同学办的中学教了两年书。《小学校的钟声》和《复仇》便是这时写的。当时没有地方发表。后来由沈先生寄给上海的《文艺复兴》，郑振铎先生打开原稿，发现上面已经叫蠹虫蛀了好些小洞。

一九四六年初秋，我由昆明到上海。经李健吾先生介绍，到一个私立中学教了两年书。一九四八年初春离开。这两年写了一些小说，结为《邂逅集》。

到北京，失业半年，后来到历史博物馆任职。陈列室在午门城楼上，展出的文物不多，游客寥寥无几。职员里住在馆里的只有我一个人。我住的那间据说原是锦衣卫值宿的屋子。为了防火，当时故宫范围内都不装电灯，我就到旧货摊上买了一盏白瓷罩子的古式煤油灯。晚上灯下读书，不知身在何世。北京一解放，我就报名参加了四野南下工作团。

我原想随四野一直打到广州，积累生活，写一点刚劲的作品。不想到武汉就被留下来接管文教单位，后来又被派到一个女子中学当副教导主任。一年之后，我又回到北京，到北京市文联工作。一九五四年，调中国民间文艺研究会。

自一九五○年至一九五八年，我一直当文艺刊物编辑。编过《北京文艺》、《说说唱唱》、《民间文学》。我对民间文学是很有感情的。民间故事丰富的想象和农民式的幽默，民歌比喻的新鲜和韵律的精巧使我惊奇不置。但我对民间文学的感情被割断了。一九五八年，我被错划成右派，下放到长城外面的一个农业科学研究所劳动，将近四年。

这四年对我来说是很重要的。我和农业工人（即是农民）一同劳动，吃一样的饭，晚上睡在一间大宿舍里，一铺大炕（枕头挨着枕头，虱子可以自由地从最东边一个人的被窝里爬到最西边的被窝里）。我比较切实地看到中国的农村和中国的农民是怎么回事。

一九六二年初，我调到北京京剧团当编剧，一直到现在。

我二十岁开始发表作品，今年六十九岁，写作时间不可谓不长。但我的写作一直是断断续续，一阵一阵的，因此数量很少。过了六十岁，就听到有人称我为"老作家"，我觉得很不习惯。第一，我不大意识到我是一个作家；第二，我没有觉得我已经老了。近两年逐渐习惯了。有什么办法呢，岁数不饶人。杜甫诗："座下人渐多"。现在每有宴会，我常被请到上席，我已经出了几本书，有点影响。再说我不是作家，就有点矫情了。我算什么样的作家呢？

我年轻时受过西方现代派的影响，有些作品很"空灵"，甚至很不好懂。这些作品都已散失。有人说翻翻旧报刊，是可以找到的。劝我搜集起来出一本书。我不想干这种事。实在太幼稚，而且和人民的疾苦距离太远。我近年的作品渐趋平实。在北京市作协讨论我的作品的座谈会上，我作了一个简短的发言，题为"回到民族传统，回到现实主义"，这大体上可以说是我现在的文学主张。我并不排斥现代主义。每逢有人诋毁青年作家带有现代主义倾向的作品时，我常会为他们辩护。我现在有时也偶尔还写一点很难说是纯正的现实主义的作品，比如《昙花、鹤和鬼火》，就是在通体看来是客观叙述的小说中有时还夹带一点意识流片段，不过评论家不易察觉。我的看似平常的作品其实并不那么老实。我希望能做到融奇崛于平淡，纳外来于传统，不今不古，不中不西。

我是较早意识到要把现代创作和传统文化结合起来的。和传统文化脱节，我以为是开国以后，五十年代文学的一个缺陷。——有人说这是中国文化的"断裂"，这说得严重了一点。有评论家说我的作品受了两千多年前的老庄思想的影响，可能有一点。我在昆明教中学时案头常放的一本书是《庄子集解》。但是我对庄子感极大的兴趣的，主要是其文章，至于他的思想，我到现在还不甚了了。我自己想想，我受影响较深的，还是儒家。我觉得孔夫子是个很有人情味的人，并且是个诗人。他可以发脾气，赌咒发誓。我很喜欢《论语·子路曾皙冉有公西华侍坐章》。他让在坐的四位学生谈谈自己的志愿，最后问到曾皙（点）。

"点，尔何如？"

鼓瑟希，铿尔，舍瑟而作，对曰："异乎三子者之撰。"

子曰："何伤乎？亦各言其志也。"

曰："暮春者，春服既成，冠者五六人，童子六七人，浴乎沂，风乎舞雩，咏而归。"

夫子喟然叹曰："吾与点也。"

这写得实在非常美。曾点的超功利的率性自然的思想是生活境界的美的极至。

我很喜欢宋儒的诗：

　　　万物静观皆自得，

　　　四时佳兴与人同。

说得更实在的是：

　　　顿觉眼前生意满，

　　　须知世上苦人多。

我觉得儒家是爱人的，因此我自诩为"中国式的人道主义者"。

我的小说似乎不讲究结构。我在一篇谈小说的短文中，说结构的原则是：随便。有一位年龄略低我的作家每谈小说，必谈结构的重要。他说："我讲了一辈子结构，你却说：随便！"我后来在谈结构的前面加了一句话："苦心经营的随便"，他同意了。我不喜欢结构痕迹太露的小说，如莫泊桑，如欧·亨利。我倾向"为文无法"，即无定法。我很向往苏轼所说的："如行云流水，初无定质，但常行于所当行，常止于所不可不止，文理自然，姿态横生。"我的小说在国内被称为"散文化"的小说。我以为散文化是世界短篇小说发展的一种（不是唯一的）趋势。

我很重视语言，也许过分重视了。我以为语言具有内

316

容性。语言是小说的本体，不是外部的，不只是形式、是技巧。探索一个作者气质、他的思想（他的生活态度，不是理念），必须由语言入手，并始终浸在作者的语言里。语言具有文化性。作品的语言映照出作者的全部文化修养。语言的美不在一个一个句子，而在句与句之间的关系。包世臣论王羲之字，看来参差不齐，但如老翁携带幼孙，顾盼有情，痛痒相关。好的语言正当如此。语言像树，枝干内部液汁流转，一枝摇，百枝摇。语言像水，是不能切割的。一篇作品的语言，是一个有机的整体。

我认为一篇小说是作者和读者共同创作的。作者写了，读者读了，创作过程才算完成。作者不能什么都知道，都写尽了。要留出余地，让读者去捉摸，去思索，去补充。中国画讲究"计白当黑"。包世臣论书以为当使字之上下左右皆有字。宋人论崔灏的《长干歌》"无字处皆有字"。短篇小说可以说是"空白的艺术"。办法很简单：能不说的话就不说。这样一篇小说的容量就会更大了，传达的信息就更多。以己少少许，胜人多多许。短了，其实是长了。少了，其实是多了。这是很划算的事。

我这篇"自报家门"实在太长了。

一九八八年三月二十日

附录：

再版后记

　　《蒲桥集》能够再版，是我没有想到的。去年房树民同志跟我提过一下，说这本书打算再版，我当时没有太往心里去，因为我觉得这是不可能的。不料现在竟成了真事，我很高兴，比初版时还要高兴。这说明有人愿意看我的书。有人是不愿意有较多的人看他的书的，他的书只写给少数有高度艺术修养的人看。日本有一位女作家到中国来，作协接待她的同志拿了她的书的译本送给她，对她说："很抱歉，这本书只印了两千册。"不料她大为生气，说："我的书怎么可能印得这样多！"她的书在国内，最多的只印七百本。中国古代有一个文人，刻了集子，只印了两本。我没有那样的孤高。当然，我也不希望我的书成为"畅销书"。

读者不会是对我一个人的散文特别感兴趣，我想这是对散文的兴趣普遍地有所提高。这大概有很深刻、很复杂的社会原因和文学原因。生活的不安定是一个原因。喧嚣扰攘的生活使大家的心情变得很浮躁，很疲劳，活得很累，他们需要休息，"民亦劳止，迄可小休"，需要安慰，需要一点清凉，一点宁静，或者像我以前说过的那样，需要"滋润"。人常会碰到不如意的事。有不如意事，便想寻找可与言人。他需要找人说说话，聊聊。听人说说，自己也说说。我始终认为读者读文章，是参与其中的。他一边读着，一边自己也就随时有自己的意见，自己的看法。阅读，是读者和作者在交谈。当然，散文的作者最好不是"语言无味，面目可憎"的角色。也许这说明读者对人，对生活，对风景，对习俗节令，对饮食，乃至对草木虫鱼的兴趣提高了，对语言，对文体的兴趣提高了，总之是文化素养提高了。果真是这样，那么这才是真正值得高兴的事。

上个月，有一个很年轻的从上海来的女编辑来访问我。她说我是文人文学或学者文学的一个代表。这大概是上海文艺界一部分同志的看法。在北京，我还没有听到有人这样说过。过去我只知道有"学者小说"、"学者散文"，还没有听说过笼统的"学者文学"。"学者小说"是小说中的一支，作者大都是大学教授，故亦称教授文学。这类小说的特点是在小说中谈学问，生活气息较少，不用方言俗话，语言讲究而往往深奥难懂。海明威、福克纳、斯坦因贝克……的小说是不能叫做"学者小说"的。亨利·詹姆斯的小说大概可以算是"学者小说"。那是我读过的最难读的小说。我的小说大概不是"学者小说"。"学者散文"的名声比"学者小说"要好一些。英国的许多 Essay 都是"学者散文"。法布尔的《昆虫记》可以说是"学者散文"，因为谈的是自然科学而文笔极好。中国的许多笔记，是"学者散文"，鲁迅的《二十四孝图》是"学者散文"，周作人的大部分散文都是"学者散文"。朱自清的《论雅俗共赏》等一系列论学之作，都可作很好的散文来读。"学者散文"在中国本来是有悠久传统的，大概在四十年代的后期中断了。唐弢同志在十多年前就说过中国现在没有"学者散文"，以为是一缺陷，这是具有历史眼光的见识。我愿于此少留意焉，然而未能至也。我没有学问。近年来我痛感读书太少，不系统，没有精思熟读，只是杂览而已，又不做劄记，看过便忘。有时为了找一点材料，翻箱倒柜，好不容易找到了，有用的不过是两句，真是"所得不偿劳"。有时想用一个成语，一个典故，大体的意思是知道的，但是这出于何书，这句话最初是谁说的，就模糊了，正如宋朝人所说：

"用即不错，问却不会"。——连这句话是谁说的，我也记不清了，大概是洪迈。我倒乐于接受"学者散文作家"这样一个桂冠的，可惜来不及了。我已经七十岁，还能读多少书？

我在这本书的自序里强调了散文接受民族传统，这是不错的。但我对新潮或现代派说了一些不免轻薄的话。我说："新潮派的诗、小说、戏剧，我们大体知道是什么样子，新潮派的散文是什么样子呢，想象不出。新潮派的诗人、戏剧家、小说家，到了他们写散文的时候，就不大看得出怎么新潮了，和不是新潮的人写的散文也差不多。这对于新潮派作家，是无可奈何的事。"最近我看了两位青年作家的散文，很凑巧，两位都是女的。她们的散文，一个是用意识流的方法写的，一个受了日本新感觉派的影响，都是新潮，而且都写得不错。这真是活报应。本来，诗、小说、戏剧都可以新潮，唯有散文不能，这在逻辑上是讲不通的。这反映出我的文艺思想还是相当的狭窄，具有一定的排他性。我想和我一样狭窄的人，甚至比我还狭窄的人还有。在文艺创作上，大家都是平等的，谁也不要以权威自命。不要对自己看不惯，不对自己口味的作品随便抓起朱笔，来一道"红勒帛"，"秀才辣，试官刷"。至于有的把一切现代派、新潮的作品，无论是诗、小说、戏剧一概视为异端，必欲除之而后快的大人物，则宜另当别论。

　　校阅了一遍初版本，发现错字极少，这在目前的出版物中是难得的。于此，我要对这本书的责任编辑潘静同志，责任校对马云燕、华沙同志深致谢意。

　　　　　　　　　　　　　　一九九○年十二月三日

《蒲桥集》初版本目录

自序

国子监

下水道和孩子

果园杂记

葡萄月令

钓鱼台

藻鉴堂

午门

桥边散文

---

* 《蒲桥集》,作家出版社,一九八九年三月第一版第一次印刷。

栈

编后记

《蒲桥集》初版本的封面上，印着作者自撰的广告词：

> 齐白石自称诗第一，字第二，画第三。有人说汪曾祺的散文比小说好，虽非定论，却有道理。

> 此集诸篇，记人事、写风景、谈文化、述掌故，兼及草木虫鱼、瓜果食物，皆有情致。间作小考证，亦可喜。娓娓而谈，态度亲切，不矜持作态。文求雅洁，少雕饰，如行云流水。春初新韭，秋末晚菘，滋味近似。

这两段文字以第三人称书写，无署名，是看不出作者来的，汪曾祺后来自己"招认"了："这实在是老王卖瓜。'春初新韭，秋末晚菘'，吹得太过头了。广告假装是别人写的，所以不脸红。如果要我自己署名，我是不干的。现在老实招供出来（老是有人向我打听，这广告是谁写的，不承认不行），是让读者了解我的'散文观'。这不是我的成就，只是我的追求。"（《〈汪曾祺文集〉自序》）

《蒲桥集》是汪曾祺第一本真正意义上的散文集，其上述"散文观"在这本书里有最集中的体现。大约出版社后来还考虑过出续集，他在一九九二年七月二十六日致陆建华的信中提及："我年内还要编三四本书：《汪曾祺散文随笔选》（辽宁）、《汪曾祺随笔精品》（陕西人民出版社）、《蒲桥二集》（作家出版社）……文集只能先做点准备工作，具体编选要等明年始能动手。"

本书在《蒲桥集》初版本基础上重编，结构没有变化。有几篇游记因已收入记游为主的集子（那些集子不收这几篇文章就撑不起来了），就不再重收；数篇随笔也以同样的原因删去；个别篇目如《葡萄月令》，代以篇幅更全的《关于葡萄》（包含了《葡萄月令》）。

李建新

二〇一七年四月十二日